Ihr persönliches Leseexemplar

Über Ihre Meinung freuen wir uns sehr.

Bitte schreiben Sie uns an
info@eccoverlag.de
Mit der Zitierung Ihrer Meinung
erklären Sie sich einverstanden.
Herzlichen Dank!

Unverkäufliches Leseexemplar
erscheint am 23. März 2021
Gebunden mit Lesebändchen
€ 20,00 [D] / € 20,60 [A]
ISBN 978-3-7530-0002-2

Wir bitten Sie, Rezensionen nicht vor
dem 23. März 2021 zu veröffentlichen.
Wir danken für Ihr Verständnis.

Bianca Nawrath

Iss das jetzt, wenn du mich liebst

Roman

Ecco

ecco-verlag.de

1. Auflage 2021
Originalausgabe

Einbandgestaltung von Anzinger und Rasp, München
Einbandabbildung von plainpicture / Hanka Steidle
Autorinnenfoto von Max Sonnenschein
Gesetzt aus der Dante und der Avenir
von Dörlemann Satz, Lemförde
Druck und Bindung: CPI books GmbH, Leck
Printed in Germany
ISBN 978-3-7530-0002-2

Klimaneutral
Druckprodukt
ClimatePartner.com/15109-2009-1001

Für Mama

•

Kocham cię

1

Jajko chce być mądrzejsze od kury
•
Das Ei will klüger sein als die Henne

Schalen von Sonnenblumenkernen knacken unter meinen Füßen, in der Ferne röhrt eine getunte Karre. In meine Nase steigt der Duft von Pisse, in meine Augen die Tränen.

Eine Frau schreit von einem der Balkone direkt über mir zu ihren Kindern hinunter, sie sollen zum Essen hochkommen, und direkt neben mir entwickelt sich aus einer Rauchschwade, die aus einer Mülltonne aufsteigt, ein kleines Feuer. Das ist Plattenbauromantik. Willkommen an dem Rand der Gesellschaft, der nichts mit Speckgürtel zu tun hat. Außer vielleicht, dass sich hier überdurchschnittlich viele Menschen einen privaten angefressen haben.

Mein Papa hat seinen schon mitgebracht. Direkt aus Polen, wo er bis zu seinem 25. Lebensjahr gelebt hat und wo ich geboren wurde. Mama, Papa und ich sind nach Berlin und in die Platte im Märkischen Viertel gezogen, als ich drei war. Besseres Bildungssystem, bessere Gesundheitsversorgung, sagen sie. Jeans und guter Kaffee, vermute ich.

Wie auch immer, was auch immer – die Platte, das Märkische Viertel, wird sich für mich immer etwas nach Heimat anfühlen. Es ist mit den Jahren wesentlich dreckiger und stinkiger hier geworden, allen Sanierungen zum Trotz. Aber ich denke an Tage auf dem Bolzplatz und den Spielplätzen, wenn ich zwischen den Hochhäusern entlangschlendere. Ich denke daran, wie Toni mit dem Rad unten an der Tür geklingelt und durch die Sprechanlage gefragt hat, ob ich zum Spielen runterkommen darf. Keine Verabredung drei Wochen im Voraus über WhatsApp, die dann doch ins Wasser fällt. Die komplette Gang war fußläufig erreichbar. Und der Kiosk, der das beste Kratzeis gedealt hat, auch.

Mittlerweile sind Toni und die Gang abgehauen. Ich auch, wenn ich ehrlich bin. Aber ich besuche meine Eltern immerhin gern und verleugne die Kindheit hier nicht. Im Gegenteil: Manchmal nutze ich meine Kindheit in der Platte als Schwanzverlängerung. Wobei das selbstverständlich nicht im Wortsinn zu verstehen ist – aber was wäre denn da die Entsprechung bei einer Frau? Dabei war es gar nicht so wild, wie Sido gerappt hat.

Ich lasse mir heute erstaunlich viel Zeit für den Weg von der Bushaltestelle zu meinen Eltern. Es fühlt sich an, als würde ich wieder zur Schule gehen und mit einer schlechten Note nach Hause kommen. Was ich ihnen erzählen will, ist allerdings viel schlimmer als jede Sechs. Selbst als jede Sechs in Deutsch. Trotzdem klingle ich nach kurzem Zögern. Als das Surren des Türöffners ertönt, spiele ich kurz mit dem Gedanken, umzudrehen und zu gehen. Aber nein. Ich habe das hier schon viel zu lange hinausgezögert.

•••

Die Wohnungstür ist offen, aber ich werde dort nicht von meinen Eltern empfangen. Stattdessen höre ich das aufgeregte Rufen meiner Mutter aus der Küche:

»Adam, jetzt hol das Getränke aus das Kammer! Ich muss selber machen alles, oder was?«

Mein Vater antwortet mit einem Brummen. Einem für mich sehr gewohnten Brummen.

Gewöhnt bin ich auch an den Anblick von fremden Schuhen im winzigen Vorraum der Wohnung meiner Eltern. Oma- und Opa-Schuhe. Immer.

Diesmal könnte ich den Besitzer sogar kennen. So abgetretene Latschen trägt nur Herr Pohl aus der Sechs, weil er sein ganzes Geld für seine Münzsammlung ausgibt. Wobei … Die Schuhe sehen ziemlich klein aus. Vielleicht doch Frauenschuhe? Frau Maier aus der Zehn? Oder die quirlige Frau Lisbeth von nebenan?

»Hallo, Kinga!« Mama gibt mir einen schnellen, dicken Kuss auf die Lippen und verschwindet dann wieder in der Küche, bevor ich ihr überhaupt in die Augen sehen kann.

»Wir haben Besuch. Frau Rosa ist in das Wohnung über uns gezogen.«

Ach so, also jemand Neues. Kein Wunder, meine Eltern sind es aus Polen gewohnt, dass man alten Menschen unter die Arme greift, und bieten deshalb auch heute noch jedem ihre Hilfe an. Das hat dazu geführt, dass wir ständig Besuch hatten. Und offensichtlich immer noch haben. Und dass ich in meinem Leben schon bei mindestens 15 Umzügen von fast Fremden helfen und bei circa 35 Beerdigungen anwesend sein musste. Manchmal sind meine Eltern von dem ständigen altersschwachen Besuch selbst genervt. Nein sagen können sie trotzdem nicht, wenn jemand vor der Tür steht. Das entspräche den drei unsäglichen *Us*: unhöflich, unchristlich und damit: unmöglich.

Als ich meine kleine Schwester Zofia auf der Couch sitzen sehe, fällt mir vor Erleichterung ein Stein vom Herzen. Bei meiner Verkündung heute kann ich Unterstützung gebrauchen.

»Mama ist auf 180, mach keine dummen Witze«, flüstert sie mir schnell zu, als alle anderen kurz abgelenkt sind, weil die neue Frau Rosa ein neues Album von André Rieu vorführen muss. »Ich vermute, dass irgendwas mit dem Rotkohl nicht hingehauen hat.«

»Na, solange es nicht das Gulasch ist …«, flüstere ich zurück. Zofia schaut mich schockiert an.

»Keine. Dummen. Witze. Kinga«, zischt sie. Okay. Es ist wirklich ernst.

Zofia ist 24 Jahre alt und lebt seit einem Jahr zusammen mit ihrer besten Freundin in einer WG. Dass ich fünf Jahre älter bin, hat unserer Beziehung nicht geschadet. Im Gegenteil. Zoff, weil eine die Klamotten der anderen geklaut oder das schönere Geschenk bekommen hat, gab es durch den Altersunterschied nie.

Meine Eltern tragen zu André Rieu schunkelnd die Klöße auf. Viel zu viel Essen türmt sich auf dem Tisch. Wie immer. Aber den Duft würde ich zu gern in eine Konservendose sperren und immer dabeihaben.

»Ich habe Bauchschmerzen …«, beginnt Zofia und kommt nicht weiter, weil Mama sie schon fast wütend unterbricht:

»Schon wieder?!«

Zofia ist seit vier Monaten Vegetarierin, hat sich aber noch nicht getraut, es Mama zu sagen. Sie kommt seit ihrer Ernährungsumstellung seltener zu unseren Familiensonntagen oder erst zu Kaffee und Kuchen. Wenn sie schon mittags da ist, hat sie eine Ausrede parat. Letzten Sonntag war es das dekadente Frühstück, den Sonntag davor hatte sie eben schon mal »Bauchschmerzen«.

»Ist nicht so schlimm, Mama. Nur das Fleisch liegt vielleicht zu schwer im Magen. Ich probier einfach die Klöße mit etwas Krautsalat und Rotkohl.«

»Schmeckt dir mein Essen nicht?!« Mama könnte nicht vorwurfsvoller klingen. »Oder machst du scheiß Diät? Du bist schon viel zu dünn!«

»Das sieht köstlich aus, Mama«, nutze ich die Chance, um mich im Vergleich zu meiner Schwester beliebt zu machen, und ernte dafür prompt einen vorwurfsvollen Blick von Zofia. Soll sie mal lieber froh sein. Immerhin lenke ich auch die Aufmerksamkeit von ihr ab. Essen ist außerdem mein Trumpf. Das einzige Thema, das mich wenigstens *einmal* zur bequemeren Tochter macht.

Frau Rosa könnte auch mal was sagen, aber die wirkt die ganze Zeit etwas abwesend. Als würde alles erst ein paar Sekunden später bei ihr durchsickern. Vielleicht träumt sie einfach nur von André.

Kurz schweigen alle am Tisch und starren auf ihre viel zu vollen Teller. Papa nippt an seinem Wasserglas. Es wäre der perfekte Moment.

O. k., ich bin so weit.

Ich tue es.

Ich mache es.

Ich sage es ihnen.

Jetzt.

Noch ein Blick zu Zofia, die Bescheid weiß. Zugegeben, sie kennt auch nicht die *ganze* Wahrheit. Aber zumindest den wichtigsten Teil. Mein Mund öffnet sich, die Oberlippe zittert … Ich stopfe mir schnell einen halben Kloß in den Mund. Mit vollem Mund kann ich auf keinen Fall etwas sagen.

Chance verpasst.

Zu feige gewesen.

Zu lang gewartet.

Vollidiotin!

•••

Ich tausche die schlichten schwarzen Boots gegen ein etwas eleganteres Modell mit hohen Absätzen. Ich habe zwar den ganzen Tag über vehement behauptet, überhaupt keine Lust auf dieses Klassentreffen meiner ehemaligen Grundschule zu haben, aber trotzdem will ich zeigen, was ich habe. Sind Ehemaligentreffen nicht genau dafür da?

Alle treffen sich vor unserer alten Schule, wie mit sechs Jahren, und gehen einen Film schauen, zum Warmwerden. Das finde ich gar nicht schlecht. Wenn ich merke, dass alle verkorkst geworden sind, kann ich mich still und heimlich verziehen, bevor wir ins Lokal wechseln und ich ernsthafte Gespräche mit Spießern führen muss.

Ich fühle mich selbstbewusst an diesem Tag. Meine Woche war produktiv, ich war vor drei Tagen beim Friseur, und ein nicht allzu hässlicher Typ hat in der Bahn nach meiner Nummer gefragt. Mein Selbstbewusstsein sollte nicht von solchen Äußerlichkeiten abhängen, aber ich kann mich nicht wehren.

Auf dem Weg ins Kino überlege ich schon, welche Alternativpläne ich für den Abend habe, um meine gute Laune auszunutzen. Zu diesem Zeitpunkt ahne ich noch nicht, dass mir der beste Abend seit Ewigkeiten bevorsteht.

Etwa dreißig Leute aus den vier Klassen unseres Jahrgangs sind gekommen. Ich fühle mich fremd. Die einen erinnern mich mit ihren Kettchen und Caps noch voll an die Platte, die anderen legen es darauf an, möglichst wenig nach Platte auszusehen. Eher nach Charlottenburg. Vielleicht ist mir Mahmut aus diesem Grund so schnell aufgefallen. Ein normaler Mensch!, *denke ich sofort und suche seine Nähe, auch wenn ich mich überhaupt nicht an ihn erinnere. Ich fasse den Entschluss zur sofortigen Kontaktaufnahme. Sonst lande ich womöglich auf dem Kinositz zwischen Jerome und Devis. Devis hat mal einem Mädchen die Haare abgeschnitten. Ist zwar ein bisschen her, aber sicher ist sicher.*

»Hallo, ich bin Kinga, B-Klasse.« Langweilige erste Worte, aber wenigstens nicht peinlich. Er nimmt meine Hand: »Mahmut, D-Klasse, aber abgegangen nach der dritten.«

Irre ich mich oder atmet auch er erleichtert aus? Vielleicht hat er sich genauso fremd gefühlt wie ich. Wir kommen schnell ins Gespräch. Sind beide für eine Mischung aus süßem und salzigem Popcorn für den ultimativen Geschmackskick. Lieben Hunde, insbesondere Australian Shepherds. Und fragen uns, warum der Schmetterling Schmetterling heißen muss (wo dieses filigrane Insekt mit schmetternder Wucht so gar nichts zu tun hat). Ehrlich gesagt unterhalten wir uns mit niemandem sonst. Es gibt einen kurzen Moment der Verbindung zu den anderen Ehemaligen. Luisa Lasse (Streberin aus der A, Klassensprecherin, Initiatorin des Treffens und Betreiberin eines Kochblogs) wünscht sich, dass wir uns alle bei den Händen nehmen: »Damit wir unsere Energien auf ein Level bringen können!«

Ich erinnere mich daran, dass Luisa schon in der Schule stän-

dig Horoskope geschrieben hat, bei denen nur sie selbst wirklich gut wegkam.

Zwar lasse ich mich heimlich augenrollend auf ihren Wunsch ein, empfinde aber die Kinowerbung dieses Mal regelrecht als Erlösung. Von weiteren Zusammenfindungsideen von Luisa. Ich habe nicht das Bedürfnis, Ohrläppchen zu reiben oder im Schneidersitz irgendwelche Gesänge von mir zu geben. Mit Beginn des Films lassen alle erleichtert ihre Hände wieder los. Luisa gestattet es. Nur Mahmut hält meine Hand weiterhin fest umschlossen. Er beugt sich nah an mein Ohr, um über den Film zu lästern. Wir lachen, tuscheln, nerven bestimmt andere Gäste. Mir egal.

Bis zum Ende des Films lässt er meine Hand nicht los. Vielleicht ist das eine Masche.

Ich bin völlig verunsichert. Mahmut erscheint mir so wahnsinnig schön, dass ich eh nicht mithalten kann.

Vor dem Kino will ich mich der Situation entziehen. Ich werde zum Typ scheues Reh. Es ist so viel einfacher, lässig zu sein, wenn man jemanden nicht gut findet.

»Ich glaube, ich bin zu müde, um noch zu bleiben«, sage ich zu Mahmut.

»Ich bringe dich.«

»Du kannst doch noch …«

Mahmut zieht eine Augenbraue hoch. Ich lenke ein: »Aber nur zur Bahn.«

Eigentlich will ich genau das. An seinem Auto angekommen, fragt er, ob ich noch eine Pizza essen will. Pizza geht immer. Wir holen eine aus der Pizzeria an der Ecke und setzen uns damit wieder ins Auto. Eigentlich müssten wir unseren Heimweg jetzt gemeinsam fortsetzen, doch einem unausgesprochenen Abkommen folgend, lassen wir den Motor kalt. Finde ich gut, dann sieht es nicht so nach

Date aus. Und wir sind wieder allein. Es duftet nach Oregano, während wir wieder anfangen zu reden. Eine Stunde vergeht. Wir hören Musik. Die nächste Stunde passé. Die Zeit verfliegt.

Habe ich nicht schon ganz lang davon gesprochen, dass ich bewusster Musik hören will, und es doch nie geschafft? Habe ich mir vielleicht deshalb jemanden gesucht, der mich dazu bringt? Ich schließe die Augen, lehne mich im Sitz zurück. Atme tief ein. Orangenduft. Ich öffne meine Augen und sehe, dass Mahmut mir ein Duftfläschchen unter die Nase hält und sanft lächelt. Er erklärt, dass er das Fläschchen aus einem Italienurlaub mitgebracht hat und der Duft ihn immer an Sommer und Sonne erinnert. Genießen mit allen Sinnen. Ich kriege das Lächeln nicht aus meinem Gesicht.

*Wir philosophieren. Über Selbstbewusstsein, Politik, die nicht von Politikern gemacht wird, über Nachhaltigkeit, unsere Vorbilder, Glück und Liebe. Wir singen laut zu Filmmusik mit und ich stelle ihm einen polnischen Schlager vor: »*Ona tańczy dla mnie*«. Übersetzt: »Sie tanzt für mich«.*

Auf dem Weg nach Hause reiche ich ihm die offene Wasserflasche rüber auf den Fahrersitz.

»Wie früher auf dem Weg in den Urlaub. Wenn Mama Papa das Wasser oder den Müsliriegel gereicht hat.«

»Daran erinnert dich das?« Mahmut klingt belustigt.

»Ja?« Unsicherheit.

»Na dann, vielen Dank, Schatz.«

»Gerne, Liebling.«

Er will mir einen Kuss geben. Ich halte die Wange hin. Wie peinlich. Das sollte keine Abfuhr sein!, *will ich schreien. Es kann nicht sein, dass der wirklich was von mir will. Kurz vorm Aussteigen bin ich mit jeder Faser verwirrt.* Vielleicht ist das alles nur rein freundschaftlich gemeint?, *frage ich mich, selbst verärgert über mein mangelndes Selbstbewusstsein. Was ist denn das Schlimmste, das mir passieren kann? Selbst wenn es nur eine Masche ist, ich muss ihn ja nicht gleich heiraten. Ich bin ein Ködel. Brett vor dem Kopf und ohne Mut.*

Überhastet steige ich aus. Ich weiß, dass er warten wird, bis ich in der Tür verschwunden bin. Warum hat er so gegrinst, als ich hektisch meine Sachen zusammengekramt habe?

Augen zu, durchatmen. Ich drehe mich um und gehe so schnell zum Auto zurück, dass die Zweifel keine Zeit haben, in meinem Kopf aufzusteigen.

Tür auf. Setzen. Lächeln. Ich. Er auch.

Kuss.

•••

Papa fragt mich, wie es auf der Arbeit läuft.

»Gut«, mampfe ich. »Wir entwickeln momentan ein Projekt für ein Jugendzentrum, das Kurse für ausländische Eltern mit Sprachdefizit anbieten will.«

Wie üblich hält seine Faszination für meine Arbeit als Dolmetscherin nur kurz an. Solange ich damit Geld verdiene, ist er zufrieden. Zur Juristin hat es eben nicht gereicht.

Dann fängt er an, über die gestrige Folge von »Wer wird Millionär?« zu reden. Er beteuert, dass er als Millionär nach Hause gekommen wäre, bei *den* Fragen, die gestern gestellt wurden. Wie immer.

»Dazu musst du dich erst mal trauen, Adam«, sagt Mama. »Du traust dich nix.«

Dann weiß ich ja, von wem ich das habe.

»Hab ich nicht jede Antwort gewusst?«

»Nein.«

»Ich hab alles gewusst.«

»Nein.«

»Doch!«

»Mama, Papa, ich muss euch was sagen.« Da ist er. Der erste Schritt.

»Schmeckt Essen nicht?«, fragt Mama und sieht mich drohend an. Papa wendet nicht mal den Kopf zu mir. Nur Frau Rosa strahlt mich wach und interessiert an. Sie ist tatsächlich aus ihrem Tagtraum zurückgekehrt und hängt an meinen Lippen.

Na toll, ausgerechnet jetzt, wo es privat wird. Die Frau hat so viel Lidschatten auf den Augenlidern, dass er auf ihren Teller runterbröselt, wenn sie ihren Kopf bewegt.

»Was ist denn los?«, fragt Zofia scheinheilig. Es geht um Sekunden, bevor das Thema wieder wechseln wird. Wahlweise zur perfekten Konsistenz von Hefeteig, der Bewertung der Gastgeberqualitäten aller existierenden Familienmitglieder oder zu früher, als alles besser war. Das weiß Zofia, und sie weiß, was für eine Überwindung mich das Ganze hier kostet.

»Ja, also … ich … Es gibt Neuigkeiten …«, stottere ich.

»Wirst du heute noch fertig?« Mama ist in Gedanken wahrscheinlich schon beim Nachtisch und hat deshalb Hummeln im Hintern. Ihr Kommentar macht es mir nicht leichter. Nur Papa ist noch besser, denn der fängt tatsächlich wieder an, über eine »Wer wird Millionär?«-Frage zu reden, ohne auch nur auf mich einzugehen:

»Ich wusste sogar diese Frage über türkisches Essen. Schlimm eigentlich.«

Auch wenn ich ihn eben noch dafür anfahren wollte, dass er

mich so ignoriert, bin ich nun ganz Ohr. Jetzt wird es thematisch interessant. Daran sollte ich vielleicht anknüpfen.

»Türkisches Essen ist ja auch voll lecker. Daran müsstest du dich als Berliner doch schon gewöhnt haben. Ist doch gut, dass wir die haben, die Türken. Supergut, oder? Was wäre Berlin ohne unsere Türken?« Erst sage ich nichts und dann kommt nur Scheiße raus.

»Was redest du denn da?«, fragt Mama.

»Ja, was redest du denn da?«, fragt Zofia und verkneift sich mühsam das Lachen.

»Türkisches Essen schmeckt scheiße«, sagt Papa. »Viel zu fettig und süß.«

Ich starre auf meinen Teller und den ölig glänzenden Rotkohl, die Speckwürfel im Krautsalat und denke an die zwei Kuchen im Ofen, die Mama noch frisch mit Glasur und Sahne verzieren wird.

»Aber Döner? Und Börek!« Ich bin hartnäckig.

»Was ist Börek?«

»Die Blätterteigstangen, die du so gerne zum Frühstück isst!«, rufe ich etwas zu euphorisch. Ich triumphiere! Ha!

»Die sind türkisch? Hmm …«, Papas Lippen verziehen sich, und ich sehe ihm förmlich an, wie er gerade jetzt in diesem Moment jeden Börek seines Lebens bereut.

»Gab nicht auch noch das Frage über türkische Namen, die du wusstest?«, mischt Mama sich plötzlich ein.

»Stimmt!«, ruft Papa stolz und verzieht dann sein Gesicht erneut voller Ekel.

»Nur Mahmut klingt schlimmer als Ali.«

Und an diesem Punkt des Gesprächs ist es um meine Schwester geschehen und sie kichert wie irre.

»Was ist denn los? Zofia, benimm dich!«, Mama wirft erst Frau Rosa einen beschämten Blick zu und dann meiner Schwester einen tödlichen.

Ich atme tief durch.

Drauf geschissen.

Die Katastrophe ist ohnehin vorherbestimmt.

»Mama. Papa. Ich habe einen Freund.« Mama strahlt mich plötzlich an. Die Mimik dieser Frau ist ein Wunder: von Drama über pures Glück zu Hochachtung und gleich wieder zurück zum Drama.

»Es ist was Ernstes. Ihr werdet ihn kennenlernen. Sein Name ist Mahmut.«

Papa lacht laut, Zofia gluckst, Mama erstarrt.

Dann merkt Papa, dass es kein Witz ist.

Übrigens wohnen wir seit drei Jahren zusammen, und ich verstecke immer alle Indizien, dass er existiert, wenn ihr kommt. Deshalb lade ich euch auch so selten ein. Ach, und – wir heiraten. Ja, er hat mir einen Antrag gemacht. Das *ist doch mal* echt *lustig, oder?*

Den Teil verkneife ich mir vorerst. Ich bin froh, dass meine Eltern keinen Herzinfarkt erlitten haben. Stattdessen füge ich hinzu:

»Und wusstet ihr schon, dass Zofia seit vier Monaten Vegetarierin ist?«

2

Bir lisan, bir insan. Iki lisan, iki insan

•

Eine Sprache, ein Mensch. Zwei Sprachen, zwei Menschen

»Wie ist es gelaufen?« Mahmut sieht mich hoffnungsvoll an, aber ich finde: Das sind definitiv zu viele Fragen für einen Tag. Er nimmt mir die Jacke ab. Eigentlich sollte ich es zu schätzen wissen, dass er jedes Mal wieder die Hoffnung hat, ich hätte meinen Plan tatsächlich umgesetzt. Ich glaube mir selbst nicht mehr.

»Ich habe ihnen gesagt, dass es dich gibt.«

Mahmut schweigt. Jetzt lese ich doch Erstaunen in seinem Gesicht. Und Angst.

»Aber ich habe nur die halbe Bombe platzen lassen«, gestehe ich schnell und etwas kleinlaut.

Schweigen. Damit kann ich nicht umgehen. Bei mir zu Hause redet immer jemand.

»Willst du nichts dazu sagen?«

»Wie haben deine Eltern denn reagiert?«

Plötzlich finde ich Schweigen doch die bessere Alternative.

»Hast du ihnen gesagt, dass ich Schwein esse und Alkohol trinke?«

Ja, ich habe versucht, Mahmut mit genau diesen Argumenten anzupreisen, aber meine Eltern wären nicht meine Eltern, wenn sie den Spieß nicht einfach umgedreht hätten.

»Er respektiert seine Religion also nicht …«, hat Papa in abfälligem Ton mit ernstem Gesicht gesagt. Zu allem Unglück heißen meine Eltern den für Polen so typischen überschwänglichen Alkoholkonsum gar nicht mehr gut.

»Wann warst *du* denn das letzte Mal in der Kirche, Papa?« Zugegeben, ein taktisch unkluger Kommentar meinerseits.

»Werd nicht frech, junge Dame!«

Ich habe auch versucht, sie mit Mahmuts Job von ihm zu überzeugen. Aber bis ich erklärt hatte, was *Amnesty International* und deren PR-Abteilung überhaupt sind, hatten sie das Interesse bereits verloren.

Meine Mutter hat einfach nur geschwiegen. Alle Farbe war aus ihrem Gesicht gewichen. So wie jetzt aus Mahmuts Gesicht. Er reißt mich aus meiner Erinnerung:

»Also? Was haben sie gesagt?«

»Papa hat gefragt, ob du beschnitten bist.«

»Hast du geantwortet?!«

»Mahmut!«

»Tut mir leid. Nicht relevant.«

»Du kommst mit zur Hochzeit meiner Cousine und da schlagen wir dann alle Fliegen mit einer Klappe«, sage ich und schaffe es fast, hoffnungsvoll zu klingen.

In meinen Gedanken spielt sich jedoch die Szene aus unserem Familienessen erneut ab: Hier war es, als alle Hoffnung aus meinem Leben ausradiert wurde.

Mama unterbreitet ihre Idee: »Wir werden Mahmut in Polen kennenlernen!« Papa starrt vor sich hin, als würde für sein Leben das Gleiche gelten wie für meins. Zofia lacht. Ich suche hilflos nach Gegenargumenten für dieses für alle Parteien zerstörerische Unterfangen. Natürlich akzeptiert Mama keine Ausreden, wenn sie sich erst einmal etwas in den Kopf gesetzt hat. Was für ein Tag …

Meine Augen fallen zu, so müde bin ich vom Ausmalen all der möglichen Horrorszenarien. Ich will Mahmut nichts mehr erklären müssen. Ich will dieses Gespräch und diesen Tag einfach nur hinter mich bringen. Immerhin kann ich Mahmut gegenüber die ganze Wahrheit sofort auf den Tisch bringen, ohne 253 Anläufe dafür zu brauchen.

Zur Sicherheit verschwinde ich trotzdem schnell im Bad. Ich kann die Angst in seinem Gesicht nicht ertragen.

Erneutes Schweigen.

Doch ich spüre, dass Mahmut vor der geschlossenen Badezimmertür steht.

Es arbeitet in ihm.

»Ich muss doch noch mal nachfragen …«

»NEIN, MAHMUT! NATÜRLICH HABE ICH MIT MEINEM VATER NICHT ÜBER DEINEN PENIS GESPROCHEN!«

•••

Fünf Monate zuvor.

»Liebes, ich bin in fünf Minuten bei dir, ja?«, flötet Mama durch die Leitung. Meine Hand krallt sich um das Handy an meinem Ohr, als würde es sonst auseinanderfallen. Ich sage einfach, dass ich nicht zu Hause bin. Ach, Fuck! Geht nicht, ich habe Mama eben gerade erzählt, dass ich dabei bin, die Wohnung auf Vordermann zu bringen.

Mahmut sieht mich fragend an, mein panischer Blick und die zitternde Stimme sind ihm nicht entgangen.

»Mama, das ist gerade ganz schlecht, weil …« Ich beginne schon mal, die ersten Fotos von Mahmut und mir in Schränke zu räumen und seine Zahnbürste in der Schublade zu verstecken. Weg mit dem Rasierer, Männerduschgel …

»Da bringe ich dir Essen vorbei und du bist so undankbar. So geht man nicht mit seinen Eltern um.« Mamas Stimme klingt giftig. Dabei weiß ich ganz genau, dass sie die Essensreste der Familienfeier von gestern nur als Vorwand nutzt, um meine Wohnung abzuchecken. Aufgrund der Tatsache, dass es mittlerweile nicht mehr nur meine Wohnung, sondern eben auch die von Mahmut ist, hat sie recht selten das Vergnügen. Ich frage sie nicht mehr, ob sie mich besuchen will, und es mangelt mir auch nicht an Ausreden, wenn sie sich mal wieder selbst einlädt. Kann ich es dann doch mal nicht verhindern, dass sie einen Kontrollbesuch durchführt, bin ich zumindest darauf vorbereitet und kann alle Mahmut-Indizien in Ruhe verschwinden lassen.

»Also, bis gleich!«, sagt Mama streng und legt auf, bevor ich noch etwas erwidern kann.

»Los, Mahmut!«, rufe ich. »Mama kommt, Sachen verstecken!«

Ich haste durch die Wohnung. Vom Kleiderständer voller Männerklamotten zum Eingangsbereich mit seinen Schuhen. Mahmut hilft mir dabei, wenn auch etwas weniger energiegeladen. Wir schmeißen einfach alles ins Schlafzimmer, eine bessere Lösung finden wir auf die Schnelle nicht. Gerade als wir dabei sind, die Bücher in türkischer Sprache aus dem Regal zu nehmen, hält Mahmut kurz inne.

»Worauf wartest du?«, will ich gerade schon meckern, als ich seinen weinerlichen Hundeblick bemerke.

»Kinga, wie wäre es denn, wenn wir ihr einfach sagen, dass ich dein Freund bin?«

Herzchen, ich habe jetzt keine Zeit für so was – denke ich, spreche es aber zum Glück nicht aus. Dafür bin ich viel zu sehr mit der Umsetzung meiner Vertuschungsaktion beschäftigt. Ich weiche Mahmuts enttäuschtem Blick lieber aus, während ich mit ihm rede:

»Mama kippt uns aus den Latschen. Ich muss ihr sensibel beibringen, dass wir zusammen sind.«

»Sehr schmeichelhaft.«

»Du weißt, dass ich sie nicht einfach damit überfallen kann. Denk mal drüber nach, wie enttäuscht sie wäre.«

»Irgendwann musst du es ihr sagen.«

»Ja, aber nicht jetzt.« Ich drehe mich von Mahmut weg und werfe die Bücher auf unser Bett. Da klingelt es auch schon an der Tür. Ich schaue noch mal prüfend in jede Ecke. In einer davon steht Mahmut selbst mit verschränkten Armen. Verdammt, der muss ja auch noch weg!

»Soll ich aus dem Fenster springen?«, fragt er genervt.

»Danke für das Angebot. Verstecken im Schlafzimmer reicht. Ich kümmere mich darum, dass Mama nicht reingeht.«

Mahmut folgt meiner Anweisung, nicht, ohne hörbar ein- und auszuatmen. Das sei ihm gegönnt.

Ich atme auch noch mal tief ein und aus, bevor ich Mama die Tür öffne. Die fegt natürlich direkt durch den Eingangsbereich hindurch und lässt sich im Wohnzimmer nieder. Ihr geblümter Schal weht dabei wie ein Superheldinnen-Cape hinter ihr her. Im Vorbeigehen reicht sie mir einen Stapel Tupperdosen. Eins ist sicher: So schnell werde ich die nicht wieder los. Mach es dir schon mal gemütlich, Mahmut.

»Du hast mich schon ewig nicht mehr eingeladen. Dass ich deine Wohnung überhaupt noch problemlos gefunden habe …«

Mamas Beschwerde beginnt, bevor sie es sich richtig gemütlich gemacht hat. Ich rolle heimlich mit den Augen und setze zu einer halbherzigen Entschuldigung an: »Tut mir leid, so viel zu tun und …«

In meinen Satz hinein und gerade als Mama ihre Jacke ausgezogen hat, rumst es laut im Schlafzimmer.

»Was war das?«, fragt sie im strengen Lehrerinnenton.

»Ehm … der Staubsauger!«, rufe ich hektisch.

Während Mama da ist, rumort es noch das ein oder andere Mal im Schlafzimmer, und ich vermute, dass das kein Versehen ist. Ich werfe wütende Blicke Richtung Tür. Mahmut kann sie vielleicht nicht sehen, aber ich bin mir sicher, er spürt sie. Netter Versuch, denke ich, mache den Fernseher an und regle die Lautstärke hoch. Ich erwarte Mamas Schimpftirade darüber, dass ich die Nachbarn stören und noch wie mein Vater werden würde.

Umso besser: Soll sie sich ruhig selbst ablenken.

Auf dem Weg zur Küche sammle ich noch eine Boxershorts ein, die vom Wäscheständer gerutscht sein muss, und bete zu wem auch immer, dass Mahmut es beim Poltergeistspielen belässt, anstatt aus dem Zimmer zu springen und sich vorzustellen. Hoffentlich sind auch Mamas Adleraugen heute mal etwas muder als üblich.

3

Nadzieja jest matką głupich

•

Hoffnung ist die Mutter der Dummen

Die Tage bis zum Hochzeitswochenende verstreichen leider schneller als gedacht. Dann ist es so weit. Freitagmorgen, viel zu früh am Morgen, Zeitpunkt der Abreise in unseren sicheren Tod. Mahmut hat neuen Mut geschöpft und sitzt jetzt fast gut gelaunt am Steuer neben mir. Fast.

Wir sind auf dem Weg zu meiner Oma in Oppeln. Oppeln gehörte zu Schlesien und damit zu dem Teil Polens, der immer wieder hin- und hergereicht worden war – mal polnisch, mal deutsch … Vorteil: Oma spricht sehr gut Deutsch. Nachteil: Oma spricht sehr gut Deutsch. Heute gehört Oppeln als Woiwodschaft, als Verwaltungsbezirk, zu Polen.

»Und dass deine Eltern uns in Polen treffen wollen, ist ein gutes Zeichen, meinst du?«

Nein. »Auf jeden Fall. Sie wollen dich eben am liebsten gleich der ganzen Familie vorstellen.«

Oder sie wollen dich gemeinsam mit der ganzen Sippschaft so richtig abschrecken und gleichzeitig so wenig Zeit wie möglich mit dir verbringen. Dann müssen sie zur Abwechslung nicht übereinander herfallen. Sie lieben es nun mal, sich einen gemeinsamen Feind auszusuchen. Wahrscheinlich malen meine Eltern sich gerade aus, wie ich mit Kopftuch aus dem Auto steige.

Ich muss für Katastrophenschutz sorgen:

»Noch ein Tipp … Die Polen kennen ihre Schwächen ganz genau, sie wollen aber nicht daran erinnert werden. Vor allem nicht von Fremden … vor allem nicht von einem *Türken.*« An dieser Stelle male ich Anführungsstriche in die Luft, doch Mahmut rollt trotzdem mit den Augen.

»Es reicht nicht, dass du in Deutschland aufgewachsen bist«, erkläre ich die Denkweise meiner Familie. Dass ich dabei leicht genervt klinge, liegt weniger an Mahmuts Unverständnis und mehr an meiner Scham über die selbst gebastelte Logik meiner Angehörigen. »Du siehst zu *türkisch* aus, um von meiner Familie nicht als Türke gesehen zu werden. Abgesehen davon gilt für sie, dass man ist, was die Familie ist.«

Mahmut atmet tief durch und nickt nur verbissen. Ich fahre fort: »Wenn die Stimmung kippt: Themawechsel! Frag zum Beispiel, wie die Polen es bloß schaffen, trotz schwerer Lebensbedingungen so ambitioniert zu leben wie kaum ein anderes Volk in Europa. Dann können sie antworten, dass man sich eben immer zu helfen wissen müsse und dass ihre feinen Umgangsformen eine Selbstverständlichkeit für sie sind, blablabla …«

»O. k.«, Mahmut antwortet kurz angebunden, als wären wir bei der Bundeswehr und ich seine Oberbefehlshaberin. Ich gebe meinem Offizier einen Kuss. Gehorsamkeit muss direkt belohnt werden und gutes Aussehen auch. Mahmuts Blick ist starr geradeaus gerichtet. Er wirkt wild entschlossen, die Herzen meiner Eltern zu erobern. Ich muss lächeln, auch wenn wir auf die Apokalypse zufahren.

»Ich massiere dir heute Abend auch den Po«, sage ich und fische zwei Müsliriegel aus meiner Tasche.

Mahmut guckt mich mit zusammengekniffenen Augen von der Seite an:

»Meinen Po?«

»Wart ab, bis wir auf der polnischen Autobahn sind. Du wirst mir noch dankbar sein.«

•••

Zofia hat meinen Sonnenschutz geklaut und gegen ihren eingetauscht. Den mit den kaputten Saugdingern! Deshalb musste ich die ganze Autofahrt lang alle zwei Minuten Saugdinger anlecken und an die Fensterscheibe drücken. Außerdem ist auf ihrem Sonnenschutz nur der blöde Benjamin Blümchen abgebildet, auf meinem Bibi Blocksberg, die mit Karla Kolumna auf Kartoffelbrei durch die Luft fliegt. Eine meiner liebsten Folgen … Zofia ist mit ihren knapp vier Jahren zu klein und kennt die Kassetten nicht mal – trotzdem hat sie unsere Sonnenblenden getauscht. Wütend werfe ich sie mit Benjamin Blümchen ab. Zofia kreischt.

»Kinga! Benimm dich!«, fährt Mama sofort dazwischen, weil Zofia ihr großer Schatz ist. Vom Beifahrersitz dreht sie sich mit mahnendem Blick und gekräuselten Lippen zu uns um und packt wieder ihren Standardsatz aus:

»Vergesse nicht, dass als ältere Schwester du eine besondere Verantwortung trägst und solltest ein Vorbild sein.«

Am Anfang hat das sogar noch gezogen bei mir. Aus Stolz, für voll genommen zu werden, habe ich gemacht, was Mama von mir erwartet hat. Aber mittlerweile zieht die Masche nicht mehr. Mich benehmen darf ich, aber nicht nach 18 Uhr mit Mascha und den Jungs auf den Bolzplatz.

Ich kurble die Fensterscheibe runter und spucke mein Kaugummi auf die Autobahn. Ein Protestspucker. Gerade als Mama aufjapst, schaltet Papa sich ein:

»Achtung, Piraten! Festhalten! Die Schotterstraße!«

Schlagartig sind Zofia und ich wieder in einem Team. Für ein paar Sekunden bin ich gewillt, ihre Frechheit zu vergessen, denn Piraten müssen zusammenhalten. Nur so überleben sie wenigstens die polnische Autobahn. Wir johlen einen durchdringenden Ton und schlagen uns dabei auf die Holzbeine, die wir nicht haben. Piratengeschrei vom Feinsten. Die unebene Straße schüttelt uns so richtig durch, was den Effekt schön verstärkt. Wir können gar nicht mehr aufhören, wie waschechte Piraten zu johlen und zu kichern. Da muss sogar Mama lachen und verspricht uns, uns für die Rückfahrt mit Augenklappen auszustatten. Die lass ich mir aber nicht von Zofia klauen, und wenn doch, wird sie als Stammesverräterin erbarmungslos skalpiert.

•••

Oppeln empfängt mich, wie es mich immer empfangen hat. Wir biegen in den kleinen Schotterweg ein, der zum Haus meiner Oma führt, und ich rieche schon den Hühnerstall. Da sitzt sie wie immer auf ihrer Hollywoodschaukel im Vorgarten. Die Sitzbezüge vergilbt, ihr blumiger Kittel zerknittert, aber die Hände fein säuberlich auf dem dicken Bauch gefaltet.

Meine Eltern sind schon da. Das war ja klar. Sie schauen erwartungsvoll in unsere Richtung. Und sie erwarten nichts

Gutes. Ich habe selten so verkrampfte Gesichter gesehen, als hätten sie gerade die bitterste Medizin ihres Lebens geschluckt. Obwohl ihnen das doch erst bevorsteht. Meine Oma hingegen guckt, wie sie immer guckt: emotionslos. Wäre sie ein Tier, dann wäre sie ein Fisch. Kugelfisch. Giftig und … rund.

»Deine Oma sieht nett aus. Ist doch deine Oma, oder?«, flüstert Mahmut, als könnte sie uns hören.

»Das ist …« Ich würde gerne sagen, dass es sich bei der Frau nur um eine grimmige Nachbarin handle, eine ferne Bekannte, über die wegen mangelnder Körperpflege und selbst verschuldetem Vierfachkinn ständig geredet wird. Auf jeden Fall niemand, mit dem ich auf irgendeine Weise verwandt bin, aber leider …

»Ja.« Ich schlucke. Noch könnten wir einfach Gas geben, vorbeifahren und …

Mahmut stellt den Motor ab.

Er greift auf die Rückbank, schnappt sich die zwei Blumensträuße, die er schon in Berlin gekauft hat, und fünf von den zwanzig Tafeln guter deutscher Milka-Schokolade. Die gibt es mittlerweile zwar auch in Polen, aber Markenprodukte sind hier teurer, und irgendwie ist es auch einfach zur Gewohnheit geworden, dass die deutschen Verwandten Milka, Kaffee und Knorr-Tütensuppe mitbringen. Im Tausch gegen eine gefrorene Gans und Eier vom Hof. Bevor ich es geschafft habe, wenigstens eine meiner eingeschlafenen Pobacken wiederzubeleben, ist Mahmut bereits ausgestiegen. Noch bevor ich ihm sagen kann, dass ich ihn liebe. Egal, was jetzt passiert.

Ich beobachte durch die Frontscheibe, wie die Blumen bei jedem Schritt in seiner Hand vor sich hin wippen. Einige Blüten sind schon abgeknickt, die Fahrt auf der kaputten *Autostrada* hat auch sie mitgenommen. Mahmuts Hosenboden ist von der fünfstündigen Fahrt mindestens genauso zerknittert wie Omas Kittel und sein dichtes Haar steht wild in alle Richtungen ab. Im Schneckentempo steige ich aus.

Ich sollte an seiner Seite kämpfen – aber ich will nicht.

Mahmut überreicht Mama einen Strauß, dann meiner Oma.

Erster Fehler: Die Ältere hätte zuerst Blumen bekommen müssen. Dazu überreicht er Oma den Schokoladenstapel mit dem schüchternen Lächeln eines Drittklässlers. Papa schaut derweil auf einen imaginären Punkt irgendwo in der Ferne über Mahmuts Kopf, was gar nicht so einfach ist, weil Papa, typisch polnisch, ein eher kleiner Mann ist. Mahmut hingegen ist 1,86 groß.

Keiner sagt was. Keiner. Auch nicht, als ich mich neben Mahmut stelle und seine Hand nehme.

Papa sieht aus, als müsste er gleich kotzen. Mama auch. Oma steht auf und geht wortlos ins Haus. Blumen und Schokolade lässt sie auf der Hollywoodschaukel liegen.

Ich höre Mahmut schwer durchatmen.

»*Dzień dobry* …«, flüstert er seine einstudierte Begrüßung.

4

Masło maślane
•
Gebutterte Butter

Oma beugt sich in der Küche tief über die Schüssel voll buttrigem Kloßteig. Mit Schmutz unter den Fingernägeln massiert sie die Kartoffelpampe so hingebungsvoll wie einen Liebhaber. Ich schlurfe in die Küche und versuche dabei hoch konzentriert, meine *Kapcie* anzubehalten. Die plüschigen Hausschuhe verteilt Oma an alle ihre Gäste. So wie sich das für jeden guten Gastgeber in Polen gehört. Sie muss irgendwo ein Lager haben, denn es sind immer genügend *Kapcie* für alle da. Ich habe schon zu meinem achten Geburtstag genau die bekommen, die ich jetzt an meinen Füßen trage. Mittlerweile sind sie mir nicht mehr zu groß.

Mama steht ebenfalls in der Küche und versucht, nicht hinzusehen, als der verkrustete Dreck von Omas Schürze im Kloßteig landet. Papa sieht von all dem nichts. Er ist hier aufgewachsen, und seitdem er in Deutschland lebt und seine Mama ab und an ordentlich vermisst, romantisiert er ihre Gestalt erst recht. Für Mama ist Oma das Schlimmste an Papa.

»Wann geht ihr zu Martyna und Maciej?«, fragt meine Oma auf Polnisch, was mich tierisch ärgert. Sie müsste Mahmut nicht auf diese Weise ausgrenzen. Oma klingt irgendwie genervt und angepisst.

»Und zu Paweł? Der wartet bestimmt schon auf euch.«

Besuche in Polen sind ein reinster Familientreffmarathon, damit sich nicht irgendjemand beleidigt fühlt. Man verbringt die Tage damit, von Kuchentisch zu Kuchentisch zu fahren und mit allen die gleichen Gespräche zu führen. Ich lerne nicht dazu und bin jedes Mal aufs Neue überrascht, welcher Nachbar noch alles zur »Familie« gehört. Schlagartig beneide ich Zofia, die sich gekonnt vor diesem Polenbesuch gedrückt hat, weil wichtige Prüfungen in ihrem Lehramtsstudium anstünden. Die einzige Ausrede, die unsere Eltern akzeptieren.

Mahmut sitzt auf der Sitzbank im Wohnzimmer, inmitten verstaubter Kunstblumen und Figürchen von Osterhasen, Weihnachtsmännern und Jesusdarstellungen. Papa sitzt am anderen Ende der Bank und hat die Lokalzeitung vor sich als Sichtschutz ausgebreitet. Seine Fingerknöchel zeichnen sich als weiße Abdrücke auf seiner Haut ab. Solange er die Zeitung zerquetscht und nicht Mahmut, bin ich beruhigt.

Plötzlich stiefelt meine Oma ins Wohnzimmer. »Flaki?«, bellt sie den beiden Männern ins Gesicht. Mahmut schaut Hilfe suchend zu mir, Papa nimmt endlich die Zeitung aus der Fresse.

»*Flaki?!*«, wiederholt Oma drohend.

Papa schaut seine Mutter an, als wäre er wieder zwölf. Voller Vorfreude auf das Essen, das nur bei der eigenen Mama so gut schmecken kann.

Schnell kläre ich Mahmut über Flaki auf. Und bin mir dabei

des Zwiespaltes bewusst, in dem er sich nun befindet. Flaki ist zerkleinerter Rinderpansen und wird zur berühmten traditionell-polnischen Suppe verarbeitet. Im Klartext: zerhackter, dickflüssiger Drüsenmagen vom Rind. Mahmut würde das niemals freiwillig essen. Niemand, der nicht in Polen groß geworden ist, würde das. Doch er will Oma keinesfalls beleidigen, und er weiß, dass eine Ablehnung ihres Essens die größtmögliche Beleidigung wäre. Also nickt er und bedankt sich höflich für die Pampe, die Oma lieblos auf zwei Teller klatscht.

Für einen kurzen Moment verbindet Mama und mich wieder etwas: das Glück, um dieses Höllenmahl herumgekommen zu sein, weil Oma uns als Frauen bei dieser göttlichen Mahlzeit schlicht und einfach vergessen hat.

Todesmutig schiebt sich Mahmut einen Löffel nach dem anderen in den Mund. Papa schielt ihn herausfordernd und schadenfroh von der Seite an. Seiner eigenen und ungehemmten Begeisterung zum Trotz ist Papa nämlich durchaus bewusst, was Flaki in einem ungestählten Magen anrichten können.

Das Schlimmste ist, dass Mahmut ein wirklich guter Koch ist. Er kocht jeden Tag mit frischen Zutaten vom Markt und es stapeln sich die Jamie-Oliver-Kochbücher bei uns zu Hause. Die meisten Eselsohren ausgerechnet auf den Seiten mit vegetarischen Rezepten.

Ich erinnere mich unwillkürlich an mein erstes Mal. *Flaki.* An die Toilette, auf der meine Mittagspause endete. Und eine Erinnerung bleibt selten allein …

•••

Ich kenne nur ein Gericht, das so wenig nach Essen schmeckt wie Omas Flaki, und das steht gerade vor mir. Çiğ Köfte nennt sich das Übel.

Wieso? Köfte sind doch voll lecker, *denkt sich jetzt der ein oder andere Freund der türkischen Küche.*

Das stimmt. Köfte. *Es handelt sich bei der mir servierten traditionellen Version aber um kräftig gewürzte Bällchen aus* rohem *Hack. Ja, roh. Ungebraten. Auch auf keine andere Art und Weise erhitzt, in kaubare Konsistenz gebracht und von etwaigen Salmonellen befreit.*

Mahmuts Oma zupft ihr Kopftuch zurecht und nickt bekräftigend. Ihr Blick: starr auf mich gerichtet. Ich werfe schmachtende Blicke in Richtung Couscoussalat, Börek und Co. Leider sind aber der ganze Stolz von Mahmuts Großmutter ihre Çiğ Köfte. *Als neuer Gast muss ich sie probieren und ich möchte meinen ersten Eindruck natürlich nicht versauen. Sie sagt etwas auf Türkisch und macht eine auffordernde Handbewegung.*

Leider besitzt die Familie keinen Hund, an den ich die Hackbällchen heimlich unterm Tisch verfüttern könnte, und so zerkaue ich mutig jede Fleischfaser ganz allein. Kurzzeitig überlege ich, Teile der Bällchen in den Flokatiteppich unter meinen Füßen einzutreten und so verschwinden zu lassen. Leider hat er nicht die richtige Farbe.

Mein Magen macht ein Geräusch, das er noch nie gemacht hat. Erinnert an Gewitter in den Bergen.

Ist es nur mein Gefühl oder wird die Fleischmasse in meinem Mund tatsächlich immer mehr?

•••

Meine Eltern ziehen sich am Abend erstaunlich schnell in das Zimmer zurück, das Oma ihnen für die Nacht zugewiesen hat. Ich nutze die einkehrende Ruhe, um mich zu Mahmut ins Badezimmer zu schieben, der sich gerade auszieht, um zu duschen. Guter Moment.

»Es war heldenhaft, wie du die Flaki verputzt hast!«, platzt es prustend aus mir heraus, kaum, dass ich die Tür verschlossen und mich zu ihm umgedreht habe. Mit in die Seiten gestemmten Armen stehe ich stolz vor Captain Flaki – *meinem* Captain Flaki.

»Ich hätte keine Angst mehr, wenn Red Skull höchstpersönlich vor mir stünde.«

»Du meinst, weil ich ihn in die Flucht rülpsen kann?«, fragt Mahmut belustigt. Er wirkt müde, wie er da so halb ausgezogen die Schultern hängen lässt.

»Ich traue den Gasen, die in meinem Magen rumoren, durchaus zu, dass sie tödlich sind.«

»Dieses Gespräch nimmt einen unerwartet erotischen Verlauf«, jauchze ich überdreht. In meiner Brust vermischen sich Belustigung über die heutige Flaki-Situation mit liebevoller Schadenfreude gegenüber Mahmut und purer Freude über seinen nackten Oberkörper. Eine gefährliche Mischung. Mit einem Schritt bin ich bei ihm und lege die Arme um seinen Hals, wobei sich mein Bademantel wie zufällig öffnet. Hätte ich dabei nicht meinen Ellenbogen volle Kanne gegen das Waschbecken gedonnert, die Szene hätte eine durchaus sinnliche Leichtigkeit ausgestrahlt.

Mahmut sieht mich mitleidig an. Na toll. Ich will lüstern angesehen werden! Während ich genervt schnaube, ist es nun Mahmut, der kichert. Kurz schaue ich bestimmt ziemlich dumm aus der Wäsche, dann hat er mich schon angesteckt. Wir hängen uns minutenlang kichernd in den Armen, als hätten wir etwas Verbotenes ausgefressen.

Als wir uns endlich beruhigt haben, schauen wir uns einige Sekunden einfach nur still in die Augen. Ich spüre, dass ich noch etwas loswerden muss, bevor der Abend seinen Lauf nimmt:

»Mahmut, im Ernst: Du musst nicht alles tun, um meiner Familie zu gefallen.«

Er ist überrascht von der plötzlichen Ernsthaftigkeit:

»Entspann dich, ich habe doch nur was gegessen, was –«

»– vermutlich dein komplettes Geschmackszentrum traumatisiert hat. Flaki gelten zwar nicht als offizielle Foltermethode, aber ich hab gehört, dass Amnesty International dran ist.«

Auch ich kann mit Ernsthaftigkeit nicht so viel anfangen. Vermutlich ein Grund, warum Mahmut und ich uns so gut verstehen. Bleibt zu hoffen, dass meine Message trotzdem bei ihm angekommen ist.

Mahmut setzt eine gespielt ernste Miene auf:

»Wir sollten eine Petition gegen Flaki starten.«

»Erst mal sollten wir Erste Hilfe leisten.« Ich grinse listig. Listig grinsen kann ich nämlich gut. Küssen kann ich noch besser. Und mit diesem Gedanken leite ich meine Erste Hilfe ein.

5

Üzüm üzüme baka baka kararır

•

Die Traube wird schwarz, indem sie die andere Traube anschaut

Nächster Halt: Tante Kornelia und Onkel Hubert. Kornelia ist Mamas Zwillingsschwester und war mal kurzzeitig mit meinem Vater vermählt. Na gut, nur auf dem Papier. Der Pfarrer, der meine Eltern getraut hat, konnte Mama und Tante schon im Kommunionsunterricht nicht auseinanderhalten und hat einfach nach dem Fifty-fifty-Prinzip alle Formulare mit »Kornelia und Adam« ausgefüllt. Als Kornelia dann wirklich heiraten wollte, hat er besorgt nachgefragt, was denn mit ihrem letzten Mann passiert sei.

Mama und Tante sind zwar zweieiige Zwillinge, haben aber die gleichen lachenden Augen. Man merkt, dass sie als Kinder ständig zusammen waren. Mimik und Gestik ähneln sich stark, und sobald man die beiden nebeneinander sieht, hat ihr Kichern automatisch etwas Verschwörerisches. Als würden sie wieder heimlich die Ziegen mit Schokolade füttern, wie sie es als Kinder getan haben.

Tante Kornelia und Onkel Hubert sind für mich die liebsten Verwandten in Polen. Auch sie sind äußerst konservativ, aber sie brennen den besten Schnaps in ganz Oppeln. Ihr Haus ist ein Traum. Nichts ist wichtiger als der Vorgarten, der gefühlt jährlich umgestaltet wird. Kein Wunder, der Vorgarten ist das Erste, was Gäste, und das Einzige, was die meisten Nachbarn und vor allem der Pfarrer von ihrem Haus zu sehen bekommen.

•••

»Es ist schlichtweg nicht christlich und hat somit nichts in unserer Gemeinde verloren.«

Ich sehe den Pfarrer der Gemeinde, wie er sich vor Tante aufbaut, der Tränen in die Augen steigen, noch genau vor mir. So schmal und klein, wie sie ist, wirkt es fast, als würde ein Kind von seinem Vater eine gepfefferte Standpauke bekommen.

Ich habe mich hinter dem Türrahmen der Küche versteckt und beobachte Tante und den Pfarrer im Eingangsbereich des Hauses klammheimlich.

»Es tut mir so leid, Herr Pfarrer. Ich werde die Figur direkt …«

»Ich bitte darum. Figuren anderer Religionen signalisieren Untreue. Sie sind Ihrem Herrn gegenüber doch nicht etwa untreu?«

»Nein! Ich bete jeden Tag und gehe in die Kirche, obwohl die Schmerzen im Knie nach der Operation noch …«

»Vielleicht halten die Beschwerden genau aus diesem Grund so lange an. Der Herr sieht alles. Also entfernen Sie besser diese ketzerische Buddhafigur aus Ihrem Garten.«

Ich schnappe nach Luft, weil ich nicht fassen kann, was ich da höre. Es geht um eine beschissene Buddhafigur und der Pfarrer der

Dorfgemeinde droht meiner Tante doch tatsächlich mit der Rache Gottes in Form von schlimmer werdenden Schmerzen?

Meine Familie und ich sind nach Polen gekommen, um Tante nach der Operation an ihrer immer wieder herausspringenden Kniescheibe zu unterstützen. Jetzt kommt dieser geleckte Sack von Pfarrer daher und fährt, ohne mit der Wimper zu zucken, fort: »Der Bischof und ich werden ein Auge zudrücken. Aber wenn eine solche Eskapade Ihrerseits noch einmal vorkommt …«

»Auf gar keinen Fall«, unterbricht ihn Tante eifrig-pflichtbewusst. »Ich werde die Figur gleich zerstören und um Vergebung bitten.« Sie fixiert ihre Fußspitzen.

»Sie können, um Ihre Demut vor dem Herrn zu zeigen, den Vorplatz der Kirche fegen und die Pflanzen des Kirchengrundstücks bewässern«, höre ich den Pfarrer noch sagen, bevor Tante mit ihm nach draußen tritt und die Tür hinter sich schließt.

Unterfickt ist dieser Typ, einfach nur unterfickt, *denke ich.*

Tante hätte ihm vor die Füße spucken sollen.

Ich bin froh, dass Berlin meine Eltern zumindest in religiöser Hinsicht zu entspannteren Menschen macht. Sie würden es vor Tante Kornelia nie zugeben, aber Mama und Papa genießen es, dass die Größe ihrer Gemeinde in Berlin es dem Pfarrer unmöglich macht, jeden beim Namen zu kennen. Berlin ist anonymer.

Wobei auch Mama sich mal von einem Diakon zu einem kostenpflichtigen »Kochkurs für gute Katholiken« hat überreden lassen. Ein Jahr hielt sie durch, um dann eine pflegebedürftige Großcousine zu erfinden, die leider ausgerechnet jeden Donnerstag zur Zeit des Kurses Physio hatte und unbedingt begleitet werden musste. Mama hat sich nicht getraut zu sagen, dass sie einfach keinen Bock mehr hatte, sich stinknormale Suppen und Eintöpfe als »himmlische Rezepte der Klosterküche« verkaufen zu lassen.

Kulinarischer Bescheidenheit kann sie nichts abgewinnen, auch nicht im Namen Gottes.

»An jedes gute Gulasch gehört Sahne. Punkt.«

Am schlimmsten aber fand sie die »Bibelrezept-Wochen«, in denen sie Speisen gekocht haben, die im Alten und Neuen Testament erwähnt werden. Die »berühmte Linsensuppe Jakobs« schmeckt laut Mama nach Abwasser.

»Wie Jakob seinen Zwillingsbruder damit um sein Erstgeburtsrecht gebracht haben soll, muss mir noch mal jemand erklären.«

•••

»Sie hat sonst nie jemanden mitgebracht, und jetzt ausgerechnet einen Türken?«, höre ich Tante flüstern, als sie mit Mama in der Küche Kaffee kocht. Es sollte mich nicht überraschen. Tut es aber. Ich bin enttäuscht, auch wenn es mir natürlich nicht schwerfällt zu verstehen, warum es ihr an Weltoffenheit mangelt. Ihr ganzes Leben lang war Tante genau in drei Ländern, und da auch immer an denselben Orten: Deutschland, Tschechien und natürlich Polen. Früher aufgrund fehlender Möglichkeiten, heute aus Gewohnheit. Dafür erlaubt sie sich ein ganz schön strenges Urteil.

»Wollt ihr nicht mal verreisen?«, platze ich in die Küche und versuche, das Gesprächsthema auf etwas Schönes zu lenken und so die aufeinanderhockenden Hennen voneinander zu trennen.

Mahmut sitzt wie ein Schluck Wasser auf der Sitzbank im Wohnzimmer, diesmal umzingelt von Onkel und Papa, der sich jetzt auch dichter rantraut.

»Wir haben kein Geld für Reisen«, jammert Tante. Ich

werfe einen Blick auf den neu angelegten Teich im Vorgarten und den Fernseher, der beim letzten Mal auch noch nicht so dünn wie eine Briefmarke war.

»Arbeiten, arbeiten und gerade mal so überleben. Du weißt ja, wie das ist«, klagt sie und klingt dabei, als wäre sie sich sicher, dass ich das auf *gar keinen Fall* weiß.

Dann kommt auch noch Marta zur Tür herein, im Schlepptau ihren Verlobten Kamil. Ich kenne Kamil schon. Marta und er waren immer mal wieder zusammen und immer mal wieder getrennt. Marta strahlt über beide Ohren. Stolz. So, als würde sie uns eine neue Luxuskarre vorführen. Täusche ich mich oder ist das schon der Ansatz einer Glatze auf Kamils Kopf? Wohl doch kein Neuwagen. Ich erschrecke vor meinen eigenen gehässigen Gedanken. Ist es meine Familie, die diese niederen Triebe in mir auslöst?

»Hallo, Tante! Kinga! Wie schön, dass ihr da seid! Wo ist denn Onkel?« Eine dicke Wolke von irgendeinem Eau-de-was-auch-immer umgibt mich, während Marta elfengleich zwischen uns hin und her tanzt. Hier ein Wangenkuss, da eine innige Umarmung. Tante strahlt stolz, und Mama guckt, als würde ihr jemand gerade die eigenen Unzulänglichkeiten vorhalten. Also mich.

Im Vergleich zu Cousine Marta bin ich B-Ware, wenn überhaupt. Das Schlimmste ist, dass Marta einfach nett ist und ich mich noch blöder fühle, wenn ich böse Sachen über sie denke. Mich nervt nur der ständige Vergleich mit ihr und irgendwie muss der Dampf ja mal abgelassen werden. Wenigstens in Gedanken.

•••

»Das Wetter ist heute recht mild, findest du nicht?«, fragt Tante, während sie Mamas neue und alte Kochtöpfe abklopft, um die Qualität zu testen. Sie sagt nichts dazu, aber ihr Mund zieht sich zusammen wie der Bund meines Turnbeutels. Gespitzte Lippen sind bei Tante immer ein Zeichen für Missfallen. Wenn die Lippen gespitzt sind, ist klar: Das wird heute nix mit dem Bestehen des Tante-TÜVs. Mein Herz schlägt umso schneller, als Marta mich über die Türschwelle in die Küche zieht. Ausgerechnet.

»Schaut mal!« Auch eine Engelsstimme kann nervig klingen. Marta streckt den Stapel Zeichnungen unseren Müttern hin. Während unsere Väter damit beschäftigt sind, »Familien-Duell« zu schauen, was ich an der Stimme von Moderator Werner Schulze-Erdel erkenne.

»Und als Nächstes, auf dem Relegationsplatz und gerade so mit einem ›Genügend‹, in unser Ranking geschafft hat es Kinga. Wenn wir ehrlich sind, auch nur wegen eines Mitleidsbonus …« Hat der Moderator natürlich nicht *gesagt. Aber aus Angst vor Tantes Urteil fange ich schon an zu halluzinieren.*

Während Tante schweigend durch die Bilder blättert, wagt Mama einen Blick über ihre Schulter. Ich hingegen lenke mich mit dem neuen Kalender an unserer Küchenwand ab, der mit Familienfotos bedruckt ist. Tante hat den März aufgeschlagen, obwohl wir Januar haben, weil sie nach eingehenden Studien beschlossen hat, es sei das einzig vorzeigbare Foto vor November.

Im März hat Marta Geburtstag, deshalb ist ein Foto von ihr abgedruckt, auf dem sie eine Karotte aus dem Beet reißt.

Im Januar sieht man hingegen, wie ich einen Schneeengel mache. Ich gebe zu: Die Flügel hätten symmetrischer sein können. Vielleicht besser, dass Tante vorgeblättert hat.

Und sie blättert immer weiter, immer noch durch Martas und meine Zeichnungen. Ich höre nur ab und zu ein »Hmm« und hier und da einen Seufzer. Meist entzückt. Kein Wunder, die meisten Bilder sind von Marta. Die hat gezeichnet wie ein D-Zug.

Nach langem Schweigen dann endlich ein erstes Urteil. Marta hängt an den Lippen ihrer Mutter und weiß genau, dass sie ein Egobooster erwartet:

»Wirklich wunderschön, Marta! Man sieht, dass du dich viel mit dem Malen beschäftigst. Genau das richtige Hobby für ein so hübsches Mädchen.«

Dann, wie auf Knopfdruck, verzieht sich Tante Kornelias Gesicht zu einer einzigen sorgenvollen Falte, als sie sich mir zuwendet:

»Kinga? Kann es vielleicht sein, dass du Linkshänderin bist? Das kann man bestimmt testen lassen. Vielleicht ist das das Problem …«

Prompt beginnt Mama aufgeregt, meine Hand zu untersuchen, als würde sie die Antwort irgendwo aus meiner Lebenslinie herauslesen können. Ich gucke sie nur verdutzt an. Manchmal frage ich mich, ob Tante und Mama wirklich nur Zwillinge sind oder vielmehr Klone.

Seit zwei Tagen sind Tante, Onkel und Marta bei uns zu Besuch. Ich habe mir bereits anhören dürfen, dass meine Schuhe verschmutzter seien, als Martas es je waren und sein werden, dass mein Zimmer ein Chaos sei, so schlimm, wie es bei Marta nicht mal nach ihrem Geburtstag ausgesehen hätte, dass ich die Gabel im Gegensatz zu Marta falsch hielte und dass mir Grün viel schlechter stünde als Marta. Da Zofia gerade auf ihrer ersten Klassenfahrt ist, kriege ich alles ab. Na ja, fast. Mama muss auch dran glauben. Sie hat erfahren, dass ihr Klodeckel dringend ausgetauscht werden müsse, ihre Tagescremes nicht an die polnischen heranreichten, ihr Gulasch früher geschmacksintensiver gewesen sei (was sie hart getroffen hat) *und dass ihre Geranien lange nicht so gesund aussähen wie die unserer Nachbarn.*

Zum Glück fahren Tante und Anhang morgen wieder zurück nach Polen. Wo die Geranien das ganze Jahr über blühen, auch im Winter, und es zum Frühstück schon das beste Gulasch der Welt gibt. Ich würde jetzt sehr gerne unseren hässlichen Klodeckel nehmen und ihn vor lauter Wut gegen die Wand schmeißen. Schaffe ich mit links und *mit rechts.*

6

Kalp kalbe karşı
•
Herz an Herz

Marta flattert weiter ins Wohnzimmer und kommt prompt zum Stehen, während Kamil noch brav die Begrüßungsrunde vollführt und dabei wie ein Dackel hinter ihr herzieht.

»Wen haben wir denn da?«, flötet sie. Ich löse mich aus Kamils feuchtem Griff und eile ins Wohnzimmer. Weniger Elfe, mehr aufgescheuchtes Huhn. Ich kann Mahmut nicht länger alleinlassen.

»Darf ich vorstellen? Das ist … Sein Name ist Mahmut. Mein Freund.«

Stille. Daran sind wir ja mittlerweile gewöhnt. Ich bin zwar aus der katholischen Kirche ausgetreten, noch so eine Sache, die ich meinen Eltern mal erzählen wollte, aber erlaube mir ein kurzes Stoßgebet gen Himmel.

»Mahmut …«, irgendwas an der Art, wie Marta seinen Namen ausspricht, gefällt mir nicht. Sie guckt ein bisschen so wie früher, wenn ich mit meinen *echten* Barbies zu Besuch bei ihr in Polen war. Als wäre sie auf der Jagd.

»Hallo, ich bin Mahmut, genau. Schön, dich kennenzulernen.« Mahmut steht auf und versucht, ganz entspannt zu wirken. Doch ich sehe an seinen Wangen, dass seine Kiefermuskulatur angespannt ist. Er streckt meiner Cousine die Hand entgegen.

»Ich bin wirklich froh, dass meine Eltern mich auf eine Schule geschickt haben, an der Deutsch unterrichtet wurde. Dann werden wir uns wunderbar unterhalten können!«

Marta gibt immer mit ihren Deutschkenntnissen an.

Unsere Großeltern können Deutsch, weil Oppeln in ihrer Kindheit deutsch war und erst nach dem Zweiten Weltkrieg wieder polnisch wurde. Was wiederum der Grund dafür ist, dass unsere Elterngeneration nur dürftig Deutsch spricht. Die finden das so schlimm, dass jedes zweite Elternpaar seine Kinder auf Schulen schickt, die Deutsch unterrichten. Nicht selten steckt der Traum vom reichen Westen, vom tollen Deutschland dahinter. Die Kinder sollen irgendwann die Chance haben, nach Deutschland zu ziehen und dort bessere Perspektiven zu haben, als sie selbst es hatten.

Als polnischer Deutscher ist es dann deine Pflicht, die Familie regelmäßig mit guten deutschen Produkten, wie Schokolade und Kaffee, zu versorgen.

»Also, ich hab erst mal Lust auf Kuchen«, sage ich.

Ich wünsche mir, dass sich alle ihre Münder ganz vollstopfen und die Klappe halten.

•••

»Weißt du, Mahmut, Papa, Onkel und Kamil brauchen noch Hilfe an unserer Laube – vielleicht könntest du …«

»Natürlich, sehr gern!«

Marta geht mir heute erstaunlich stark auf die Nerven. Habe ich gesagt, dass sie nett sei? Ein Irrtum. Sie hat mit ihren Blicken mehr von Mahmut genascht als von der Zitronenbabka auf ihrem Teller. Das scheint aber niemand außer mir mitzubekommen, nicht mal Kamil, der ihr direkt gegenübersitzt. Oder es stört einfach keinen. Und jetzt schickt sie ihn direkt in die Höhle des Löwen.

Die Männer ziehen ab in den Garten, und ich werfe Mahmut einen Blick zu, der sagen soll: »Bleib stark!«

»Jetzt sind wir Frauen endlich unter uns«, sagt Marta und drückt meine Hand. Mama schaut sie gerührt an.

»Bist du schon aufgeregt, wegen der Hochzeit?«

»Ich habe mir diesen Tag schon als Kind ausgemalt. Natürlich bin ich aufgeregt, aber es ist eine gute Aufregung.«

»Wohin geht's in euren Flitterwochen?«, schalte nun auch ich mich ein.

»In die Berge, nach Zakopane.«

»Ihr bleibt in Polen?« Ich kann nicht verbergen, wie öde ich das finde.

Mama schnaubt. »Es ist doch schön, dass Marta ihre Heimat zu schätzen weiß. Das kann man nicht von allen an diesem Tisch behaupten. Polen ist ein tolles Land! Vielfältig und …« Mama schaut mich wütend an. Sie will sich in Rage reden, aber ihr fehlen die Worte. Deshalb beginnt sie mit zitternder Hand, nach einem weiteren Kuchenstück zu suchen. Übersprunghandlung.

Egal, was ich sage, es wird Mama auf die Palme bringen. Sie kann mich gerade nicht mehr ansehen, ohne sich eine Horde südländischer Enkelkinder vorzustellen.

»Ich meine doch nur, dass sie sich vielleicht mal was Großes gönnen sollten und …«, versuche ich zu deeskalieren. Keine Chance. Mama fällt mir brüsk ins Wort:

»Ach, *du* endest doch sowieso daheim in der Küche!« Dabei fuchtelt sie wild mit dem Tortenheber vor meiner Nase herum.

»Das sagst *du*?«, frage ich bitter. Ich hätte die Pille einfach schlucken sollen. Ich sollte Mama Zeit geben, sich an die Situation zu gewöhnen. Doch es verletzt mich zu sehr, dass ausgerechnet meine Mutter so voller Vorurteile ist und mir so wenig vertraut.

•••

»Hast du das gehört?« Marcin packt mich am Arm und bringt mich damit zum Stehen. Er flüstert, und ich weiß nicht, warum.

»Was?« Ich gucke ihn etwas genervt an, weil ich weiß, dass wir uns beeilen müssen, wenn wir noch etwas vom Basketballplatz haben wollen. Sobald die Oberstüfler Schulschluss haben, müssen wir uns verziehen.

»Na, das!«

Ich tue ihm den Gefallen und mache einen ernsthaften Versuch, genau zu lauschen. Dann schüttle ich den Kopf:

»Echt nicht …«

»Doch! Doch! Du hörst nur nicht rich … – Da! Da war es wieder!« Marcin guckt mich aus großen Augen an, lässt aber endlich meinen Arm los. Stattdessen rennt er zu einer der schwarzen Mülltonnen und presst sein Ohr an die dreckige Plastikverkleidung. Ich sehe, dass er einen Fleck auf seiner Hose hat, und will mich gerade darüber lustig machen, als auch ich es höre. Oder? Da war doch was! Ich

höre genauer hin und meine, ein Rascheln zu vernehmen. Mit drei großen Schritten stehe ich neben ihm. Jetzt flüstere ich*:*

»Was war das?«

»Ein Pokémon!«, sagt Marcin.

Ich rolle mit den Augen: »Pfosten …«

»Wär aber mega!«

Einen kurzen Moment noch stehen wir so da und sind uns einig, dass das Rascheln in immer regelmäßigeren Abständen zu hören ist.

»Vielleicht ist da wieder ein Welpe drin!«, rufe ich.

Marcin verzieht das Gesicht mitleidvoll. »Du meinst, wie das eine Mal nach Weihnachten? Wenn's mehrere Hundebabys sind, könnten wir sie unter uns aufteilen, und Mirko kriegt auch noch eins!«

Ich rolle wieder mit den Augen, muss aber zugeben, dass mir der Gedanke gefällt. Zumindest, wenn ich nicht daran denke, wie unsere Eltern reagieren würden.

»So oder so, wir müssen was tun«, beschließe ich. »Wer oder was auch immer da drin ist, muss befreit werden.«

Marcin nickt eifrig und spuckt sich schon mal in die Hände. Ich verpasse ihm einen Schlag auf den Oberarm: »Ihhh!«

»Was denn?«

»Hier! Pack die Tonne so an wie ich, aber auf der anderen Seite!«

»Meinst du nicht, wir sollten die Feuerwehr rufen?«

»Die hat Besseres zu tun. Jetzt mach!«

Die Tonne ist so groß, dass wir beide problemlos darin wohnen könnten, deshalb müssen Marcin und ich ganz schön ackern, um sie überhaupt ins Wanken zu bekommen. Zum Glück kommt Ece vorbei, die wir einspannen, mit uns gegen die Tonne zu drücken. Sie lehnt sich mit vollem Körpereinsatz dagegen.

»Aber seid vorsichtig!«, rufe ich. »Wir müssen die Tonne langsam

stürzen, nicht dass er, sie, es verletzt wird.« Die Antwort: ein zustimmendes Grunzen.

Zwei Sekunden später knallt die Tonne mit einem lauten »Rumms« zu Boden. Und der Inhalt entleert sich. Wir halten uns die Nasen zu und treten neugierig (aber vorsichtig!) vor die Tonne. Die Plastiktüten stapeln sich zu einem wilden Haufen, sind teilweise aufgeplatzt. Es liegen Kassenzettel, Etikettenreste, Joghurtbecher und anderer Verpackungskram herum. Hier und da eine Bananenschale, und ich erspähe sogar ein Spielzeugauto aus quietschend buntem Plastik. Aber keine stupsige Hundenase.

»Und?«, fragt Marcin. »Seht ihr sie?«

»Wir wissen noch nicht mal, ob es Hunde sind«, erinnere ich ihn. Er kratzt sich durch sein Adidas-Cap am Hinterkopf. Ece macht dasselbe durch ihr Kopftuch.

»Ich glaub, das ist unsere Mülltüte …«, sagt Marcin enttäuscht und ein wenig zerknirscht.

Mama sagt immer, ich solle nicht mit den Augen rollen, weil sie dann irgendwann so stehen blieben, aber ich würde zu gern schon wieder. Stattdessen schnappe ich mir drei Äste, breche sie in eine gute Länge und halte sie Ece und Marcin hin:

»Unser Werkzeug.«

Wir sind gerade mal zwei Minuten dabei, mit Stöcken im Müll zu wühlen und ihn behutsam auseinanderzuklamüsern, da – kommt jemand! Aber nicht aus der Tonne, sondern um die Straßenecke.

Ece rafft es als Erste: »Eure Mütter!«, ruft sie und rennt weg, als hätte sie geschrien: »Die Bullen kommen!«

Marcin und ich sehen erst uns perplex an, dann den Müll und die umgestürzte Tonne direkt vor unseren Füßen. Wir sind viel zu erschrocken, um zu handeln.

»Marcin! Was machst du da?!« Ich habe selten eine so schrille

Stimme gehört. Marcins Mutter ist eine kleine, rundliche Frau mit Bob und Brille. Sie sieht sehr nett aus, ist es aber meistens nicht. Ich weiß zum Beispiel, dass immer nur beste Schulnoten von Marcin erwartet werden und sie ihn darum nur selten mit uns draußen spielen lässt. Bislang war ich nicht oft bei ihm, ich bin nicht gerne da. Am Essenstisch wird nur über Politik geredet, obwohl ich glaube, dass seine Eltern nicht wirklich eine Peilung haben. Sie drehen den Fernseher nur immer extra laut auf und öffnen das Fenster, wenn die »Tagesschau« läuft, damit die Nachbarn es mitbekommen.

»Ich kann nicht fassen, dass nicht einfach du kannst ganz normal spielen, wie andere Kind in deine Alter auch!«

»Kinga?« Jetzt hat auch meine Mutter mich erkannt. Ich bin vermutlich ein klein wenig dreckiger und zerzauster als gewohnt. Ein bisschen wie Momo. Die ist ohnehin mein großes Vorbild. Mama ist insgesamt etwas gefasster, aber auch sie sieht nicht gerade erfreut aus. Marcins Mutter ist mittlerweile dabei, ihren Sohn mit spitzen Fingern, aber äußerst grob, zwischen dem Müll hervorzuziehen und ihm pikiert den Dreck von den Sachen zu klopfen: »Wie siehst du denn aus? Wie eine Mullmann!« Sie sagt es angeekelt, und sie sagt »Mullmann« statt »Müllmann«. Ihre Stimme überschlägt sich fast.

Ich versuche, die Situation zu erklären:

»Wir haben etwas in der Mülltonne gehört und dachten, dass da vielleicht ein Tier drin ist. Ein Hund, wie nach Weihnachten. Den hätten wir doch nicht einfach …«

»Ihr wolltet spielen Helden, soso …« Marcins Mutter schüttelt ärgerlich den Kopf – sie lässt keine Entschuldigungen zu. Im Gegensatz zu ihr klopft Mama mich nicht so grob ab, als wäre ich ein verstaubter Teppich, der über einer rostigen, polnischen Teppichstange hängt. Und sie schweigt. Sie guckt nur etwas streng und minimal angeekelt.

»Ich bringe diese dumme Sohn jetzt zu Hause, damit was Vernünftiges macht«, sagt Marcins Mutter. Er könnte dir zum Beispiel mal Deutsch beibringen, dumme Kuh!, *denke ich gehässig, aber behalte es für mich. Ich bin fast froh, dass wir in der Öffentlichkeit sind, denn da schimpft Marcins Mutter nur auf Deutsch mit uns. Und da kennt sie nicht so viele schlimme Wörter. Zu Hause kriegt Marcin bestimmt noch viel mehr zu hören. Dann ist die erste Wut vielleicht schon etwas verraucht. Unsere Mütter verabschieden sich voneinander, Marcin und ich tauschen nur einen verschwörerischen Blick. Wir würden es wieder tun, sagt der.*

Mama und ich gehen in Richtung unseres Häuserblocks. Sauber macht keiner. Da wird sich die Müllabfuhr morgen freuen, *denke ich, zugegebenermaßen mit nicht besonders schlechtem Gewissen.*

Ohne Marcins Mutter ist es plötzlich ganz still und ich höre die Vögel wieder singen. Vorsichtig schaue ich zu Mama, aber ihr Gesicht verrät nichts. Sie lässt mich einige Minuten schmoren, bis sie ihre Stimme erhebt:

»Das war eine dumme Aktion.«

Ich schlucke.

»Vielleicht holt ihr beim nächsten Mal Hilfe«, fährt sie fort, und ich denke, ich höre nicht richtig. Was? Keine Standpauke? Nichts? Mama kriegt mein fettestes Lächeln zu sehen. »Danke, Mama! Ich hol dann einfach dich!«

»Besser so. Dann sparen wir uns das Chaos. Und wenn da wirklich mal ein Tier drin ist …«

Jetzt kriegt Mama nicht nur ein Lächeln, sondern einen fetten, nach Abfall riechenden Kuss auf die Wange. Sie ist die Beste, wenn es drauf ankommt!

•••

Unser Streit will nicht abebben. Ganz im Gegenteil. Es kommt die Flut. Mama steht plötzlich auf und kommt um den Tisch zu mir herumgelaufen. Perplex stehe auch ich auf, um mit ihr auf Augenhöhe zu sein. Sie hat noch immer den Tortenheber in der Hand und hält ihn mir jetzt direkt vor die Nase. Ich fange fast an zu schielen.

»Du hättest *jeden* haben können. Jeden. Wir haben dich in ein so tolles Land gebracht und dir und deiner Schwester alles ermöglicht. Und wie dankt ihr es uns?« Auf Polnisch klingt sie wegen der vielen Zischlaute sehr bedrohlich. Von Verständnis keine Spur. Wo ist die Mama, die mit mir so gerne ein heimlich verschworenes Team bildet?

»Mama. Ich habe mir nicht ausgesucht, in wen ich mich verliebe.«

»Das hättest du aber tun sollen! Du bist ein intelligentes Mädchen.«

»Was hat denn das mit Intelligenz zu tun? Hast du Papa geheiratet, weil du intelligent bist? Wohl eher nicht.«

»Werd nicht frech!«

»Das ist immer euer Totschlagargument. Aber Mahmut ist ein guter Kerl. Du musst ihm nur mal eine Chance geben!«

»Er ist in patriarchalen Strukturen groß geworden. In einem Kulturkreis, in dem Frauen …«

»Ist es in Polen denn anders? Und außerdem: Du pauschalisierst total!«

»Ich pauschalisiere, weil man pauschalisieren muss. Die werden im Alter doch noch schlimmer. Jetzt reißt er sich vielleicht zusammen, aber bald hast du nichts mehr zu sagen.«

Marta und Tante versuchen gar nicht erst, ihre Sensationslust zu verbergen. Als würden Mama und ich ein Tennisspiel austragen, schauen sie gebannt zwischen uns hin und her.

»Hältst du mich für so wenig eigenständig? So rückgratlos? Deine eigene Tochter?«

»Liebe macht eben blind!«

»Ach, komm!«

»Schau dir doch mal an, wie die sich in Deutschland benehmen? Wie … wie …«

»Wie Türken eben, oder? Tja, die meisten Türken verstecken sich nicht. Aber soll ich dir mal was sagen? Genau *das* hat mir als Kind nicht gutgetan. Dass ihr nie wolltet, dass wir Polnisch reden in der Öffentlichkeit. Dass ich unbedingt die besten Deutschnoten haben musste. Bloß nicht auffallen, bloß angepasst und so deutsch wie möglich sein. Ihr habt eure eigene Kultur verleugnet! Und sie mir vorenthalten. Mahmuts Familie hat das nie getan!«

Matchball. Tante und Marta haben mittlerweile vor Spannung vergessen, wie Kauen und Schlucken funktioniert. Aus dem Augenwinkel sehe ich, wie sie die Wangen hamsterartig mit Kuchen gefüllt haben, die Gabeln hängen in der Luft vor ihren Mündern fest.

»Was wirfst du uns da vor? Man kann nicht in ein Land ziehen und sich nicht anpassen …«

»Es gibt einen Unterschied zwischen Anpassen und Verstecken. Ich sage nicht, dass alle türkischen Familien den perfekten Weg der Integration gefunden haben. Aber wir Polen nun mal auch nicht!«

Deshalb ist Streit scheiße. Weil man zwanzig Fässer öffnet, ohne auch nur eins vernünftig zu leeren. Anstatt sich Zeit zu nehmen, zuzuhören und den eigenen Standpunkt zu erklären, schmeißt man sich verletzende Spitzen um die Ohren und ist taub für alles, was nicht aus dem eigenen Mund kommt. Ich weiß nicht, was passiert wäre, wenn nicht plötzlich dieser Schrei aus dem Garten ertönt wäre.

»Adam?!?« Mama schaut mit aufgerissenen Augen zur Tür.

Nun springen auch Kornelia und Marta auf, die bisher schweigend das Mutter-Tochter-Drama beobachtet haben. Wir rennen aufgeschreckt nach draußen in den Garten und treten uns dabei gegenseitig in die Hacken.

Den Anblick von Kamil, Mahmut und Papa muss ich erst mal verarbeiten. Es sind zu viele Eindrücke auf einmal, um die Gesamtsituation mit einem Blick erfassen zu können. Papa liegt mit blutiger Nase auf dem Boden, Kamil ist rückwärts auf die morsche Sitzbank vor der Laube gestürzt und reibt sich den Kopf. Mahmut ist der Einzige, der noch steht. Doch auch er hält sich die Stirn. Zwischen den Männern liegen lauter Holzbretter und ein umgekippter Werkzeugkasten.

»Jesus Maria!«, schreit Tante. In dem Moment kommt auch Onkel aus der Laube gerannt und schaut mindestens so verdutzt wie ich. Mama kniet sich zu Papa, ich laufe zu Mahmut und Marta setzt sich zu ihrem Verlobten. Tante und Onkel schauen sich nur erschrocken an.

»Was ist hier passiert?«, fragt Marta. Ihrem Verlobten wächst gerade eine ordentliche Beule – und in zwei Tagen ist die Hochzeit. Das entspricht wohl nicht ganz der Vorstellung, die Marta als Kind hatte.

»Mahmut hat mich angefallen!«, ruft Papa vorwurfsvoll.

Meine Mutter schaut in unsere Richtung, als hätte Papa Mahmut des versuchten Mordes beschuldigt. Mahmut selbst bringt nur eine kleinlaute Entschuldigung heraus und wirkt völlig überfordert:

»Ich … ich wollte nur was abnehmen, weil dir der Werkzeugkasten fast auf den Fuß …«

»Duz mich nicht, du Bürschchen!«

»Es tut mir leid … ich …«

Ich kann das nicht mit ansehen: »Papa, du benimmst dich wie ein Kind!«

»Und was hat Kamil damit zu tun?« Marta steigen die Tränen in die Augen. Ihr Gesicht ist ganz rot.

»Der stand halt irgendwie … dazwischen.« So kleinlaut habe ich Mahmut noch nie erlebt. Ich streiche ihm die Haare aus der Stirn und sehe, wie sich ein ordentliches Brillenhämatom um seine Augen entwickelt.

»Ich schlage vor, dass wir jetzt erst mal alle reingehen und uns beruhigen.« Tante nimmt die Sache zum Glück in die Hand. Zum ersten Mal am heutigen Tag bin ich ihr wirklich dankbar. »Wir sollten uns vielleicht alle *getrennt* voneinander beruhigen.«

Niemand hat etwas gegen diesen Vorschlag einzuwenden.

7

Kto rano wstaje, temu Pan Bóg daje
•
Wer früh aufsteht, den wird Gott beschenken

»Ist das heute wirklich passiert?« Mahmut schaut unheimlich zerknautscht drein. Wir haben uns dazu entschlossen, zu Oma zurückzufahren. Mama und Papa sind noch bei Tante geblieben. Marta stand kurz vor einem Nervenzusammenbruch und wirkte, als hätte *sie* heute dreimal auf die Nase bekommen. Die Vorstellung, auf den Hochzeitsfotos neben einem Klingonen wie aus *Star Trek* zu stehen, macht sie fertig.

Ich muss Mahmut gar nicht fragen, was passiert ist. Ich kann mir das schon denken. Papa benimmt sich manchmal wie ein trotziges, jähzorniges Kind und wollte ganz bestimmt nicht zulassen, dass ausgerechnet Mahmut fähiger wirkt als er. Er hat sich also sicher grob eingemischt und so das Chaos verursacht. Vielleicht hat Papa sich sogar gedacht, dass der Türke mal 'nen Schlag auf den Kopf vertragen könne, um zur Besinnung zu kommen. Seine Form der Allah-Austreibung.

Mittlerweile haben Mahmut und ich es uns vor dem alten Röhrenfernseher gemütlich gemacht, der in dem Gästezimmer steht, das Oma für uns hergerichtet hat. Zugedeckt mit dicker Daunenbettwäsche und umgeben von dunklen Holzmöbeln, bestickten Vorhängen und Heiligenfiguren schauen wir *Alarm für Cobra 11*. Mahmut drückt sich ein Kühlkissen auf die Nase und ich versuche ihn abzulenken:

»*Cobra 11* hat hier die besten Einschaltquoten.«

Keine Antwort.

»Unfassbar, oder?« Ich versuche, weder mitleidig zu klingen noch dreinzuschauen.

»Und unfassbar ist vor allem, dass sie ein und dieselbe monotone Männerstimme benutzen, um jeden Schauspieler zu synchronisieren. Keira Knightley: mit Männerstimme, Julia Roberts: mit Männerstimme. Und nicht mal vor den begnadeten Ermittlern von *Cobra 11* machen sie Halt. Warum nicht einfach polnische Untertitel, wenn sie sich keine Synchronsprecher leisten können?« Mein Redeschwall will nicht enden.

Mahmut nimmt meine Versuche, die Stimmung aufzulockern, wahr und bemüht sich seinerseits um Konversation:

»Ich würde gerne den Synchronsprecher von Bruce Willis meine Mailboxansage aufsagen lassen …«

Mahmuts Stimmfarbe ist ungewöhnlich blass. Ich sehe ihm seine Sorgen an. Auch ich habe im Moment das Gefühl, dass meine Eltern ihn niemals akzeptieren werden. Es ist alles noch viel schlimmer, als ich befürchtet habe.

»Weißt du, ich hab mir früher jede Woche ein blaues Auge geholt. Also, als Kind, als wir noch im Plattenbau gewohnt haben. Aber da hat es mir nur körperlich wehgetan.« Mahmuts Blick schweift in die Ferne.

»Da gab es ja wohl eher auf die Finger als aufs Auge. Ihr habt doch in eurer Klasse bestimmt auch dieses dämliche

Hau-drauf-Spiel gespielt? Wo man sich gegenseitig auf die Hände schlägt?«, sage ich.

»Na klar, Fingerkloppe.«

»Ich hab immer zugesehen, dass ich mich rechtzeitig verstecke, um bloß nicht mitzumachen.«

»Und da hat bei dir sicher keiner einen dummen Spruch gebracht. Weil du ein Mädchen warst. Als Junge konnte man sich nicht vor dem Spiel drücken.« Damit hat Mahmut wohl recht. Als Mädchen darfst du weinen, ohne uncool zu sein, bei Jungs ist das ab einem bestimmten Alter schwierig.

»Überleg mal, wie meine Cousins reagiert hätten. Ich glaube, sogar mein Vater hätte sich geschämt, wenn ich mich versteckt hätte.«

»Was?« Ich schaue Mahmut fragend an. »Das ist doch bescheu…«, die Worte bleiben mir im Hals stecken.

»Abends hätte Baba die Schläge dann vielleicht nachgeholt.« Mahmut sagt das, als wäre es nichts. Da liegt keine Verbitterung in seiner Stimme, nur eine trockene Erkenntnis. Mahmut hat mir schon häufiger davon erzählt, dass seine 2376 älteren Cousins und ab und an auch sein Vater Schellen an ihn verteilt haben. Er hat sich dann bei den jüngeren Familienmitgliedern revanchiert. Mahmut kannte das nicht anders. Er fand es damals normal, auch wenn er immer betont, seine zukünftigen Kinder niemals schlagen zu wollen.

Ich schlucke den Kloß in meinem Hals runter, wickle mich in die dünne Tagesdecke und schlurfe aus dem Zimmer.

»Wo gehst du hin?«, fragt Mahmut.

»Jetzt hilft nur noch eins: heiße Milch mit Honig.«

•••

Der Winter ist da, deshalb kann ich endlich wieder meinen langen Pyjama mit den Lamas drauf tragen. Dieses Jahr passt er mir schon besser, trotzdem schlurfen die Hosenbeine immer noch etwas über den Boden. Mit dem Ärmel wische ich mir über die müden Augen und ziehe die Decke fester um meine Schultern. Die schlurft noch viel mehr über den Boden als mein Pyjama. Das leise Schleichen in die Küche ist schwierig. Ich sehe bestimmt aus wie eine Königin. Oder wie eine Braut im Hochzeitskleid mit langer Schleppe, würde Mama sagen.

Ich kann nicht schlafen. Dabei ist es schon nach elf. Draußen ist es stockduster, nur noch in wenigen Fenstern ist die Weihnachtsbeleuchtung angeknipst. In manchen sind grün-blau-rot blinkende Sternschnuppen zu sehen und in anderen schlichte Lichterketten, die ihr warmes Leuchten ausstrahlen. Von manch einem Balkon hängen Weihnachtsmannpuppen, die sich an Seilen in die Wohnung zu ziehen scheinen.

Ich glaube nicht mehr an den Weihnachtsmann. Aber ich tu noch so, weil ich nicht weiß, wie ich es Mama und Papa sagen soll. Sie geben sich immer so viel Mühe, Zofia und mir weiszumachen, dass er real ist. Ein bisschen finde ich es aber auch schlimm, dass sie uns dafür anlügen. Mama hat sogar mal gesagt, sie hätte den Weihnachtsmann gesehen.

»Kinga, Schatz, was machst du denn da am Fenster? Um diese Zeit!«

»Ich kann nicht schlafen …« Ich schaue beschämt zu Boden und fühle mich, als hätte ich etwas falsch gemacht.

»Ich hab's wirklich versucht, aber es geht nicht.«

Mama verschränkt die Arme vor der Brust und mustert mich eindringlich:

»Da hilft wohl nur eins, oder?«

Ich blicke vorsichtig nach oben zu Mama. Da sehe ich es: Sie lächelt verschmitzt. Auf meinem Gesicht macht sich, erleichtert und zaghaft, ein Grinsen breit. Sie packt mich mitsamt meiner Decke, hebt mich hoch und trägt mich zu Papa auf die Couch ins Wohnzimmer. Der schaut ganz überrascht drein:

»Zu was für einer Expedition seid ihr denn zu so später Stunde noch unterwegs?«, fragt er und schaltet den Fernseher aus. Mama antwortet in fast feierlichem Ton:

»Das, mein Guter, ist die einzigartige Heiße-Milch-mit-Honig-Expedition. Nur die mutigsten und müdesten Forscher trauen sich diese Reise zu.«

»Und wir gehören zweifellos zu diesen Forschern!«, ruft Papa aus und strubbelt mir über den Kopf.

Als Mama mit drei dampfenden Bechern aus der Küche zurückkommt, kuscheln die beiden mich ganz fest zwischen sich ein. Rechts ein Kuss, links ein Kuss und dann beginnt unsere Expedition.

•••

Die Kirchenglocken wecken mich zu einer ganz unchristlichen Zeit. Um sieben Uhr in der Früh werde ich zum ersten Mal wach. Ich murre, drehe mich auf die andere Seite und fahre meinen Arm aus, um mich an Mahmut zu kuscheln. Aber Mahmut ist nicht da.

Mahmut ist nicht da?!

Kurz durchzuckt mich ein Bild von Mama und Papa, wie sie im Garten ein tiefes Loch buddeln, um seine Leiche zu vergraben. Dann schlafe ich wieder ein.

Pünktlich um neun Uhr setzt das Läuten wieder ein. Diesmal werde ich wach und bleibe es auch, was vor allem daran liegt, dass Mahmut schon wieder weg ist. Oder immer noch? Er hat zwar die Blase eines altersschwachen Rentners, aber so oft muss er normalerweise nicht auf die Toilette. Ist ihm vielleicht übel oder hat er mit Durchfall zu kämpfen? Flaki können einen nachhaltigen Eindruck hinterlassen.

Ich schwinge meine Beine aus dem Bett und ziehe einen kuscheligen Bademantel über das ausgewaschene Shirt von Mahmut, in dem ich geschlafen habe. Im Haus herrscht Totenstille. Ich muss wieder an das Bild denken, das sich um sieben Uhr in meinen müden Kopf geschlichen hat. Omas scharfe Messer eignen sich nicht nur hervorragend, um Rinderpansen zu zerkleinern …

»Mahmut?« Flüsternd laufe ich durch das ganze Haus und schaue in jedem Zimmer nach, das nicht von Oma oder Mama und Papa besetzt ist. Nichts. Auch nicht im Bad. Langsam mache ich mir Sorgen.

Im Vorraum stehen dunkelblaue Gummistiefel herum. Die tragen Papas Brüder, wenn sie Oma bei Arbeiten am Haus helfen. Ich schlüpfe in die viel zu großen Stiefel und dann aus der Haustür hinaus.

Der Morgen fühlt sich erstaunlich warm an für Frühling, was vor allem daran liegt, dass keine Wolke am Himmel ist. Die Sonne steht bereits am Himmel und kitzelt meinen Nasenrücken. Ich stapfe durch den Vorgarten und um Omas Haus herum.

»Mahmut?« Ich will meine Familie mit meinen Rufen auf keinen Fall wecken. Wo treibt er sich nur herum? »Mahmut!«

Aus Verzweiflung steuere ich den Hühnerstall an. Als Kind

bin ich hier jeden Morgen direkt nach dem Aufstehen im Schlafanzug hingerannt, wenn wir bei meiner Oma waren. Da war ich sogar schon vor den Kirchenglocken wach und habe die Hühner aufgescheucht.

Das Tor knarzt, denn es ist genauso verrostet und heruntergekommen wie der ganze Stall. Es riecht feucht, als würde es schimmeln. Ich schüttle den Kopf über so viel Nachlässigkeit und nehme mir vor, das zu ändern. Vielleicht kann Mahmut mir sogar bei den Reparaturen helfen. Allein. Ohne Papa. Meine Oma dafür zusammenzufalten, dass sie den Stall verrotten lässt, würde nichts bringen. Sie würde nur gleichmütig nicken und die Hitparade lauter drehen. Zwar bin ich Oma nichts mehr schuldig nach dem Tag gestern, aber den Hühnern hier schon. Früher habe ich ihnen Namen gegeben: Berta, Räuberin, Hermine, Prinzessin Daisy, Gretel, Momo, Frau Holle und Snickers. Während meiner Spice-Girls-Phase wurden einige umbenannt in Victoria, Geri, Melanie die Erste, Melanie die Zweite und Emma. Dass zwischendurch mal welche gestorben sind und ersetzt wurden, habe ich erfolgreich ausgeblendet. Sie haben mir viel Trost gespendet, und im Gegensatz zu dummen Menschen tun sie nicht so, als wäre da was los in ihrem Kopf.

Leider ist Mahmut auch nicht inmitten von Berta und Co. aufzufinden. Langsam werde ich wütend. Er kann doch nicht einfach so abhauen! Ich schnappe mir die Eier, die die Hennen gelegt haben, und verlasse den Stall wieder. Mittlerweile stinke ich schon ein wenig nach Hühnerscheiße. Ich stapfe eingeschnappt zum Haus zurück, brumme wütend Beleidigungen vor mich hin und rechne schon gar nicht mehr damit, Mahmut jemals wiederzusehen. Und könnte es ihm nach gestern nicht mal richtig verübeln. In diesem Moment biegt Mahmuts Auto am Ende der kleinen Straße um die Ecke. Ich bin kurz davor, ein Ei nach ihm zu werfen.

•••

»Du kannst nicht einfach immer verschwinden, wenn wir uns streiten!«

Ich höre mich schreien, auch wenn ich das nicht beabsichtigt habe. Mahmut war das ganze Wochenende weg, nachdem er mich dazu gedrängt hatte, ihm meine Familie vorzustellen. Und das nicht zum ersten Mal. Mir geht das zu schnell. Ich habe Angst davor, was das mit uns als Paar macht. Mahmut kennt meine Eltern nicht. Er denkt, es wäre einfach, und er will mir keine Zeit lassen, sie vorzubereiten. Dabei habe ich ihm die Situation schon zigmal erklärt. Er kennt meine Ansichten. Die Wut hat sich über die letzten 48 Stunden in mir angestaut und hatte kein Ventil. Mahmut hingegen sieht mich lieber enttäuscht und verletzt an.

Nur um mir ein schlechtes Gewissen zu machen!, *denke ich in meinem Zorn. Mahmuts Kinn schiebt sich eingeschnappt vor.*

»Bin ich dir peinlich?«

»Mahmut, wir haben hier zwei verschiedene Konflikte zu klären: meine Familie und deinen Fluchtinstinkt. Wärst du nicht abgehauen, hätten wir das Thema besprechen können. Vielleicht würdest du mich sogar verstehen, wenn du nicht immer wegrennen würdest!«

Meine Stimme klingt jetzt fast heiser. Ich liebe Mahmut. Ich liebe ihn so richtig. Für alles, was er ist und tut. Aber sein Fluchtinstinkt ist viel zu stark ausgeprägt. Es macht mich hilflos, wenn er, während wir streiten, einfach die Wohnung verlässt.

Seine Argumente sind völlig lächerlich:

»Du kennst meine *Familie. Ich habe auch ein Recht,* deine *Familie kennenzulernen und sie andersherum auch mich.«*

»Auge um Auge, Zahn um Zahn, oder was?«, spotte ich. Manchmal wünschte ich mir, Mahmuts Familie nicht zu kennen. Vielleicht sollte ich ihm das sagen. Nicht jetzt. Sonst ist er gleich wieder durch die Tür und weg.

Ich raufe mir das Haar und wende mich ab. Einatmen, ausatmen. Ich drehe mich wieder zu ihm. Ich stocke. Mahmut guckt mich jetzt ernsthaft verletzt an. Mehr als verletzt. Ein Anblick, den ich kaum ertrage:

»Mahmut … ich …«

Aber was will ich sagen? Ich bin einfach nur froh, dass er zurück ist. Ich will, dass er bleibt. Ich will nicht, dass er traurig ist. Ich …

Kuss.

Langsam fahre ich durch sein Haar. Das fühlt sich besser an, als mein eigenes zu raufen. Mahmut lässt sich darauf ein. Vorsichtig streichle ich seinen Nacken und fahre mit meinen Fingern seine Wirbelsäule entlang. Ich öffne langsam seinen Gürtel.

Vielleicht ist mein Fluchtinstinkt auch ausgeprägter, als ich zugeben will. Nur fliehen Mahmut und ich in verschiedene Richtungen.

•••

»Wolltest du abhauen?«, meckere ich Mahmut an. »Ohne mich?!«

»Ich hab Frühstück geholt.« Er streckt als Friedenszeichen die Brötchentüte in die Luft.

»Und, ehrlich gesagt, war ich bei deiner Tante und hab die Laube repariert.«

»Du hast *was*?«

»Ich konnte ohnehin nicht schlafen, also hab ich mich angezogen und bin ganz früh noch mal los …«

»Das haben sie nicht verdient.«

»Ach, das ist blöd gelaufen, und vielleicht haben wir noch eine Chance. Wir *müssen* eine haben. Familie ist wichtig.«

Ich laufe die drei Schritte auf ihn zu, die uns noch trennen, und gebe diesem hoffnungslosen Optimisten einen langen Kuss. Seine Lippen schmecken nach Zuckerguss.

»Hattest du schon eine Streuselschnecke?«

Mahmut grinst verschmitzt: »Ich hatte einen Bärenhunger nach der Arbeit an der Laube …«

»Du musst wahnsinnig früh aufgestanden sein.«

Selbst bei Mahmuts handwerklichem Geschick muss die Arbeit an der Laube mindestens drei Stunden gedauert haben. Vor allem, weil er sich dabei lautlos bewegen musste, um niemanden aufzuwecken. Das wiederum ist etwas, was Mahmut nicht so gut kann. Wenn er für unsere Wohnung mal wieder einen neuen Nachttisch aus Baumstämmen oder eine Truhe für Papierkram zimmert, klingt das, als arbeite eine ganze Fabrik daran.

Mahmut winkt ab: »So früh bin ich gar nicht los, und außerdem hast du so laut geschnarcht, dass an Schlaf gar nicht …«

Um ihn zum Schweigen zu bringen, küsse ich Mahmut gleich noch mal und hoffe, dass er das zu schätzen weiß. Ich hätte mich auch für ein Ei in seinem Gesicht entscheiden können.

8

Her şeye maydanoz olma
•
Sei nicht bei allem eine Petersilie

Mahmut deckt den Frühstückstisch und wäscht das vermeintlich schon gewaschene Geschirr ab. Oma ist mit der Geschirrpflege in etwa so gründlich wie mit ihren Fingernägeln. Und Haaren. Und … lieber nicht drüber nachdenken. Stattdessen schaue ich Mahmut dabei zu, wie er aus den frischen Eiern *Shakshuka* macht. Wobei ich ihn davor warne, es vor meiner Familie *Shakshuka* zu nennen: »Sag Ei-Tomaten-Pfanne oder so was.«

»*Shakshuka* ist nicht mal türkischer Her…«

»Aber auch nicht polnischer oder deutscher. Südländisch eben. Vielleicht sind sie irgendwann so weit, aber jetzt noch nicht.«

Er nickt und wendet sich wieder dem Essen zu. Es brutzelt in den Pfannen und ein angenehmer Duft breitet sich im ganzen Haus aus.

Mahmuts Augen sehen wirklich schlimm aus. Das Brillenhämatom hat sich deutlich ausgebreitet. Ich frage mich, wie

Kamil auf seinen Hochzeitsfotos aussehen wird. Ob man eine Beule wohl überschminken kann?

Die Fotos, die bei der Hochzeit meiner Cousine von Mahmut und mir gemacht werden, werde ich auf jeden Fall in der ganzen Wohnung verteilen. Trotz blau geschlagener Augen. Oder gerade deretwegen. Dann gibt es endlich mal ein Foto, auf dem ich besser aussehe als Mahmut. Ich schmunzle meinem Spiegelbild im Bad zu, wo ich mittlerweile damit beschäftigt bin, mich für den Tag herzurichten.

Kaum, dass ich frischgemacht und in vernünftiger Kleidung ins Wohnzimmer komme, stehen auch schon Mama und Papa in der Tür. Oma sitzt bereits am Esstisch. Ihr Bauch ist so rund, dass es eher so wirkt, als wäre sie zwischen Tisch und Sitzbank eingeklemmt. Mahmut ist noch in der Küche beschäftigt.

»Es riecht einfach nur fantastisch!«, flöte ich und wage keinen Blick in die Gesichter meiner Eltern. Na gut. Einen kurzen Blick in Papas Gesicht, um nach den Spuren des gestrigen Abends zu suchen. Papa kann sich aber wirklich nicht beschweren. Der Nasenrücken ist an einer Stelle etwas blau, hat aber noch seine gewohnte Form.

»Essen ist fertig.« Mahmut durchbricht die Stille. Wir setzen uns und beginnen zu essen, als wäre es ein lästiger Punkt auf der Tagesordnung. Ganz mechanisch, nicht schnatternd, nicht lachend, nicht genießend. Niemand aus meiner Familie macht Mahmut ein Kompliment für sein Essen, aber es kann sich auch keiner so recht zurückhalten und alle langen ordentlich zu. Ausgerechnet Mahmut traut sich, das Wort zu erheben:

»Was ist denn für den heutigen Tag geplant?«

»Wir fahren heute Morgen in die Stadt zum Einkaufen, dort sind wir mit Mamas Schwester verabredet«, antworte ich, da meine Eltern in ihrer Schweigemeditation feststecken.

•••

Endlich! Ich sitze so hochkant im Autositz, dass man meinen könnte, ich hätte einen Gehstock verschluckt. Zofia macht es mir nach. Wir verrenken uns die Hälse, um einen Blick durch die Frontscheibe zu erhaschen. In der Ferne zeichnet sich der »Tempel der westlichen Konsummentalität« ab, wie mein Geschichtslehrer sagen würde. Und das im Osten! Dem fiebere ich entgegen, seit wir die Grenze überquert haben. Aber erst mal mussten wir noch einen Stopp auf dem Polenmarkt einlegen. Kippen für Freunde mitbringen, vier Stangen pro Erwachsener. Wenn man nahe der Grenze lebt, darf man nicht so viele Zigaretten mitnehmen, dann muss man öfter fahren. Präventivmaßnahmen, damit keiner zum Dealer wird. Ich habe mir eine Packung Kaugummizigaretten für private Zwecke ergaunert. Ist etwas kindisch für mein Alter, ich weiß. Aber es ist auch das letzte Jahr, mit 15 höre ich auf. Versprochen.

Zofia jauchzt glücklich vor sich hin, als wir auf den Parkplatz des neuen Shoppingcenters in Oppeln fahren. Ich sehe viel Glas, blinkende Werbetafeln und Metall.

Papa zieht die Handbremse fest: »So, Kinder, viel Spaß. Ich warte im Auto.«

Papa wartet immer im Auto und löst Sudokus, während Mama, Zofia und ich uns die Fersen wund shoppen. Außerdem will er die Süßigkeiten aufessen, die er vor Mama im Handschuhfach versteckt. Die verbietet ihm nämlich zu viel Süßes. Trotzdem werden wir ihm zur Belohnung Softeis mitbringen und bestimmt auch Pizza oder

Burger. Weil er es im Auto so lange aushält und Mama dann ein schlechtes Gewissen bekommt. Wir sind jetzt mindestens vier Stunden lang verschollen in dem Einkaufscenter. Mindestens.

•••

»Die Mall, in die wir fahren, ist so krass. Alles ist marode in Polen, Infrastruktur, Schulen, Krankenhäuser, aber da lassen sie sich nicht lumpen«, ereifere ich mich Mahmut gegenüber. »Das Ding könnte genauso gut in Amerika stehen.«

Da erwacht Oma plötzlich aus ihrer Starre.

»Müsst ihr euch heute nicht noch mit Jasna und ihrem Mann treffen?«, fragt sie mit vollem Mund.

Wer zum Teufel ist Jasna?

»Wir sind mit Karolina verabredet, sie muss für den Polterabend heute …«, will Mama antworten, doch Oma lässt sie nicht.

»Die habt ihr doch schon gestern gesehen. Jasna erwartet euch und hat bestimmt was zu essen vorbereitet.«

»Wir haben ihr nicht Bescheid gesagt, dass wir hier sind, weil wir wussten, dass wir diesmal wenig Zeit und viel zu tun –«

»Ich habe ihr Bescheid gesagt. Ihr könnt gleich nach dem Frühstück los, und bringt mir bitte die Wolle mit, die sie für mich in Krakau gekauft hat.«

Aha. Daher weht der Wind. Oma will uns als Kurier missbrauchen. Dabei könnte sie sich selbst aufs Rad setzen. Das würde ihr bestimmt nicht schaden.

Mama und Oma diskutieren weiter, natürlich auf Polnisch, sodass Mahmut nichts verstehen kann. Hauptsache, er fühlt sich ausgegrenzt. Ich übersetze für ihn, komme aber kaum hinterher, weil Oma und Mama so schnell die Themen wechseln und ich auch Papa fest im Blick behalten will. Papa futtert und wirkt gedankenleer, ihm fällt gar nicht auf, dass Mama langsam, aber sicher rot wird vor Wut. Oma war schon immer gut darin, Mama zu belehren, als wäre sie ihre Tochter und noch zwölf. Meistens kriegt sie ihren Willen, weil Papa irgendwann sagt:

»Meine Mutter sieht uns so selten. Sie vermisst uns bestimmt nur. Sei nachsichtig.«

Oma hat eine sehr eigene Art, Sehnsucht auszudrücken.

•••

Mama ist ein schlaues Biest. Sie schickt Mahmut und mich zu Jasna, um die Wolle abzuholen. Wahrscheinlich fühlt sich das für sie ein bisschen so an, als hätte sie das letzte Wort gegenüber Oma behalten. Ihr ist sogar egal, dass Mahmut Mahmut ist und für Gesprächsstoff sorgen wird, der auch bei Oma ankommt. Wer weiß, vielleicht ist genau *das* ihr Plan und sie hofft, Oma damit so richtig auf die Palme zu bringen.

Als Ausrede schiebt Mama Kopfschmerzen vor.

Papa kriegt von alledem nichts mit. Er ist am Tisch zu sehr mit dem Lesen der Lokalzeitung beschäftigt.

Vermutlich Todesanzeigen und Artikel über die neue Kuh von Bauer Komorowski.

Spannend und weltbewegend wie immer.

9

Kto w środku rzeki myśli jeszcze o źródle?
•
Wer denkt mitten im Strom noch an die Quelle?

Wenn meine Oma ab vom Schuss wohnt, lebt Tante Tamara mitten im Nirgendwo. Ihr Haus steht in der Pampa, umgeben von zerrupften Grünflächen, kleinen Tümpeln und weit ausgedehnten Waldflächen. Das führt dazu, dass du die Nachbarn an einer Hand abzählen kannst und alle drei Tage ein fahrender Kiosk vorbeikommt. Für diesen Anlass versammeln wir uns um acht Uhr morgens gemeinsam mit den Nachbarn an der einzigen Bushaltestelle weit und breit.

»Er kommt!«, ruft dann meist eines der Kinder aufgeregt und freut sich auf Chips oder Schokolade, die Mama versprochen hat zu kaufen. Der betretbare Bus hat weniger anzubieten als der am miesesten ausgestattete Aldi hinter Spandau. Ein paar viel zu süße Backwaren, Wurst, Süßigkeiten, Nudeln und Reis. Kippen und Kondome liegen unterm Tresen, wo wir natürlich heimlich hinschielen.

Ich steuere zielsicher die hölzernen Boxen mit der Schokolade an. Mit einem Holzhammer haue ich auf das braune Gold wie eine Richterin aufs Rednerpult. Die Schokolade ist aus hygienischen Gründen mit einer dünnen Plastikfolie bedeckt, darunter sehe ich die teilweise

DIN-A4-großen Stücke Schokolade blitzen. Ein Traum aus Zucker und Kakao! Ich zerkleinere die Schokolade mit dem Hammer auf eine Größe, die meine Mutter akzeptiert (auch wenn ich natürlich am liebsten die ganze Ladung mit nach Hause nehmen würde, zumal ich die Magenkapazität besitze, sie zu vernichten). Papiertüte auf, Bruchschokolade rein und ab damit zur Kasse. Mama braucht mal wieder länger und muss sich beeilen, denn der Busfahrer will weiter zum nächsten Drei-Seelen-Ort.

»Butter und Käse machen wir später selber«, sagt Mama. »Hast du alles, Herzchen?«

Ich nicke eifrig und fühle mich wie die Made im Speck. Auch Mama wirkt überglücklich, dank der Aussicht darauf, mal wieder in einer vernünftigen Küche kochen zu können, noch dazu gemeinsam mit ihrer Schwester. Im Vergleich dazu, wie wir gerade in Deutschland leben, ist das hier der pure Luxus. Denn selbst der am miesesten ausgestattete Aldi hinter Spandau ist für uns gerade so erschwinglich. Außerdem leben wir immer noch in einer Sammelunterkunft für Aussiedler und müssen uns mit mehreren Familien Bad, Klo und Küche teilen. Nicht mal Besteck und Geschirr haben wir »drüben«. Mama und Papa brechen Cola-Dosen auf, um den Deckel als Messer und den Bauch als Messbecher zu benutzen. Tante Tamara hingegen hat einen großen Garten und sogar einen eigenen Kamin im Wohnzimmer. Und wir werden nicht mehr um fünf Uhr früh wach, weil eines der vielen Babys Zähne bekommt und auch alle anderen Kinder mit seinem Schreien zum Weinen bringt. Wir sind müde von Berlin, müde vom armen Leben in der reichen Stadt. Aber meine Eltern sagen, dass es sich lohnen wird, deshalb beschwere ich mich nicht. Meine Eltern lügen nämlich nicht und haben immer recht. Glaub ich.

•••

Ich bin zwar gerade wütend auf Mama, aber der Anblick von ihr und ihrer Schwester bringt mich zum Schmunzeln. Wie immer. Die beiden passen zusammen wie Arsch auf Eimer. Während Mahmut und ich an leuchtenden Schaufenstern vorbeischlendern, sind sie in einem Laden am Ende des Ganges damit beschäftigt, immer mehr Kleidung über ihre Arme zu häufen. Bei den beiden hat Shopping etwas von Akkordarbeit. Strukturiert, schnell entschlossen und zielstrebig sorgen sie für die besten Umsätze des ganzen Jahres. Direkt vor dem Laden haben es sich Onkel und Papa auf einer großen, gut gepolsterten Sitzinsel gemütlich gemacht und bewachen jeweils zwei Tüten, gefüllt mit der Ausbeute ihrer Frauen.

Als Mahmut und ich nur noch wenige Schritte von ihnen entfernt sind, höre ich gerade so die letzten Worte von Onkel: »Die Laube sieht aus wie neu, das hätte ich nie so hinbekommen. Aber Kamil war es nicht, du warst es nicht. Wer repariert denn freiwillig fremde Lauben?«

»Mahmut«, sage ich zu ihnen. Onkel und Papa schauen erschrocken nach oben und Mahmut selbst guckt mich skeptisch von der Seite an. Weil Onkel Polnisch gesprochen hat, hat er nur seinen Namen aus meinem Mund verstanden.

»Mahmut?«, fragt Papa nur blöd.

»Ja, Mahmut«, sage ich mit Nachdruck. Mahmut selbst guckt immer ängstlicher. »Er wollte gestern Abend wiedergutmachen und ist deshalb mitten in der Nacht noch mal los, um die Laube zu reparieren.«

Ohne eine Antwort abzuwarten, laufe ich um die Sitzinsel herum und in den Laden hinein. Mahmut folgt mir. »Was habt ihr da gerade besprochen?«, fragt er hastig.

»Sie haben sich über die Laube unterhalten. Ich habe sie darüber aufgeklärt, dass du sie repariert hast.«

»Das hättest du nicht tun sollen. Jetzt denken sie, dass ich mich einschleimen will. Hauptsache, sie ist repariert und damit kein Thema mehr.«

»Zu spät, Mahmut. Lass dir deine Lorbeeren nicht wegnehmen. Sie sollen ruhig wissen, was für ein guter Kerl du bist.«

Es ist Mama, die mich aus meiner selbstsicheren Angeberstimmung reißt. »Ihr seid zu spät«, sagt sie in vorwurfsvollem Ton und mein triumphierendes Lächeln erstarrt.

»Hallo, auch schön, *dich* zu sehen«, antworte ich und überfliege mit dem Blick, was sie alles mit sich herumschleppt. Fast ausschließlich Sale-Artikel, die aussehen wie Sachen, die schon bei ihr im Schrank hängen. »Habt ihr Spaß?«

»Bislang schon.«, Mama mustert Mahmut abschätzig von Kopf bis Fuß.

»Schön!« Ich schenke Mama mein bestes falsches Lächeln und ziehe Mahmut dann mit mir in die am weitesten von Mama entfernte Ladenecke.

»Also, Mahmut – weil du noch nicht genug gelitten hast, darfst du mein Shoppingberater sein!« Ich grinse ihn so breit an wie ein Honigkuchenpferd, mein koketter Augenaufschlag dazu hat hingegen mehr was von einer Diva.

»Ich übernehme den Job gern. Dann kann ich mich mit dir endlich mal sehen lassen.«

Ich verpasse ihm einen Schlag auf den Oberarm, doch er entwaffnet mich, indem er mich von hinten in seine Arme nimmt. Leider hat Mahmut recht, weshalb ich nicht mal etwas Schlagfertiges erwidern kann, ohne eine neue Angriffsfläche zu bieten. Er achtet viel mehr auf stilvolle Kleidung als ich. Wenn wir zum Kochen mit Freunden verabredet sind, mache ich mich schön, indem ich zur Abwechslung einen fleckenfreien Jogger trage. Er empfängt unsere Gäste in Hemd und frisch gebügelter Hose. Mahmut kauft sich sogar regelmäßig neue Kochschürzen, weil ihm Flecken peinlich sind. Dass die Dinger extra dafür gemacht werden, interessiert ihn nicht.

Nach nur einer halben Stunde habe ich ein Holzfällerhemd sowie eine Fake-Lederjacke ergattert. Außerdem eine zerrissene Jeans, die ich vor Mama verstecke, und Creolen. »Nimm noch das hier mit, das wird dir toll stehen!«, ruft Mahmut und hält ein weißes Kleid in die Höhe, das wie die schlichte Version eines Charleston-Dress aus den 20er-Jahren anmutet. Nur der tiefe Rückenausschnitt wirkt nicht ganz so schlicht. Ich probiere es skeptisch an, muss aber nach kurzer Zeit gestehen, dass ich mich sehr attraktiv darin fühle. Ich drehe und wende mich vor dem Spiegel wie einen Eierkuchen in der Pfanne. Rechts, links, hinten, vorne. Alles passt. Zusammen mit Socken, auf denen *»Wine is my salad«* steht, die ich wiederum vor Mahmut verstecke, wandern die Kleidungsstücke über die Ladentheke. Die Schlange ist ewig lang, aber zum Glück stehen Mama und Tante schon an, sodass ich mich etwas vormogeln kann. Als wir aus dem Laden kommen, übergeben Mama und Tante die Tüten an ihre Männer und auch ich schaue mich nach meinem Freund um. Während ich mir in der Schlange Tantes und Mamas Eroberungen angesehen habe, habe ich gar nicht gemerkt, dass er den Laden verlassen hat. Papa sieht meinen suchenden Blick und sagt, dass Mahmut nur kurz etwas erledigen wollte. Er spuckt Mahmuts

Namen förmlich aus und grummelt irgendwas von »Mädchenblase« und »ungeduldig«.

In der nächsten Sekunde kommt Mahmut um die Ecke gebogen, in der Hand eine kleine Papiertüte. Sie ist vom Juwelier.

»Das hast du nicht gemacht …?!« Ich schaue ihn vorwurfsvoll an.

»Was denn? Vielleicht habe ich mir ja eine neue Uhr gekauft.«

Ich ziehe eine Augenbraue hoch und bin drauf und dran zu erwidern, dass er vor meinen Eltern bloß als perfekter Schwiegersohn *posen* will – aber das wäre ein gefundenes Fressen für meine Eltern. Und vor allem wäre es nicht fair. Mahmut lässt sich immer wieder kleine Alltagsfreuden für mich einfallen. Kurze Liebesbotschaften, die in der ganzen Wohnung verteilt sind, die Gravur meines liebsten Songzitats auf meiner Gitarre, ein Strauß Blumen auf dem Frühstückstisch.

»Wirklich. Ich hab etwas für *mich* gekauft. Aber wenn ich so darüber nachdenke … Dir würde es fast noch besser stehen. Vielleicht können wir die Ohrringe ja abwechselnd tragen.« Damit fischt er eine Schatulle aus der Tüte. »Oder du trägst den einen Ohrring und ich den anderen …«

»Die sind wunderschön!«, rufe ich euphorisch aus.

»Und passen perfekt zum neuen Kleid«, ergänzt Mahmut stolz. Ich drehe die Schatulle gegen das der Haut nicht gerade schmeichelnde Mall-Licht, sodass die blauen Steine noch mehr funkeln. »Als hätte ich kleine Heidelbeeren im Ohr«, kichere ich mädchenhaft.

»Die sind mir vorhin schon aufgefallen, als wir an dem Juwelier vorbeigelaufen sind«, sagt Mahmut. Na toll, das Letzte, was ich ihm geschenkt habe, waren Boxershorts mit Homer Simpson drauf.

Nächster Stopp: Futter. Ich bestehe darauf, dass wir *Zapiekanki* bestellen, weil ich die *immer* esse, wenn wir in Polen sind. Mahmut muss diesen polnischen Snack einfach probiert haben, auch wenn es im Grunde gar nichts Besonderes ist. *Zapiekanki* sind halbierte Baguettes mit Dosenchampignons, Tomatensauce und wahlweise Fleisch, überbacken mit Streukäse. »Pizzabaguettes«, wenn man so will. Doch jetzt kommt der Kniff! Der polnische Ketchup ist der beste der Welt, und der kommt in ordentlichen Mengen noch mal obendrüber. Klingt himmlisch, oder?

Mahmut guckt im ersten Moment, als gäbe es noch einmal *Flaki*. Doch kaum hat er seinen ersten Bissen genommen, versteht er meine endlose Begeisterung. Oder tut zumindest so.

»Du weißt, dass wir das auch jederzeit zu Hause essen könnten? Du bringst doch jedes Mal, wenn du aus Polen kommst, zehn Flaschen von dem Ketchup mit. Und die Zubereitung dauert höchstens zehn Minuten.«

»Vergiss es!«, antworte ich mampfend und spucke ihm dabei fast aufs Hemd. »*Zapiekanki* schmecken nur in Polen so gut.«

Außerdem würde Mahmut frische Zutaten verwenden und damit verliert dieses Gericht seinen Charme.

Während Mama, Tante und Onkel wieder so still sind, als wären wir in einem Schweigekloster, zieht von Papas Seite her genervtes Grummeln auf. Wie ein Gewitter, das immer näher rückt. Jedoch ist meine Laune gerade so gut, dass mich das völlig kaltlässt.

10

Uykum kaçtı
•
Mein Schlaf ist weggelaufen

Heute wache ich neben Mahmut auf. Das fühlt sich schon besser an. Ich werde trotzdem einige polnische Schimpfwörter los, weil es die Kirchenglocke ist, die uns weckt. Natürlich.

Mahmut sieht mich verschlafen an und grinst: »Wenn du willst, machen wir die Glocke heute Nacht einfach kaputt.« Seine Stimme klingt rau und belegt. Mahmuts Augenbrauenhärchen stehen wild in alle Richtungen ab und er hat einen Abdruck von seinem Kissen im Gesicht.

»Ich will einfach nur im Bett liegen bleiben«, sage ich mürrisch, gerade als ich Mamas und Papas laute Stimmen höre. Sie streiten sich wegen irgendwas, aber ich kann nicht verstehen, worüber. Ich spüre Mahmuts Blick, mit dem er abcheckt, ob es mir unangenehm ist, dass er es mitbekommt. Ich habe damit gerechnet, dass er meine Eltern früher oder später streiten hört. Es gibt *immer* Streit, wenn wir in Polen sind.

•••

In der Schule haben wir gelernt, dass wir laut aussprechen sollen, was uns am anderen stört. Damit man in Ruhe darüber reden kann. Dabei soll man sich gegenseitig ausreden lassen, auch wenn das schwerfällt. Und man soll versuchen, den anderen zu verstehen. Ich glaube, Mama und Papa hatten nie Ethikunterricht.

»Dass du mich immer bevormunden musst, verdammte Scheiße!«, ruft Papa. Fluchen soll man auch nicht.

»Wenn du die Verantwortung für dich und unsere Kinder einmal *selber tragen würdest, müsste ich das nicht!«*

Mamas Stimme ist sehr laut.

Regel Nummer acht: Bemühe dich, Ruhe zu bewahren, oder verschiebe das Gespräch auf später. Vertage das Streitgespräch, aber gehe ihm nicht aus dem Weg.

Ich frage mich, ob Zofia auch wach geworden ist und gerade in ihrem Zimmer an der Tür steht, um die beiden zu belauschen. Eigentlich sollte ich ja schlafen. Hab ich auch. Ich hab sogar was Schönes geträumt.

»Wer bringt denn das Geld nach Hause?« Das habe ich Papa schon oft sagen hören. »Ich arbeite so viel für euch!«

»Für uns?!«

»Ja, für euch! Warum behandelst du mich also, als wäre ich dein drittes Kind?«

»Weil du an der Flasche hängst wie ein Kind!«

»Das ist doch Unsinn, und das weißt du. Können wir bitte beim Thema bleiben?«

Mama wird immer lauter. »Also, du hast doch damit angefangen, mir Dinge vorzuhalten, die nicht zum Thema gehören. Warum musst du mir ständig unter die Nase reiben, dass ich nicht arbeite? Fühlst du dich dann besser?«

»Ich reibe dir gar nichts ...«

»Ach nein?! Du bist unmöglich, wenn du tatsächlich …«

Sie schließen die Küchentür, sodass ich nur noch ein leises Murmeln vernehme. Aber meine Bauchschmerzen bleiben. Ich kriege immer Bauchschmerzen, wenn ich Mama und Papa streiten höre. Frustriert lasse ich mich in den Schneidersitz fallen und stütze meinen Kopf in den Händen ab. Ich muss nachdenken. Wie kann ich sie ablenken? Ich muss irgendwie zu einem gemeinsamen Problem für sie werden. Eine gemeinsame Aufgabe lässt Mama und Papa vielleicht wieder an einem Strang ziehen. Das letzte Mal habe ich unsere Schmutzwäsche in der Geschirrspülmaschine gewaschen, aber das kann ich nicht noch mal machen. Ich kann auch nicht den Hund der Nachbarin entführen, um ihn in die Wohnung kacken zu lassen. Mein Blick schweift durch das dunkle Zimmer, das nur schwach von meiner flackernden Nachttischlampe erhellt wird. Beim Anblick des mit Bibi Blocksberg bedruckten Lampenschirms rolle ich mit den Augen, weil ich eigentlich schon viel zu alt dafür bin. Mama sagt, ich kriege eine neue Lampe zum nächsten Geburtstag, aber das will ich, ehrlich gesagt, auch nicht. Geburtstagswünsche darf man nicht für Praktisches verschwenden. Das macht man erst, wenn man alt ist.

Ein besonders lauter Ausruf meines Vaters holt mich zurück aus meinen Gedanken und ich scanne weiter das Zimmer ab, mittlerweile auf der Suche nach dem Fieberthermometer, das ich für eine Hausaufgabe in NaWi brauchte. Ich entdecke die Umrisse des Messgeräts auf meinem Tisch, schnappe es mir kurz entschlossen, mache das fiepsende Ding an und halte es so lange an die Glühbirne, bis es 39 Grad anzeigt. Dann kneife ich mir in die Wangen und freue mich jetzt über die Bauchschmerzen, die es mir leichter machen werden zu lügen.

»Maaaamaaaa! Paaaapaaa!«, schreie ich schrill. Es dauert nur

wenige Sekunden und beide stehen im Türrahmen. Mit mattem Blick reiche ich ihnen das Thermometer. Super! Zwei Fliegen mit einer Klappe. Die NaWi-Hausaufgabe muss ich morgen früh wohl auch nicht mehr fertig machen …

•••

Der Tag verstreicht angenehm unaufgeregt. Bis auf die Tatsache, dass ich Mahmut ein paarmal ausweichen muss, der mich mit Dackelblick darum bittet, eine Lagebesprechung zu machen. Meine Eltern sind unterwegs zu Familienbesuchen und überlegen sich wahrscheinlich gerade fieberhaft Ausreden, warum ich sie nicht begleite. Cholera, Pest, Sinnesverlust. Bloß nicht sagen, dass ich an einem Türken erkrankt bin.

Ich nutze die Zeit, um Mahmut die Nachbarschaft zu zeigen. Einfach alles erinnert mich hier an meine Kindheit.

»Hier wohnte früher eine gute Freundin von mir. Immer, wenn wir aus Deutschland zu Besuch kamen, bin ich sofort zu ihr gerannt. Dann haben wir auf der Terrasse Karten gespielt, bis uns die Mücken völlig zerstochen haben«, erzähle ich Mahmut. Ganz bewusst füttere ich ihn mit Anekdoten, um das Aufkommen von Themen zu verhindern, die mir nur schwer im Magen liegen würden. Mahmut lässt sich darauf ein und lacht, während ich das Haus betrachte, das immer noch fast genauso aussieht wie früher. Nur der Zaun ist noch rostiger geworden, dafür immer noch von ganz viel hoher Minze umgeben. Ich knie mich hinunter und reiße einen Stängel ab: »Wir haben ihr Haus immer die Minz-Burg genannt, weil wir hier so viel wilde Minze ernten konnten. Ich hab den Griff meines Rollers abgenommen und die Minze in den Hohlraum gestopft. Dann bin ich nach Hause gerollert und Mama hat abends frischen Tee aufgebrüht.«

Mahmut mustert mich nachdenklich. Ihm scheint ein Gedanke zu kommen, den er noch nie vor mir ausgesprochen hat: »Wärst du lieber in Polen aufgewachsen?«

Ich schüttle intuitiv den Kopf. Es fühlt sich allerdings an, als würde ich jemand anderen antworten hören: »Meine Eltern haben mir viel damit geschenkt, nach Deutschland zu ziehen.«

•••

Der 122er tuckert durch Berlin. Ich fahre von der Schule mit dem Bus nach Hause. Von meiner neuen Schule. Ich bin jetzt nämlich auf dem Gymnasium, noch ganz frisch. Die Tage sind länger, ich bin müder und in der Hackordnung wieder ganz unten angekommen. Daran bin ich gar nicht mehr gewöhnt nach sechs Jahren Grundschule. Der Ranzen auf meinem Rücken ist leider immer noch so groß, dass mein Po gerade noch so auf die Sitzkante im Bus passt. Aber ich bin zu faul, ihn abzunehmen. Irgendwie habe ich mir das eher so vorgestellt, dass ich lässig einen Rucksack über die Schulter hängen habe, der über und über mit draufgenähten Patches bedeckt ist, wenn ich aufs Gymi gehe. Die Brote nicht mehr in der ollen Brotbox, sondern in Alufolie eingewickelt, mit dem Kuli schreiben anstatt mit meinem Lamy-Füller, und endlich eine giftgrüne Strähne im Haar. Aber irgendwie hat sich nicht so viel verändert, außer, dass ich einen längeren Schulweg habe. Und die Preise in der Schulcafeteria höher sind. Erdbeermilch für zwei Mark, richtige Abzocke.

Ich schaue gelangweilt aus dem Fenster und drehe das Portemonnaie, das an einer Strippe um meinen Hals hängt, zwischen den Fingern hin und her. Da ich nichts Besseres zu tun habe, lausche ich dem Gespräch der zwei Omas, die direkt hinter mir sitzen.

»Der Zustand dieses Busses ist wirklich katastrophal!«, sagt die eine aufgebracht. Ihre Stimme ist dabei merkwürdig hoch und krächzend, aber nicht so hoch und krächzend wie die Stimme der Oma, die ihr antwortet: »Und das bezieht sich nicht mal ausschließlich auf den Fahrkomfort. Ich habe hier schon Schrauben rumliegen sehen!«

»Wirklich unmöglich …«

»Fahrlässig.«

»Lebensbedrohlich!

»Kommt bestimmt aus Polen, der Bus.«

Sofort versuche ich mich in meinem Sitz so klein wie möglich zu machen. Sieht man es mir an? Also, dass ich aus Polen bin? Sehe ich arm aus? Ich merke, wie mein Gesicht rot anläuft. Ich weiß ja, dass ich nichts für den Bus kann. Aber es ist mir trotzdem peinlich. Irgendwie finde ich den auch gar nicht so schlimm. Wahrscheinlich, weil ich polnische Verhältnisse gewöhnt bin.

•••

»Es ist ärmlich, aber schön«, sagt Mahmut in meine Gedanken hinein.

Ich nicke nur, weil mich seine Frage gerade überfordert hat. *Wärst du lieber in Polen aufgewachsen?* Ich stecke zwischen ganz unterschiedlichen Erinnerungen fest. Guten und schlechten. In Deutschland und in Polen.

»Wärst du denn lieber in der Türkei aufgewachsen?«, frage

ich stattdessen zurück, um von mir abzulenken, aber auch aus ehrlichem Interesse. Ich bin fast etwas erschrocken darüber, dass ich so gar keine Vermutung habe, wie seine Antwort ausfallen könnte.

Mahmut reagiert nicht so schnell wie ich, er lässt sich Zeit zum Nachdenken. Wir spazieren währenddessen langsam weiter.

»Ich kenne keinen anderen Urlaub als den jährlichen Türkei-Urlaub. Mindestens einmal pro Jahr waren wir da. Tatsächlich erinnert mich hier einiges an meine Heimat, zum Beispiel die improvisierten Häuser mit den morschen Fensterrahmen und dem bröckelnden Putz. Aber immerhin besitzen sowohl deine als auch meine Familie Grundstücke mit vernünftigen Häusern drauf.«

»Die viel Arbeit mit sich bringen …«

Mahmut ergänzt motiviert: »Die Leute hier wissen immerhin, wie man Reparaturen am Haus selbst ausführt, oder kennen Leute, die für ein gutes Essen bereit sind zu helfen.«

»Und für die Gewissheit, dass Hilfe zurückkommt, wenn sie benötigt wird«, füge ich schmunzelnd hinzu.

Wir gehen an dem Teich vorbei, auf dem ich in einem Winter vor vielen Jahren das erste Mal auf Schlittschuhen stand. Er ist nicht viel größer als eine Pfütze, finde ich heute. Ein zahnloser Opa mit Schiebermütze auf dem Kopf fährt an uns vorbei. Sein Fahrrad quietscht und klappert gleichzeitig. Ich sehe aus dem Augenwinkel, wie er sich kopfschüttelnd noch mal nach Mahmut umdreht. Der scheint nichts von dem empörten Blick mitzubekommen oder schaut nonchalant darüber hinweg und fährt unbeirrt fort: »Ich war bei meinen ersten Türkeibesuchen total überfordert und bin viel zu Hause geblieben, hab mich fast versteckt. Ich war es nicht gewohnt, plötzlich der Ausländer zu sein …«

»Sie haben dich als den Deutschen gesehen«, stelle ich fest. Ganz unbekannt ist mir die Situation nicht. Meine polnischen Verwandten definierten mein neues Deutsch- und damit Anderssein am liebsten über unseren vermeintlichen Reichtum. Dass ich nach wie vor Schuhe vom Polenmarkt trug, wollten die Dorfleute hier nicht sehen. Und wenn ich etwas bei Oma nicht essen mochte, weil es mir schlicht und einfach nicht geschmeckt hat, sagte sie immer: »Ihr könnt's euch ja leisten.«

Mahmuts Gedanken scheinen in eine ähnliche Richtung zu gehen: »Manche haben richtig Abstand zu mir gehalten, vor allem die Gleichaltrigen. Ich war der Snob. Der Verräter. Das kannte ich aus der Platte in Deutschland nicht, wo der Ausländeranteil so hoch war, dass ich nie wirklich aufgefallen bin. Ich konnte mich gut in meinen Türkenkreisen aufhalten. Ausgerechnet in der Türkei selbst wurde ich dann zum Ausländer.«

»Frustrierend …« Ich drücke Mahmuts Hand in meiner und lächle ihm wissend zu.

»Ja. Und den Frust, den ich aus der Türkei mitgenommen habe, habe ich dann in Berlin an anderen ausgelassen. Endlich wieder stark fühlen und ganz klar einer Gruppe angehören. Zur EM oder WM war es besonders schlimm. Ich hätte gern mit der deutschen *und* der türkischen Mannschaft mitgefiebert, aber das konnte ich niemandem sagen.«

»Wieso?«

»Das hätten meine Jungs nicht cool gefunden. Unsere Cliquen hatten sich ziemlich streng nach Nationalitäten aufgeteilt, was ich früher gar nicht infrage gestellt habe. Da war eben jeder für ›sein‹ Land. Das hieß bei mir: Türkei. Wir haben uns sogar für unsere Teams geprügelt, zum Beispiel wenn wir auf der Straße jemandem mit Deutschlandtrikot begegnet sind.«

»Ach du Scheiße. Ist das heute etwa immer noch so?«, lache ich. Mahmut stößt mich mit dem Ellenbogen an.

»Hey! Aber im Ernst: Mit den Jahren wurde es zum Glück besser. Auch weil ich gelernt habe, den Mund aufzumachen. Das hat nicht nur in Berlin geholfen, sondern auch in der Türkei. Deshalb stammen aus meiner Teenagerzeit die ersten wirklich guten Erinnerungen an Familienbesuche in der Heimat.«

Schweigend laufen wir nun nebeneinander einen verlassenen Feldweg entlang. Die Ähren wiegen sich im Wind. Mahmut sieht immer noch nachdenklich aus: »Ich würde weder sagen, dass ich mich als Deutscher, noch, dass ich mich als Türke sehe.«

»Ist doch eigentlich auch schön, dass wir diese Entscheidung gar nicht treffen müssen«, versuche ich die Stimmung ins Positive zu wenden. Es nagt ein wenig an mir, dass Mahmut noch immer nicht gesagt hat, ob er lieber in der Türkei oder in Deutschland aufgewachsen wäre. Er weicht meiner Ausgangsfrage einfach weiterhin aus.

»Ich bin auf jeden Fall froh, nicht zur Generation unserer Eltern zu gehören *und* in der Türkei zu sein. Ehrlich gesagt, habe ich noch nie gesehen, wie sie sich geküsst haben«, sagt er jetzt.

»Nie?«, erwidere ich erstaunt.

»Nie. Das macht man bei uns einfach nicht. Selbst bei der

Hochzeit, wenn der Mann den Schleier der Braut anhebt, gibt er ihr nur einen Kuss auf die Stirn.«

Ich halte kurz inne, wende mich Mahmut zu und gebe ihm grinsend einen Kuss auf die Lippen. Heute bleiben wir unter uns.

11

Akrabanın akrabaya akrep etmez ettiğini
•
Erwarte von einem Skorpion nicht annähernd das Böse, das Verwandte einander antun können

Ich habe erwartet, dass Marta Mahmut keines Blickes mehr würdigt, nachdem er ihrem Bräutigam eine Beule verpasst hat. Aber sie ist überraschend entspannt, obwohl der kleine Schlagabtausch nicht mal 48 Stunden her ist. Neuer Tag, neues Glück. Und Mahmut, Mama, Papa und ich sind direkt nach dem Frühstück zu dem zukünftigen Brautpaar und den Brauteltern gefahren. Heute soll der Polterabend stattfinden, und wir werden bei den Vorbereitungen helfen. Dafür, dass die ganze Nachbarschaft vorbeikommt, um ihr altes Geschirr loszuwerden und den Garten zu verwüsten, wird auch noch jeder nett bewirtet. Hausputz und Küchenarbeit stehen auf dem Plan.

Außerdem müssen Mahmut und ich Kostüme für den Abend finden. In Polen werden auch in unserer Generation noch viele Hochzeiten gefeiert und dementsprechend auch viele Polterabende, zu denen die Gäste üblicherweise verkleidet kommen. Deshalb hat jede Familie einen Fundus an Kostümen zu Hause: Hexe, Bäuerin, Ritter, Bauarbeiter, Elfe. Kaum dass wir fünf Minuten mit Marta vor dem Kleiderschrank stehen, kommt plötzlich Papa ins Zimmer spaziert und verkündet, er habe eine Kostümidee für uns. Dabei setzt er ein Lächeln auf, das selbst Mephisto gut stehen würde. Papa spricht sogar Deutsch, was mich sofort skeptisch werden lässt. »Es muss noch jemand geben, der tauscht Rolle von Braut und Bräutigam«, frohlockt er.

Mahmut schaut mich erschrocken an. Vermutlich hat er Angst, dass meine Eltern etwas von unserer Verlobung ahnen, aber das glaube ich nicht. Ich verziehe meine Augen zu schmalen Schlitzen: »Nette Idee, Papa. Wie kommst du jetzt darauf?«

»Einfach so«, flötet er, dreht sich auf den Fersen um und verschwindet aus dem Türrahmen. *Mephisto verlässt das Studierzimmer*. Marta findet Papas Idee ganz großartig und deshalb werden die alten Hochzeitsoutfits von Tante und Onkel für uns bereitgelegt. Das Brautkleid für Mahmut und der Anzug für mich. Auf jedem Polterabend gibt es ein Pärchen, das die Rollen von Braut und Bräutigam tauscht. Dieser Gag wird niemals ausgelassen.

Bevor Mahmut und ich uns umziehen, helfen wir aber noch in der Küche. Mahmut drängt sogar richtig darauf. Weniger aus Höflichkeit, mehr, weil Kochen auf ihn meditativ wirkt. Ich stelle das nicht infrage, denn dieses Hobby hält mich am Leben. Trotz polnischer Mama und ganzen Vormittagen, die ich ihr in der Küche zugesehen habe, greife ich eher nach Fertigprodukten.

Mama und Tante sind schon am Werkeln und dabei mindestens genauso eingespielt wie beim Shoppen. Papa und Onkel sitzen vor dem Fernseher. Manchmal sorge ich für Streit, weil ich mich über das Verhalten der Männer beschwere, heute tue ich es Marta und Kamil zuliebe nicht.

•••

»Heute, mein Schatz, mache ich alles und du nichts.«

Es ist Muttertag und Papa verkündet großspurig sein Vorhaben. Dabei klingt er richtig gönnerhaft. Zofia und ich rollen mit den Augen.

»Das heißt, du hast dir heute sogar mal selbst die Kleidung rausgelegt?«, sage ich mehr zu meiner Schwester als zu Papa. Es ist Muttertag und ich will eigentlich nicht für Stress sorgen. Eigentlich.

Mama pflanzt sich mit einer Wohnzeitschrift aufs Sofa und legt die Beine hoch. Ein seltener Anblick.

»Sind wir als potenziell zukünftige Mütter eigentlich auch von der Hausarbeit befreit?«

»Nein«, sagt Papa bestimmt.

»Potenziell?«, ruft Mama aus dem Wohnzimmer, erschrocken über die Möglichkeit, dass es für eine ihrer Töchter nicht selbstverständlich zu sein scheint, die wichtigste Aufgabe im Leben einer Frau zu erfüllen. Augenrollend teilen wir uns auf. Abwasch, Boden wischen, Staub saugen.

Nach nur fünf Minuten gibt es erste Verletzte. »Autsch!« Zofia klemmt sich ihren Finger ein, als sie versucht, den Schlauch in den Staubsauger zu stecken.

»Soll ich dir helfen?«, frage ich.

»Ach, Quatsch. Als wenn ich das erste Mal staubsaugen würde!«

Vielleicht das zweite Mal. Mama nimmt uns normalerweise die komplette Hausarbeit ab, um ehrlich zu sein. Und wir lassen das gern zu.

Während Zofia lautstark mit dem Zusammenbau des alten Staubsaugers beschäftigt ist, so als handle es sich dabei um einen ganzen Kleiderschrank, hat Papa beim Abwaschen das erste Glas kaputt gemacht.

Ich höre Mama förmlich mit den Hufen scharren. Wahrscheinlich ist sie immer noch beim Inhaltsverzeichnis der Zeitschrift. Ich gebe mir Mühe, als Einzige keine Probleme zu machen. Das klappt genau zehn Minuten lang, dann habe ich Mamas Lieblingskaktus so dermaßen unter Wasser gesetzt, dass ich verzweifelt versuche, es mit einer Suppenkelle abzuschöpfen. Dummerweise kommt sie in dem Moment an mir vorbei. Angeblich auf dem Weg zum Klo. »Warum, um Himmels willen, hast du denn den Kaktus gegossen?!«

Ich höre Glas klirren. Mama eilt in die Küche. Glas Nummer zwei hat sich verabschiedet.

»Was ist denn das für dünnes Glas?«, beschwert sich Papa. Mama läuft langsam rot an: »Nimm deine Wurstfinger sofort aus der Spüle!«

In dem Moment geht der Staubsauger aus und aus dem Flur ist ein leises, lang gezogenes »Upps …« zu vernehmen. Wir eilen alle drei zu Zofia.

»Ich glaube, das war ein Perlenohrring, den ich da gerade eingesau …«

»Du meinst wohl mein *Perlenohrring?!«*

Papa und ich tauschen angsterfüllte Blicke aus. Na, immerhin lenkt Zofia von uns ab. Mamas Hummeln im Hintern drehen jetzt so richtig durch. Wie eine Furie rennt sie durch die Wohnung und reißt uns alles aus den Händen. Der Verlauf der Dinge ist wohl an dieser Stelle schon abzusehen.

Um 18 Uhr sitzen wir vor unseren bestellten Pizzen. Mama nach getaner Arbeit, wir nach getaner Scham. Ich versuche mich mit dem Gedanken zu trösten, dass es Mama stolz macht, tüchtig zu sein. Warum sollte ich ihr das wegnehmen? Ich bin faul aus Nächstenliebe. Das kann ich mir so lange einreden, bis ich mich in Papas Anblick wiederfinde. Und Papa nervt.

»Habe ich nicht gut gekocht?«, reißt er seinen üblichen Witz. Na gut, Zofia und ich schämen uns. Papa ist Papa. »Das war wirklich ein langer Tag …«, traut er sich sogar zu ergänzen.

Mama lacht bitter und ungläubig auf.

Ist sie ehrlich überrascht?

•••

»Wo sollen wir mit anpacken?«, frage ich. Mama stellt mich vor einen Berg Gemüse, Mahmut beachtet sie einfach gar nicht. »Wo sollen *wir* mit anpacken?«, wiederhole ich meine Frage.

»Grill machen wir erst später warm«, sagt Mama und guckt uns dabei nicht einmal an. Irre ich mich oder hackt sie plötzlich viel intensiver auf die Möhre ein?

Mahmut versucht, sich nicht entmutigen zu lassen: »Was kann ich denn in der Küche tun?«

Jetzt stockt Mama: »Küche? Wie?«

Mahmut schaut ernsthaft verwirrt und ich übernehme: »Mann, Mama, Mahmut will was kochen oder backen. Der kann das, glaub mir. Also komm vom Schlauch runter und gib ihm eine Aufgabe.«

Es endet damit, dass Mahmut den Abwasch machen darf. Wie ein geprügelter Hund schlurft er zum Waschbecken. *Danke, Mama.* Natürlich beschwert Mahmut sich nicht, schaut aber sehnsüchtig zu mir hinüber, die ich zumindest beim Gemüseschnippeln *zu*arbeiten darf. Wenn auch mit extra stumpfem Messer, Mama kennt mich. Sie hat Angst um die Finger ihres Kindes, immerhin hat sie diesen Körper geschaffen. Sie und Tante machen den gleichen Kartoffelsalat, den gleichen Nudelsalat, formen die gleichen Buletten und rühren die gleichen Kuchen an, die es immer gibt. Zu allem Überfluss kommt Papa kurz durch die Küche spaziert und flüstert vor sich hin, dass der Abend so wenigstens genießbar werden würde.

»Auch für die, die sich nicht nur von Hummus ernähren«, er spricht es »Homos« aus. Ich sehe, wie Mama darüber grinst. Wenigstens lästert sie danach nicht mit Tante über Mahmut, sondern tatsächlich über Papa: »Gerade hat er so eine Phase, in der er sich jeden Abend wiegen muss. Dafür zieht er sich bis auf die Unterhose aus und geht vorher aufs Klo.«

»Die Phase hatte meiner auch mal!«, erwidert Tante lachend und wischt dabei mit einem Lappen über ihren neuen Brotkasten aus Chrom. Reden die beiden gerade über Hunde oder Ehemänner? Ich werfe einen Blick ins Wohnzimmer, wo Papa und Onkel wie hypnotisiert auf den Fernsehbildschirm starren. Hmm. Macht vielleicht auch keinen so großen Unterschied.

Fünf Kilo verarbeitete Mayonnaise später machen sich die geübten Tratschtanten vom Acker, nachdem sie Mahmut und mich erfolgreich komplett aus ihren Gesprächen rausgehalten haben. Sie wollen sich schminken, und Mama wird Tante, wie vor jedem Fest, noch mal die Haare schneiden.

Kaum ist die Tür ins Schloss gefallen, atmet Mahmut erleichtert aus: »Ich habe mich die ganze Zeit gefühlt, als würde ich etwas falsch machen. Kann man Schüsseln falsch abspülen?«

»Keine Sorge, so guckt Mama immer, wenn jemand etwas in der Küche macht, der nicht sie selbst ist.« Ich versuche, Mahmut mit Küssen auf den Nacken aufzumuntern. Sein Gesichtsausdruck bleibt verkrampft.

»Was passiert mit den ganzen Gemüseresten hier?«, fragt er und deutet auf die Küchentheke mit dem sich stapelnden Grünzeug aus dem Garten.

»Ich schätze, das brauchen sie nicht mehr.«

»Hmm …«

Langsam hellt Mahmuts Gesicht sich auf. Traurig, aber wahr: Ich glaube, mit Sex könnte ich ihn gerade nicht glücklicher machen.

»Na, leg schon los«, sage ich und versuche, dabei nicht allzu deprimiert zu wirken. Ich hole mir heute Nacht schon noch, was *ich* brauche.

•••

»Was ist das?!«

Oh, oh.

»War das Mama?«, fragt Zofia durch den Telefonhörer.

»Ja, das war sie. Ich glaube, ich muss Schluss machen«, damit lasse ich mein Handy auf das weiße Twillsofa fallen, das ich mir niemals in die Wohnung stellen würde, weil ich hundertprozentig eher früher als später Wein darauf verschütten würde. Ich eile rüber in die Küche und kann mir schon denken, was los ist. Mama wird Mahmut in der Küche entdeckt haben. Letzterer war wirklich fleißig, während Mama und Tante sich schön gemacht haben und ich Zofia mit einem 90-minütigen Lagebericht über die bisherigen Geschehnisse versorgt habe.

»*Was ist das?!*«, wiederholt Mama. Drohender. Lauter.

Mahmut guckt ängstlich drein und antwortet kleinlaut: »Ich habe die Reste verarbeitet.«

»Weil ich ihm gesagt habe, dass ihr sie nicht mehr braucht«, mische ich mich schnell ein.

»Woher willst du das wissen?«, giftet Mama jetzt in meine Richtung.

»Braucht ihr sie denn noch?«

Kurze Stille.

»Vielleicht.«

Aha.

Auf der Küchentheke steht eine Variation von Dips, direkt neben zwei Auflaufformen, gefüllt mit geröstetem Gemüse, das zur Hälfte mit Käse überbacken ist. Eine Spinat-Couscous-Pfanne köchelt auf dem Herd. Daneben stapeln sich Bazlama-Brote, fluffig, obwohl in der Pfanne ausgebacken, und glänzend vor Butter. Ich klaue mir eine Kartoffelspalte und bekomme prompt Ärger mit Mahmut. Er haut mir auf die Hand wie Mama, wenn ich ihr einen Besuch in der Küche abstatte.

»Also, manchmal seid ihr euch ähnlicher, als du denkst …«, flüstere ich Mama ins Ohr und ernte dafür einen erschrockenen Blick. Ich wende mich flötend der Tür zu: »Leider, leider muss ich euch jetzt verlassen. Der Bräutigam des heutigen Abends muss sich nämlich für seine Braut fertig machen.«

Ich gebe mir nicht einmal Mühe, mein Gefallen an Mamas Nervenchaos zu verbergen.

12

Gdzie serce tam i szczęście
•
Wo das Herz ist, ist das Glück

»Kukurydza! Kukurydza!« *Der Verkäufer stapft mit frischen Maiskolben durch den Sand. Marta und ich sehen uns aufgeregt an. Wir sind gerade dabei, uns gegenseitig die Haare zu flechten, doch unsere Mägen schreien nach einem kleinen Snack.*

»Brechen wir kurz die Regel?«, frage ich Marta vorsichtig. Doch da ist sie schon auf dem Weg zu unseren Eltern. Wir haben uns extra weit weggesetzt und versprochen, den ganzen Tag nicht mit ihnen zu sprechen. Marta und ich haben keine Lust mehr, wie Kleinkinder behandelt zu werden, bloß, weil unsere Mütter und Väter unsere Aufmerksamkeit brauchen. Mit elf ist man ja wohl schon alt genug für Strandurlaub unter Mädels und die können sich ruhig mal einen Tag lang allein beschäftigen. Mama und Papa sagen, dass wir maximal zehn Schritte Abstand halten dürfen, und wir müssen »Blickkontakt aufbauen, bevor wir ins Wasser gehen, oder besser noch: Bescheid sagen«. Bei dem Gedanken an ihre ständige Vorsicht möchte ich mit den Augen rollen, aber das spare ich mir jetzt. Unisono fragen Marta und ich nach Geld: »Bitte! Bitte! Wir verhungern gleich!«

Maiskolben gehören einfach zum Urlaub an der polnischen Ostsee dazu. Wenn ich mein ganzes Leben lang nur noch eine Sache essen dürfte, dann wären es Maiskolben. Oder Oreos.

»Erst, wenn ihr die Sandwiches aufgegessen habt, die ihr vor einer Stunde noch unbedingt haben wolltet, um dann nur daran zu knabbern wie die Spatzen«, sagt Tante, was Marta die Arme wütend vor der Brust verschränken lässt. Ich gebe an dieser Stelle auf und sehe dem Verkäufer schmachtend hinterher.

»Na toll, das Sissi-Buch wolltest du mir neulich auch schon nicht kaufen. Wie soll ich mir denn irgendwas leisten bei dem Hungerlohn von Taschengeld, den ich bekomme? Ich habe kein Leben, Mama!«

»Du kriegst ein neues Buch, wenn du dein altes ausgelesen hast«, erklärt Tante ruhig. Mama wirkt irgendwie froh darüber, dass ihre Schwester die geschwätzigere Tochter und somit die Diskussion an der Backe hat.

»Aber du *darfst zwölf Lippenstifte haben.« Eins zu null für Marta. Keine Frage. Ihre Mutter stockt und sieht Marta jetzt mit schmalen Augen an. Marta legt nach: »Genauso wie du dir neulich schon wieder Sandalen gekauft hast. Und gleich mehrere neue CDs fürs Auto.«*

»Du weißt genau, dass die Papa im Auto vom Singen abhalten sollen«, Tante sieht ertappt und erschrocken zu Onkel, der sie jetzt mit hochgezogenen Augenbrauen betrachtet. Das war wohl eine Information zu viel, eine ungeplante Beichte. Meine Mama unterdrückt ein Kichern und Tante zieht nun schnell den Geldbeutel aus der Tasche. Mehr, um die empörten Blicke ihres Mannes sowie ihre hartnäckige Tochter loszuwerden und weniger aus Einsicht, vermute ich. Marta lächelt triumphierend, wir drehen uns beschwingt um und springen dem Verkäufer mit den Maiskolben hinterher. Marta ist

so in Fahrt, dass sie den jungen Mann beschwatzt, uns drei Maiskolben zum Preis für zwei zu verkaufen.

»Danke für den Proviant. Und übrigens: hübsches Tattoo«, sagt sie zum Abschied und deutet auf seinen gebräunten Arm, ein argwöhnisch dreinschauender Falke. Ich verstecke mich derweil schüchtern hinter meiner Cousine, weil mir die Situation unheimlich peinlich ist. Das Schmunzeln des Verkäufers wirkt, als würde er uns für Kinder halten, die versuchen, erwachsen zu wirken, es aber noch lange nicht sind. Martas Selbstbewusstseinslevel bleibt unverändert hoch. Sie redet weiter auf den Maiskolbenverkäufer ein: »Ich habe als Kind mal einem Fremden im Bus das Blumentattoo gegossen. Aus meiner Trinkflasche. Ich wollte sehen, ob es größer wird. Da war ich natürlich noch klein …«

Sand unter meinen Füßen, bitte tu dich auf! Ich kann nicht anders und muss Marta für ihren Mut beneiden. Ich werde nie einen Freund haben und sie immer drei auf einmal. Von ihrer Offenheit könnte ich mir echt mal eine Scheibe abschneiden. Jetzt zückt sie doch tatsächlich einen Stift aus ihrer kleinen Korktasche und reißt ein Stück von ihrem »Stadt-Land-Fluss«-Zettel ab, um ihre Nummer draufzuschreiben. Oder besser gesagt, die ihrer Eltern: die Festnetznummer von zu Hause. Handys haben wir noch nicht.

Der Verkäufer lacht laut auf und zwinkert ihr mit breitem Grinsen zu, bevor er weitergeht. Marta spielt mit einer ihrer nassen Haarsträhnen und sieht ihm hinterher. Wie eine Tigerdame nach erfolgreicher Jagd.

•••

Mahmut und ich haben abgesprochen, dass wir uns vor Beginn des Polterabends nicht mehr über den Weg laufen. Wir üben schon mal für unsere richtige Hochzeit und wollen uns die Überraschung nicht nehmen lassen, wenn wir uns zum ersten Mal in Kleid und Anzug gegenübertreten. Heute mag es ein Kostüm sein, beim nächsten Mal nicht mehr.

Als die echte Braut bleibt Marta heute unverkleidet. Umso mehr Spaß hat sie dabei, mir in den Anzug zu helfen, einen Schnauzer zu malen und die Augenbrauen mit Kajal zu verdichten.

»Ein bisschen wie damals, als wir versucht haben, uns Knutschflecken auf den Hals zu malen«, sage ich und revanchiere mich bei Marta mit einer schönen Flechtfrisur. »Ich helfe dir und du mir.«

»Wie schön, dass wir das nicht mehr nötig haben«, sagt sie, während ich ihr Gesicht skeptisch im Spiegel des Schminktisches beobachte. Marta ist plötzlich ungewöhnlich wortkarg. Das ist sie sonst nie.

»Marta, ist alles in Ordnung?«

»Was sollte nicht in Ordnung sein? Ich heirate morgen«, antwortet sie monoton, ohne mir die Sorge zu nehmen, dass etwas mit ihr nicht stimmt.

»Sag du es mir«, bitte ich sie verdutzt.

Ich setze mich neben sie auf den breiten Schminkstuhl. Hätte ich doch mal eine Sitzmöglichkeit mit Lehne gewählt. Martas nächste Frage haut mich fast um, wie ein Faustschlag aus dem Nichts: »Hast du Tinder?«

»Bitte was?« *Habe ich mich da gerade verhört?*

»Na, Tinder. Die Dating-App, du weißt schon«, sagt sie und schaut mich dabei mit festem Blick an, als wäre ich einfach nur begriffsstutzig und ihre Frage so banal wie die Frage nach dem Wetter. »Das hat in Berlin doch jeder … hat mir eine Freundin erzählt.«

»Stimmt, das haben schon viele, aber … also … Mahmut und ich sind, ehrlich gesagt, schon länger zusammen, als ich bisher zugegeben habe, und davor war ich auch in einer Bezie … also … ich …« Es fällt mir schwer, aus dem Stottern wieder herauszukommen. Mir gefällt ganz und gar nicht, in welche Richtung dieses Gespräch geht. Das könnte mich überfordern: »Ich habe nie wirklich mit dem Gedanken gespielt, mir Tinder herunterzuladen«, schließe ich einen vollständigen Satz ab. Dabei fällt mein Blick auf ein Kreuz, das über dem Türrahmen hängt, und ich frage mich, ob Jesus mich dadurch wieder etwas lieber hat. Sollte es entgegen meinen Erwartungen doch ein jüngstes Gericht geben, wird die Heilige Dreifaltigkeit mich vielleicht nachdenklich ansehen und dann so was sagen wie: »Jo, bist zwar krass ungläubig jewesen. Kirchensteuer haste nich jezahlt. Und das mit dem janzen verhüteten Sex war och uncool. ABER du hattest keen Tindaa!«

Im Gegensatz zu mir guckt Marta aus dem Fenster und scheint mit sich zu hadern: »Denkst du, ich habe etwas verpasst?«

Ich lache trocken auf: »Du meinst, *Sexgott84* wäre was für dich?«

Sie sieht mich genervt an. Ich muss schlucken und versuche, auf den Ernst ihrer Lage einzugehen: »Gut, ich habe einige Mädels und Jungs im Freundeskreis, die … gute Erfahrungen mit Tinder gemacht haben.«

Marta nickt langsam und schaut mich so hochkonzentriert

an, als würde ich ihr ein kompliziertes mathematisches Theorem erklären. »Und von den Leuten um mich herum, die in festen Beziehungen sind, scheinen immer mehr darüber nachzudenken, ob das wirklich das Nonplusultra ist. Oder ob sie zu wenig Erfahrungen gesammelt haben.« Ich spüre einen inneren Konflikt in mir aufkommen. Wie wir hier sitzen und unsere Gedanken und Gefühle miteinander kämpfen lassen, wird mir klar, dass auch ich liebend gerne Fragen beiseiteschiebe, auf die ich keine klare Antwort habe. Meine äußeren Einflüsse stehen in Konkurrenz zu meiner Erziehung, und das macht es nicht gerade leichter, eine klare Meinung zu entwickeln. Mit der Ungewissheit einer unklaren Meinung zu leben, muss gelernt sein. Ich bin etwas erschrocken von mir selbst, ich dachte, ich hätte mich schon mehr freigemacht von meinen Eltern und ihren Ansichten. Aber meine Einstellung zu Tinder ist zweifellos beeinflusst von der Einstellung meiner Eltern und der Lebensweise, die sie mir vorgelebt haben. Je weiter ich mich von der Pubertät entferne, desto mehr nehme ich sie offenbar an. Erziehung ist wie eine Zwangsjacke.

»Was ich sagen will: Du bist auf jeden Fall nicht die Einzige mit solchen Zweifeln«, versuche ich, zum Schluss meiner Ausführungen zu kommen. Doch in Martas Gesicht erkenne ich, dass die für sie bislang wenig bis gar nicht zufriedenstellend waren. Ich nehme also erneut Anlauf: »Marta, in Berlin ist die Auswahl an potenziellen Partnern sehr groß, weshalb dort Gedanken, wie du sie gerade hast, erst recht hochkommen. Das ist ein bisschen, wie wenn man ins Restaurant geht, erst die gesamte Speisekarte gründlichst studiert, bis man sich für ein Gericht entscheidet und dann doch nur auf die Teller der anderen schaut.« Ergibt es Sinn, was ich da sage? Und merkt man, dass ich Hunger habe? Keine gute Voraussetzung für dieses Gespräch.

»Aber es gibt ja auch das andere Extrem«, fügt Marta nachdenklich hinzu. Mir scheint es, als würde sie diese Gedanken zum ersten Mal aussprechen. »Dass man das Erstbeste nimmt und sich deshalb das Essen vom Nachbartisch wünscht.«

»Welcher Nachbartisch?« Warum habe ich plötzlich so einen drohenden Unterton in der Stimme?

Wir werden von einem lauten Scheppern unterbrochen: Kloschüssel Nummer eins.

Marta springt auf und strahlt mich plötzlich an wie ausgewechselt. Als hätte sie nur eine Maske abnehmen müssen. Dann greift sie meine Hände: »Vergiss es! Das ist bestimmt normal, einen Tag vor der Hochzeit. Kalte Füße. Bereit, Herr Bräutigam?«

Eben noch völlig verwirrt und leicht betrübt, halte ich mir plötzlich den Bauch vor Lachen. Ich muss mich am Treppengeländer festhalten, um nicht die Stufen herunterzufallen. »Mir kommen gleich die Tränen … aber nicht vor Rührung«, pruste ich und bin schlagartig von dem verwirrenden Gespräch mit Marta geheilt. Ich sehe nämlich Mahmut zum ersten Mal an diesem Abend und zum ersten Mal in einem Kleid: Ein Urwald von Beinbehaarung trifft auf zarte Spitze und Puffärmel an muskulösen Schultern.

»*Polish Horror Picture Show* …«, lacht Marta neben mir auf, ebenso schockgeheilt wie ich.

»Charles Bukowski soll mal gesagt haben, dass Feminismus nur existiert, um hässliche Frauen in die Gesellschaft zu integrieren. Darüber hab ich mich immer aufgeregt, aber endlich verstehe ich den Mann«, bringe ich kreischend hervor, bevor mich die nächste Lachsalve schüttelt. Mahmut versucht, seine Fingernägel trocken zu pusten. Ob intuitiv oder weil er sich das von mir abgeschaut hat, weiß ich nicht, aber es ist ein herrlicher Anblick.

»Ich kann nichts mehr anfassen mit diesen Nägeln …«, schnaubt er ehrlich genervt, findet dann aber doch Gefallen daran, dass wir so laut johlen und immer mehr Leute in den Flur gestürmt kommen. Mahmut schwingt ein Bein über das Geländer, woraufhin ich zu ihm renne und ihm einen Schlag auf den Hintern verpasse, der unter Tonnen von Tüll versteckt ist.

Auch Mama und Papa kommen, um zu sehen, was los ist, und ich schwöre, dass da ein Grinsen auf Mamas Gesicht zu sehen war, bevor sie es dann doch schnell angeekelt verzogen hat. Nur Papa wirkt ganz und gar nicht erfreut. Und da fällt bei mir der Groschen: Sein Plan war es, Mahmut in seinem vermeintlichen türkischen Macho-Stolz zu kränken. Ein Stolz, den er aber gar nicht besitzt. Ganz im Gegensatz zu Papa. Der wollte bestimmt nicht sehen, dass Mahmut Spaß dabei hat, und noch weniger, dass seine Tochter ihren Kopf unter einem Tüllrock vergräbt und nach dem Wiederauftauchen einem Türken über die Wange leckt.

13

Umut fakirin ekmeğidir
•
Die Hoffnung ist das Brot der Armen

»Ist noch was von dem Auflaufgemüse da?«

»Nein.«

»Und von diesen geröstet…«

»Auch nicht. Aber Mahmut macht gerade Nachschub an Pfannenbroten für die Dips.«

»Großartig!«

Ein kurzer Ausschnitt eines Dialogs, wie Mama und Tante ihn heute oft führen müssen. Mamas Gesicht erinnert mich an das von einem Mops, nur dass Zornesfalten nicht so süß sind wie das faltige Maul eines kleinen Hundes.

Schon eine Stunde nach dem Eintreffen der ersten Gäste ist der ganze Garten voller Scherben und Lametta. Die Bäume sind mit Klopapier behängt. Kamil und Marta unterbrechen das Tanzen immer wieder, um zu fegen, während die Gäste sich über das Buffet hermachen. Besonders über die Köstlichkeiten, die Mahmut gezaubert hat. Alle sind begeistert von den neuen Geschmackseindrücken und Mahmuts Ansehen steigt gewaltig. Trotzdem meiden sie seine Nähe und ich ernte von den Älteren immer wieder skeptische Blicke. Aber die Situation ist … entladen. Zumindest entladener als vor dem Essen.

Na gut, liegt vielleicht auch am Alkohol. Was das angeht, habe ich etwas Sorge vor den späten Stunden des Abends. Ich habe schon viele Prügeleien in Polen miterlebt. Leider.

Allerdings ist auch vorstellbar, dass die Musik heute für den Ausbruch angestauter Wut sorgen könnte – zumindest bei mir. Alle anderen sind super drauf. Polnische Schlager dröhnen aus den Boxen und alle Ü80-Gäste schunkeln im Takt dazu. Erschrocken muss ich feststellen, dass auch die Ü16-Generation größtenteils textsicher mitsingen kann.

Dieser Polterabend verläuft im Grunde wie jeder andere polnische Polterabend meines Lebens. Mit *einem* Unterschied: Einige Omis und Opis sind mittlerweile mit Mobiltelefonen ausgestattet und nutzen diese ununterbrochen. Sie halten sich das Display so nah vors Gesicht wie eine Lupe. So sieht wohl Digitalisierung auf dem polnischen Land aus. Jedes Foto, das mir im Laufe der letzten Stunde stolz präsentiert wurde, ist verschwommen.

Als ich höre, wie ein Gespräch über Tweets des Papstes losbricht, entscheide ich mich zur Flucht. Vielleicht kann Mahmut Hilfe in der Küche gebrauchen.

14

Apetyt rośnie w miarę jedzenia
•
Der Hunger kommt beim Essen

»Meine süße Anja ist mittlerweile Hotelchefin, Piotr entwirft Schuhe für Adidas als Chefdesigner! Deutsche Firma …« Tante Brigitta erzählt wieder Märchen über die Jobs ihrer Kinder, und das in gewohnt theatralischem Tonfall. Selbst im Vorbeigehen deprimieren mich Tante Brigittas Lügen. Ich weiß, dass Anja Rezeptionistin ist und Piotr Schuhverkäufer bei Reno. Ich bin ihm letzten Sommer bei einem Tagestrip nach Dresden an seinem Arbeitsplatz über den Weg gelaufen, weil meine Sandalen gerissen waren.

Piotr wusste nicht mal etwas von den Geschichten seiner Mutter. Tante Brigitta hat schon immer gern angegeben und übertrieben, aber in diesem Fall ist es auch etwas traurig. Keines ihrer Kinder lässt sich je auf Familienfeiern sehen, und sie präsentiert uns die bestmöglichen Ausreden, weil es ihr peinlich ist. Ausreden, die sie mittlerweile vielleicht sogar selbst glaubt, damit es nicht so wehtut, allein zu sein inmitten lauter Drei-Generationen-Haushalte. Dabei war sie so stolz, als ihre

Kinder nach Deutschland gezogen sind. Ich glaube auch nicht, dass Anja und Piotr ihre Mutter oft anrufen, geschweige denn sie in Polen besuchen.

Um Brigitta herum sitzen die alten Frauen aus der Nachbarschaft mit ihren dicken Bäuchen, alle in die gleichen Blumenkittel gewickelt, wie auch meine Oma sie trägt. Als Kostümierung reicht in dem Alter schon ein Hexenhut oder man zählt den Damenbart als Bärenfell. Lauter Doppelkinne wackeln gefährlich hin und her, während sich die Damen aufgeregt und gestenreich gegenseitig ihre Krankheitsgeschichten erzählen. Ich bringe Mahmut aus der Gefahrenzone, der gerade aus dem Haus kommt. Mit Absicht zeitlich versetzt zu mir, damit niemand auf die Idee kommt, wir könnten Sex in der Küche gehabt haben. Oder im Bad. Oder beides. Ein kleines Grinsen kann ich mir aber doch nicht verkneifen, während ich ihm mit einer Serviette die letzten Schweißperlen aus dem Gesicht tupfe.

»Weiter geht es mit dem Sportprogramm«, flüstere ich ihm ins Ohr und ziehe ihn auf die Tanzfläche.

»So trainieren wir wenigstens die ganzen *Kluski* wieder ab«, sagt Mahmut und drückt mich an sich. Er passt sein Tempo der gerade wechselnden Musikrichtung an und beweist erneut Rhythmusgefühl. Phil Collins, *In the air tonight*. Damit kann sich jeder abfinden, sogar die schlagerverrückten, schunkelnden Omas. Mahmut kommt ein ähnlicher Gedanke: »Phil Collins kann einfach nicht zur Ruhestörung werden. Seine Songs könnte man sogar nachts um drei spielen. Wenn jemand deswegen aufwacht, wird er sich wieder hinlegen und besänftigt sagen: *Der gute alte Collins, habt Spaß mit ihm.*«

»Das wird aber gar nicht passieren, weil heute tatsächlich

die komplette Nachbarschaft hier ist. Es wird also niemand drei Häuser weiter von unserem Lärm aufwachen.«

»Ja, das hat sich echt gut gefüllt.« Mahmut lässt mich eine Pirouette drehen.

»Und alle lieben dein Essen.«

»Ich wünschte, sie würden *mich* lieben ...«

»Reicht doch, dass ich dich liebe.«

Kuss.

»Ich habe Angst vor der Hochzeit.« Das ist Mahmut auch anzusehen.

»Dann hast du was mit Marta gemeinsam. Ich hatte vorhin das Gefühl, dass sie kalte Füße bekommt ...«

»Bestimmt nur die Aufregung.«

»Und wenn nicht?«

In diesem Moment erscheint Papa wie aus dem Nichts neben mir. Im Sultankostüm mit Klopapier als Turban. Geschmacklos. Ich checke Mahmuts Reaktion ab. Sein Blick ist ohne Emotion, er versucht, die dumme Anspielung zu übersehen.

»Gehst du als Mumie?«, frage ich, um Mahmut zu signalisieren, dass wir uns nicht aus der Ruhe bringen lassen. Auch wenn mir das selbst nicht leichtfällt, denn ich muss erschrocken feststellen, dass Papa betrunken ist. Sturzbetrunken.

•••

Ich liege im Bett und weine. Wann er wohl nach Hause kommt?

Mahmut und ich waren auf einer Party. Die Abschiedsfeier einer Freundin, die der Liebe wegen nach München zieht. Ich habe mich klammheimlich davongestohlen, weil ich Mahmuts Anblick nicht ertragen habe. Er hat sich komplett die Kante gegeben. Eklig. Widerlich. Wir sind seit einem Jahr ein Paar, aber wirklich betrunken habe ich ihn noch nicht erlebt. Hätte ich Mahmut in einem solchen Zustand kennengelernt, ich hätte ihn abblitzen lassen.

5:03 Uhr. Ich höre einen Schlüssel, der sich im Türschloss dreht. Gerumpel. Ein Schluchzen kriecht meine Kehle hinauf, doch da ist auch ein Gefühl von Erleichterung. Gehässig denke ich, dass Mahmut meine Sorge um ihn nicht verdient hat. Noch mehr Poltern verrät, dass er nicht mal mehr gerade laufen kann. Gleich wird er sich stinkend neben mich ins Bett legen. Das lasse ich nicht zu. Nicht wie Mama all die Jahre. Es ist das Bild von Mama in meinem Kopf, das mich wütend die Beine über die Bettkante schwingen lässt. Ich will aus ihren Fehlern gelernt haben. Ich ertrage nicht schweigend.

Mahmut stützt sich gerade am Waschbecken ab und versucht, sich schwankend die Zähne zu putzen.

»Du schläfst heute auf dem Sofa!« Ich schreie. Es ist Mahmut förmlich anzusehen, wie die Worte erst nach und nach bei ihm ankommen. Seine Augen sind glasig und halb geschlossen. Er muss aufstoßen und sieht dabei aus wie Papa früher. »Alkohol ist scheiße!«, schreie ich weiter. Mir fehlen die richtigen Worte. Wut und Enttäuschung haben sie gekapert und verstecken sie vor mir. Egal. Hauptsache, er sieht, was ich fühle, Hauptsache, ich schweige nicht. Hauptsache, Wut und Traurigkeit können irgendwohin.

Alle Beleidigungen, die mir in meinem müden Zustand noch einfallen, werfe ich Mahmut an den Kopf. Ich lasse ihn verdutzt zurück und schließe mich im Schlafzimmer ein. Soll er klopfen, sooft er will. Kraftlos sinke ich ins Bett zurück und rolle mich ganz klein zusammen.

•••

»Ich will jetzt mit Tochter tanzen!« Papa funkelt Mahmut wütend an. Die Tatsache, dass er dabei seinen Kopf in den Nacken legen muss, schmälert den gewünschten Eindruck. Ich nicke Mahmut deprimiert zu, der sich wiederholt mit Blicken versichern will, dass es für mich okay ist. Ich nicke noch mal und bemerke in seinem Gesicht, wie schockiert er vom Anblick meines sonst so ernsten und von Mama gestriegelten Papas ist. Ich bin den Anblick gewohnt und weiß, dass ich mich deeskalierend zu verhalten habe. Alkohol macht Papa zur tickenden Bombe. Wobei ... Gerade liegt die Bombe eher wie ein nasser Sack in meinen Armen und lässt sich von mir tragen.

Ein paar Sekunden lang sagt Papa gar nichts. Und dann nichts Sinnvolles.

»Die Laube hätte ich besser gebaut. Viel besser.«

Ich schweige.

»Widerlich, sein Essen. Macht deine Mama traurig. So herzlos hab ich nicht dich erzogen.«

Selbst auf Polnisch lassen seine grammatikalischen Fähigkeiten jetzt nach. Was soll ich darauf schon antworten?

»Was wir hier sehen müssen und alle anderen auch. Was die denken! Das ist deine Familie ...«

Das war meinen Eltern schon immer wichtiger als alles andere. Was denken die Familie, die Nachbarn, die Frau auf der anderen Straßenseite?

»Wie du dich anfassen lässt von diesem ...«

»Kanaken?«, helfe ich Papas Zunge auf die Sprünge.

Er guckt mich aus blutunterlaufenen Augen an. Sein Atem stinkt widerlich. Er ekelt mich so sehr an, dass ich plötzlich trotz meiner guten Vorsätze richtig in Fahrt komme: »Du solltest mal sehen, was er im Bett mit mir macht. Oder im Kino, auf Waschmaschinen, am Strand, im Auto.« Ich weiß, mein Verhalten ist kindisch, aber ich bin nun mal nicht Gandhi. Und ich habe auch nicht den Anspruch an mich, wie Gandhi zu sein.

»Hör auf!«, unterbricht mich mein Vater. Die Leute, die um uns herum tanzen, schielen zu uns rüber.

»So einfach kannst du mir nicht den Mund verbieten, Papa. Nicht mehr. Ich weiß, dass du nicht gern mit angesehen hast, wie ich eine eigene Meinung entwickelt habe, aber ich habe auch nicht gern mit angesehen, wie du im betrunkenen Zustand …«

»Was willst du sagen?!« Papa zittert. Wut, Adrenalin. Er kommt mir so arm vor. Ich schüttle langsam, fast ungläubig den Kopf. Das müsste alles nicht sein. Ich dachte wirklich, er hätte sich in der Hinsicht geändert.

»Ich will damit sagen, dass *Mahmut* mich niemals beleidigen würde. Er würde niemals die Wohnung verwüsten.«

Papa ist Meister im Selbstbeschiss: »Ich hatte jedes Recht …«

»Du hattest vor allem ordentlich Promille.«

»Es gibt Väter, die sind viel schlimmer. Die schlagen ihre Familie«, sagt er, als würde das irgendwas besser machen. »Undankbar bist du, Fräulein, du …«

»Du projizierst auf Mahmut, was du bist, aber er nie sein wird. Leider stehen deine betrunkenen Hirnzellen gerade sowieso nicht auf Empfang.«

»Hör auf zu sagen, ich trunken!«

Mittlerweile tobt mein Vater wie ein kleines Rumpelstilzchen, und ich sehe, dass Mama sich einen Weg durch die tanzende Menge bahnt. Der kleine Adam möchte gern im

Spielparadies abgeholt werden. Schon wieder. Solche Eskapaden haben wir zu Genüge erlebt. Unsere gesamte Familie weiß, dass Papa ein Alkoholproblem hat, aber niemand spricht darüber. Vor allem seit dem Entzug. Sie gucken weg und lassen uns unser Theaterstück spielen. Mama hat glasige Augen, und auf ihrem Hals sind rote Flecken zu sehen, wie immer, wenn sie nervös und ängstlich ist. Ich hatte schon fast vergessen, wie hilflos sie aussehen kann und wie schlimm sich dieser Anblick anfühlt. Wie Blei im Magen.

»Ich helfe dir …«, flüstere ich und will den gefährlich schwankenden Papa an einem Arm nehmen. Mama schüttelt energisch den Kopf: »Ich schaffe das schon allein.«

Meinen Protest weist sie vehement zurück: »Du weißt, dass das alles nur noch schlimmer macht. Deine Tante wird mir helfen.«

In dem Moment taucht Tante tatsächlich wie aus dem Nichts neben Mama auf und packt mit an. Die beiden Frauen handeln so selbstverständlich wie Bauarbeiterinnen, die eine Schubkarre über den Bauplatz schieben.

Mama hat keine Ahnung, wie stark sie ist.

•••

»Zu Mitte, zu Titte, zu Sack, zack, zack!« Eine der polnischen Omas aus der Nachbarschaft hat nur noch ein Unterhemd an und schwingt ihren Blumenkittel wie ein Lasso über dem Kopf. Ich bin sehr dankbar dafür, dass sie auf den Tisch steigt und die Gäste erst mal abgelenkt sind von der Szene, die Papa und ich uns geliefert haben. Warum kann er nicht auch einfach nur strippen, wenn er betrunken ist?

Mahmut schiebt sich durch die Tanzenden zu mir durch und nimmt mich einfach nur in den Arm.

»Alles gut, alles gut …«, sage ich, mehr zu meiner eigenen Beruhigung. Kurz genieße ich die Ruhe, so, als würden seine Arme mich vom Rest der Welt abschirmen. Aber dann will ich einfach weg. »Ich werde dir noch einiges erzählen müssen …«, flüstere ich. Mahmut umschließt mich noch fester. »Und ich will das jetzt machen.«

15

Nieszczęścia chodzą parami
•
Unglück kommt paarweise

»Es hat nach dem Tod von meinem Großvater väterlicherseits angefangen.«

Mahmut und ich haben uns in der Laube verkrochen. Die Musik lässt das morsche Holz und den sich türmenden Trödel beben. Ich fixiere ein altes, dreibeiniges Schaukelpferd, um Mahmut nicht direkt in die Augen sehen zu müssen.

»Ich kannte Opa gar nicht. Meine Oma hat sich von ihm getrennt, da war sie Mitte dreißig, weil er ein Schläger mit rechtsradikalen Ansichten war. Seither wurde seine Existenz in unserer Familie entweder totgeschwiegen oder es wurde nur schlecht von ihm geredet.« Damit Mahmut alles versteht, hole ich weit aus. »Wir hatten alle keinen Kontakt mehr zu ihm, doch irgendwann standen zwei Beamte vor unserer Tür. Sie erzählten uns, dass Opa sich in dem Altersheim, in dem er inzwischen wohnte, das Leben genommen hat.« Meine Stimme ist monoton und fest. Für diesen Teil der Familiengeschichte muss ich mich nicht zusammenreißen. Aber für den Teil, der danach kommt. Jetzt. Ich spüre, dass Mahmuts Blick auf meinen Händen liegt, die sich gegenseitig als Knete missbrauchen.

»Du musst das nicht …«, beginnt er vorsichtig, doch ich unterbreche ihn.

»Ich will aber. Ich hab dich viel zu wenig an meiner Familie teilhaben lassen und so verstehst du vielleicht einiges besser. Also, auch mich.« Mahmut rückt neben mich und zieht mich in seine Arme. »Und vielleicht, weshalb ich oft so überreagiere, selbst wenn du nur wenig trinkst.«

Ich suche seinen Blick, doch jetzt ist er es, der zu Boden schaut: »Ich habe es auch einfach manchmal übertrieben mit dem Alkohol.«

»Mahmut, nein. Genau darauf will ich *nicht* hinaus. Das ist ein Unterschied. Ich habe dich genau *einmal* wirklich betrunken erlebt. Du sollst dir den Spaß nicht verbieten, nur weil ich …« Ich stocke. Und nehme Mahmuts Gesicht kurz in beide Hände. Kuss.

Durchatmen und weiter im Text: »Papa hat schon immer gern … einen über den Durst getrunken, wie man so schön sagt. Aber nur in Polen und das zu Anlässen wie Hochzeiten oder Geburtstagen. Also wenn es ihm gut ging und um den Spaß zu vergrößern. Nach der Beerdigung meines Großvaters hat sich das verändert und er trank immer mehr aus Trauer. Zumindest erkläre ich mir das so.« Ich habe das Bild von Papa vor Augen, wie sein verweinter Blick zusätzlich vom Alkohol getrübt wurde. Papa, mit eingesunkenen Schultern am Küchentisch. »Er trank immer regelmäßiger und hörte damit auch nicht mehr auf, als die erste Trauerphase vorbei war. Vielleicht gab es diese Trauerphase nie wirklich, weil Papa sie in

Alkohol ertränkt hat. Irgendwann einmal kam er dann erst um Mitternacht von der Arbeit zurück, besser gesagt, vom Saufen mit seinen Kollegen. Er ist sturzbetrunken ins Bett gefallen. Von da an kam es immer häufiger vor, bis ich ihn sogar mal morgens dabei erwischt habe, wie er im Bad einen Schluck aus einem Flachmann genommen hat. Wodka zum Frühstück.« Ich muss kurz durchatmen, denn über diesen Teil meines Lebens spreche ich selten. Ich dachte eigentlich, ich hätte das Bedürfnis, alles in ein möglichst gutes Licht zu tauchen, längst abgestreift. Aber die möglichen Reaktionen meines Gegenübers, egal, ob Mahmut oder jemand anderes, machen mich noch immer nervös. Dabei habe ich nicht mal eine konkrete Vorstellung davon, was eine wirklich schlimme Reaktion wäre. Wenn Mahmut mich angucken würde, als wäre ich zu bemitleiden oder als könnte da auch was von Papa in mir stecken? Wenn er angewidert wäre? Sprachlos? Was ist eigentlich mein Problem? Mein Vater ist mir in diesem Moment einfach nur peinlich. Diese Erkenntnis trifft mich umso härter, weil ich ihn als Kind mehr als glorifiziert habe: Ich war ein totales Papakind.

»Meine Schwester war etwa sieben Jahre alt, als das alles losging, ich also 12. Alt genug, um alles zu verstehen, aber noch zu jung, um mir Hilfe zu holen, um mit der schwierigen Situation in der Familie verhältnismäßig gut umzugehen. Das war das Schlimmste, Mama weinend und allein im Schlafzimmer auf dem Boden …«

Für einen Moment liege ich schweigend in Mahmuts Armen und weine. Als wäre einfach nur der Tränentank zu voll und müsste geleert werden, um anschließend weiterzuerzählen: »Ich wollte sein wie Mama, die sich immer vor uns gestellt hat …«

»Ist er … Ist er handgreiflich geworden?«, fragt Mahmut vorsichtig.

»Nein, auch wenn ich mir manchmal nicht sicher war, dass es nicht gleich so weit sein könnte. Ich habe schnell gelernt, wann man besser schweigen sollte, um Schlimmeres zu vermeiden. Außerdem war Mama immer da. Sie hat ihn so geschickt von Zofia und mir abgelenkt und mir immer wieder eingeflößt, dass ich nicht aus meinem Zimmer kommen solle, weil meine Schwester mich brauche und weil das Papa nur *nervöser* machen würde. Mama hat nie wirklich schlecht vor uns von ihm geredet, und ich habe versucht, die große Schwester zu sein und mich als kleine Erwachsene zu sehen, sodass zumindest Zofia die Szenen nicht ganz so stark mitbekommt.«

»Deshalb ist deine Mama auch so ein Vorbild für dich. Ich habe nicht gewusst, wie stark sie als Frau und Mutter sein musste.«

Ich nicke und muss lächeln. Mein Schniefen klingt unappetitlich, aber es tut unglaublich gut, die Emotionen nicht nur dann zuzulassen, wenn ich allein bin.

»Nach etwa zwei Jahren ist unser Alltag kein Alltag mehr gewesen. Papa war unberechenbar und wir waren nur noch auf der Hut. Mama hat ihre Koffer gepackt und ist mit uns zu einer Freundin gezogen. Nicht, dass Papa sofort in eine Therapie gegangen wäre, aber ein Jahr später hat er es sich doch überlegt. Das war Mamas Ultimatum, und kurz bevor es abgelaufen ist, hat Papa mit der Therapie angefangen. Natürlich hat er davor versucht, Mama davon zu überzeugen, auch ohne zurückkommen zu dürfen. Er stand jede Woche weinend vor unserer Tür, immer wieder auch unter Alkoholeinfluss. Wir mussten sogar einmal die Polizei rufen … Aber das ist zu viel für jetzt, für hier. So alles auf einmal.«

Mahmut nickt: »Wenn du willst, können wir irgendwohin fahren. Nur du und ich.«

»Ich will lieber nach Mama schauen«, sage ich bestimmt. »Weißt du, richtig schlimm war dann mein Auszug. Ich hatte so ein schlechtes Gewissen und wusste nicht, ob ich Mama und Zofia mit Papa alleinlassen kann. Aber es ist dank der Therapie so viel besser geworden die letzten Jahre. Er hat keinen einzigen Schluck Alkohol mehr getrunken. Ich dachte wirklich, es wäre alles gut geworden …«

Und wieder fließen die Tränen. »Was ist, wenn Mama und Zofia mich nur nicht beunruhigen wollten und das hier nicht sein erster Ausrutscher seit der Therapie ist?«

Schuld brennt in meiner Brust. Mahmut packt mich an den Schultern und dreht mich zu sich, sodass ich ihn angucken muss: »Es ist nicht deine Schuld und du bist nicht für alle verantwortlich. Wir gehen da jetzt zusammen rein und helfen deiner Mutter.«

Ich nicke: »Wahrscheinlich schläft Papa schon. Er hatte diesen schweren Blick. Aber ich will mit Mama reden.«

•••

Mama und ich schauen eine schlecht synchronisierte amerikanische Sendung über Brautmode. Erfolgreich tun wir so, als wäre nichts. Als wäre Papa gestern nicht betrunken von der Arbeit nach Hause gekommen. Als wüssten wir, wohin er sich gerade verzogen hat, nachdem Mama ihn zur Rede gestellt hat. Als wären da nicht noch getrocknete Tränen auf ihrer Wange zu erkennen.

Mamas Hand liegt in meiner und ich massiere ihre Handinnenfläche, während wir uns über die Beschaffenheit von Spitze, über hässliche Haarsträhnen und zickige Shoppingbegleitungen unterhalten. Wir reden über alles, auf das es nicht ankommt. Je belangloser, umso besser.

Das halten wir so lange tapfer durch, bis eine polnische Braut auftritt, deren Verlobter genau wie Papa Adam heißt. Ausgerechnet.

Ich sehe zu Mama rüber. Ihr Gesicht zeigt keine Regung. Sie spürt meinen Blick, erwidert ihn aber nicht. 21, 22, 23. Mama steht auf und verlässt ohne ein Wort das Wohnzimmer. Ich versuche, ihr unauffällig hinterherzuschauen. Natürlich könnten wir auch einfach darüber reden, was los ist. Wir wissen es beide schließlich ganz genau. Aber so ein Gespräch würde verdammt doll wehtun. So ein Gespräch müsste Handlungen zur Folge haben.

Brummend atme ich aus, um mich zu beruhigen, und greife nach der Fernbedienung. Ich regle den Ton runter und lausche. Ist Mama ins Bad gegangen? Was macht sie?

»Dill, unbedingt viel Dill verwenden. Wo ist der Knoblauch?« Mamas Stimme dringt leise und stockend aus der Küche zu mir ins Wohnzimmer herüber. Aus den gemurmelten Worten wird ein unterdrücktes Schluchzen. Nach dem Schluchzen bricht ihr die Stimme weg. Mein Herz zieht sich schmerzvoll zusammen, aber wie muss Mama sich erst fühlen? Ich schließe kurz die Augen und schlucke die aufkommenden Tränen hinunter. Sei so stark wie Mama. Sei einmal stärker als Mama. Für Mama.

Auf dem Fernsehbildschirm weint eine zukünftige Braut gerade vor Freude über den eigenen Anblick im Brautkleid. Es werden Fotos ihrer Verlobung gezeigt. Ihr Freund sieht schmierig aus, das Lächeln wirkt bloß stolz und gönnerhaft, nicht verliebt. Oder male ich schwarz?

Entschlossen stehe ich auf und gehe in die Küche, wo ich Mama vor einem großen Tontopf vorfinde, in dem sie Gurken einlegt. Dabei schöpft sie mit einer Tasse, auf der die Mumins aufgedruckt sind, Zutaten ab. Ich nehme mir ebenfalls zwei Tassen aus unserem Schrank, um Mama zu helfen, doch halte sie ihr erst mal unter die Nase: »CDU-Werbegeschenk oder Beste Mama der Welt-Tasse?«

Ich will sie aufmuntern und ablenken. Doch Mama schaut kaum auf, und sie scheint eher genervt davon, dass wir uns noch immer kein einheitliches Kaffeeservice leisten können. Ohne mich zu beachten, geht Mama leise murmelnd die zum Gurkeneinlegen nötigen Vorgänge durch, als wären sie ihr Mantra. Nun glänzen die Tränen wieder auf ihren Wangen. Eine davon zieht die vorgezeichneten Bahnen nach, läuft über ihr Kinn und tropft von dort in den Tontopf. Sie kennen ihren Weg über Mamas Gesicht genau, denn sie nehmen ihn häufig in letzter Zeit.

Mama tut einfach so, als wäre ich nicht da. Mechanisch dreht sie sich von der einen Küchenecke zur anderen – schnell und doch irgendwie planlos.

»Mama?« Ich ärgere mich, dass ich so kraftlos klinge. Sie reagiert nicht.

»Mama?«, frage ich jetzt mit etwas mehr Nachdruck. Endlich stoppt sie, doch sie hält ihren Blick immer noch stur nach unten gerichtet. Gerade als ich etwas sagen will, von dem ich selbst noch nicht genau weiß, was es wird, fährt sie mir dazwischen: »Hilfst du mir jetzt mit den Gurken?«

Mama will bestimmen. Mama will der Situation entfliehen, und ich soll sie nicht dazu zwingen, sich ihr zu stellen. Das macht sie deutlich, ohne es auszusprechen. Zurück zum Alltag.

Einige Minuten lang schneiden wir Knoblauch und Kräuter klein, bis der Duft der Zutaten in meiner Nase so penetrant ist wie *das Pochen in meinen Schläfen. Dann halte ich es nicht mehr aus: »Mama, ich bin kein Kind mehr, können wir das bitte gemeinsam durchstehen?«*

»Das ist nicht deine Aufgabe.« Mama lässt die Gurken in den Topf gleiten.

Ich will, dass sie mich ansieht, suche nach ihrem Blick, einer direkten Reaktion und sage: »Das entscheidest du einfach so?«

»Ja. Ich bin deine Mutter!«

»Und ich deine Tochter.«

Stille.

»Das ist ein dummes Argument, und das weißt …«, beginnt Mama, doch dann bricht schlagartig ihre Stimme weg, ihre Hände beginnen heftig zu zittern und der Gurkentopf rutscht aus ihrem gerade noch festen Griff scheppernd zu Boden. Gurkenwasser breitet sich auf dem Boden aus und rinnt die Fliesenfugen entlang. Die Gurken kullern zwischen den Tonscherben über den Boden.

Mama lässt ihr Weinen zum ersten Mal vor mir zu. So vor Schmerz verzerrt habe ich ihr Gesicht noch nie gesehen. Vielleicht überfordert mich die Situation doch ein wenig. Aber Mama alleine zu lassen ist keine Option mehr.

Ich nehme sie in den Arm. Ihr ganzer Körper zittert, und ich versuche, sie so fest zu umschließen, dass es aufhört. Doch stattdessen wird ihr Weinen noch stärker. Wir weinen gemeinsam.

•••

Mahmut und ich schleichen an der Laube entlang, an den Gästen vorbei, ins Haus. Drinnen bitte ich ihn, mich allein zu lassen. Seine Kieferknochen treten deutlich hervor, als er seine Widerrede unterdrückt. Er streicht mir noch eine

Strähne hinters Ohr, bevor er wortlos das Haus in Richtung Feier verlässt. So, wie ich ihn heute beobachtet habe, erträgt er meine Familie für ein paar Minuten auch ohne meinen Begleitschutz. Jetzt will ich mit niemandem reden, außer mit Mama. Zaghaft klopfe ich ans Zimmer, in dem sie schlafen. Keine Antwort. Leise öffne ich die Tür und muss feststellen, dass auch sie bereits eingeschlafen ist. Vermutlich vor Erschöpfung, denn sie liegt reglos neben Papa im Bett. Ihr Gesicht sieht traurig aus und ihr Brustkorb hebt und senkt sich unregelmäßig. Als würden sie Albträume plagen. Ich schließe die Tür und gehe in die Küche zu meiner Tante. Sie nickt mir nur müde zu, um sich dann dem Marinieren von noch mehr Grillfleisch zu widmen. Zurück zum Alltagsgeschäft. So tun, als wäre nichts. Das kann meine Familie besonders gut.

Da ich weiß, dass es Mamas Wunsch wäre, dass auch wir den Schein wahren, begeben Mahmut und ich uns zurück auf die Tanzfläche. Wir lachen, machen Witze und bald schon guckt niemand mehr neugierig. Aber selbst die Betrunkenen, die sich heute Abend noch ihre Erinnerung aus dem Leib kotzen, werden morgen vor der Kirche alles brühwarm erzählt bekommen. Man wird sich hinter unserem Rücken das Maul zerreißen.

Die Stripper-Oma hat übrigens immer noch ein starkes Bedürfnis danach, die Freikörperkultur auszuleben, doch ihre Enkel ziehen regelmäßig ihren Rock wieder herunter und die Bluse über ihre Schultern. Dafür lassen sie sie schief mitsingen und das, so laut sie will.

Marta und Kamil tanzen freudestrahlend durch den Garten und werden regelmäßig von den Gästen zum Küssen aufgefordert:

»Gosko! Gosko! Gosko!«

»Mało! Mało! Mało!«

Das Paar wirkt glücklich. Aber das tun Mama und Papa meistens auch. Kurz muss ich an das Gespräch zurückdenken, das Marta mit mir gesucht hat. Aber dafür, mir um sie wirklich Sorgen zu machen, habe ich momentan keine Kapazitäten mehr frei. Die Sorge um Mama ist viel stärker.

Während der gesamten Feierlichkeiten schweifen meine Gedanken immer wieder zu meinen Eltern. Ich spüre, dass mir die Müdigkeit ins Gesicht geschrieben steht. Mahmut nimmt mich irgendwann einfach bei der Hand und zieht mich von der provisorischen Tanzfläche zum Gartentor: »Wird Zeit, einen Polnischen zu machen.«

16

Meyve veren ağaç taşlanırmış
•
Einen Baum mit Früchten bewirft man mit Steinen

Mein erster Anruf am nächsten Morgen verbindet mich mit Mama. Eigentlich hätten sie und Papa, so wie Mahmut und ich, wieder zurück zu Oma fahren sollen, statt bei Tante zu schlafen. Der Plan war, Marta und ihrer Familie keine zusätzliche Arbeit zu machen. Papa hat diesen Plan gründlich durcheinandergebracht … Mama klingt, als wolle sie sich nicht anmerken lassen, dass sie fertig mit den Nerven ist. Kurzzeitig macht mich das wütend. Ich muss mich zusammenreißen, um nicht zu schreien, dass wir über den Punkt doch mittlerweile hinaus sind. Dass sie mich helfen lassen soll. Aber Mama wimmelt mich mit der Begründung ab, sich noch für die Trauung fertig machen zu müssen. In erster Linie bedeutet das wahrscheinlich, Papa unter die Dusche zu stellen, um seinen nach Alkohol und Fett stinkenden Schweiß abzuwaschen. Ihn zum Rasieren zu zwingen und ihm die passenden Sachen hinzulegen.

Als Nächstes rufe ich Zofia an und versuche herauszufinden, ob sie bei einem Besuch bei unseren Eltern in letzter Zeit mal irgendwas bemerkt hat. Aber ich werde ihr nicht am Telefon von dem Lauffeuer erzählen, das Papa entfacht hat. Darüber muss ich persönlich mit ihr sprechen, ich will sie in den Arm nehmen und ihr dabei ins Gesicht sehen können. Ich will ihre Reaktion wahrnehmen können, um einzuschätzen, wie sehr sie das alles belastet und ob sie allein damit fertigwird.

Also versuche ich, irgendwie spielerisch von der Situation zu erzählen.

»Seit meiner Ankunft weiß ich wieder genau, warum ich in letzter Zeit so selten bei Mama und Papa war«, beginne ich vorsichtig. »Ganz schön dicke Luft zwischendurch, und du weißt ja, wie *gut* sich Papa benehmen kann …«

Aber Zofia lacht nur bei meinen Worten und witzelt: »Armer Kerl! Wahrscheinlich habt ihr viel zu hohe Erwartungen an ihn.«

Vielleicht, denke ich und schlucke den bitteren Beigeschmack, der sich in meinem Mund ausbreitet, herunter. Aber es beruhigt mich, dass Zofia tatsächlich unbeschwert wirkt, nicht, als würde sie etwas vor mir verheimlichen.

Gut. *Hoffentlich*.

Stattdessen erzählt sie mir aufgeregt von irgendeinem Typen, den sie gerade gut findet. Ich lasse mir mein halbes Ohr abkauen, ohne wirklich hinzuhören. Danach werde ich sie noch mal fragen müssen, denn ich habe mir nicht mal den Namen gemerkt.

Kaum haben Zofia und ich das Telefonat beendet, kommt Mahmut herausgeputzt zur Tür herein und baut sich mit festem Stand vor mir auf. Während ich mich erschöpft auf unser Bett der letzten und nächsten Tage sinken lasse, hat er die Arme kraftvoll rechts und links in die Seiten gestützt. Der Duft seines Shampoos steigt mir in die Nase und ich beobachte, wie ihm noch ein paar Wassertropfen aus den frisch gewaschenen Haaren auf die Schultern tropfen. Da er bereits seinen Anzug trägt, hat er sich vorausschauend ein rotes Handtuch darumgelegt. Er sieht aus wie mein persönlicher Clark Kent. Völlig aus dem Nichts teilt mein Superheld seine Gedanken mit mir: »Es ist ziemlich übel, dass Jesus einem in Polen bei allem zuguckt – egal, wo man ist, und egal, was man tut.«

Seine gespielte Fassungslosigkeit bringt mich zum Schmunzeln: »Du meinst, auf dem Klo, beim Singen unter der Dusche, beim Sex …« Ich denke an die zahlreichen Heiligenbildchen und Kreuze, die überall im Haus verteilt sind.

Mahmut nickt ernst: »Wahlweise schaut einem auch der Papst dabei zu oder Mutter Teresa oder die Heilige Maria. Was fast noch schlimmer ist. Jesus hatte immerhin Humor. Wer Wasser zu Wein macht, kann ja so steif gar nicht …« Mahmut stockt und sucht aufmerksam in meinem Gesicht nach einer Regung. Ich lächle sanft: »Keine Sorge, nicht alles ist ein Fettnäpfchen, das mit dem Wort Wein oder Alkohol im Allgemeinen zu tun hat. Nicht der ist das Problem, sondern Papa.«

Mahmut weiß es zwar nicht, aber er hat es tatsächlich geschafft, mich etwas aufzumuntern. Allein die Tatsache, dass er drei Stunden vor Beginn der Zeremonie mit allen Vorbereitungen fertig ist, während ich noch in Jogginghose herumgammele. So, wie ich Mahmut kenne, wird er sich die nächsten drei Stunden nicht mehr hinsetzen, weil er die Hose dann neu bügeln müsste.

17

Najtrudniejszy jest pierwszy krok
•
Am schwierigsten ist der erste Schritt

Die Hochzeit beginnt im Haus der Braut. Vom Polterabend sind keine Spuren mehr erkennbar, außer, man zählt die Augenringe in den Gesichtern der Brauteltern dazu. Sie hatten eine lange Nacht, um Lametta und Klopapier aus Rasen und Baumkronen zu fummeln.

Traditionell beginnt der Tag mit dem Brautkauf. Der Bräutigam kommt in das Haus der Braut und erkauft sich ihre Zustimmung zur Vermählung. Eine Show, die für die Polen so wichtig ist wie für die Deutschen der sonntägliche *Tatort*.

Am unteren Treppenabsatz steht Kamil, aufgereiht mit dem Trauzeugen und den anderen Männern aus seiner Familie. Die Trauzeugin der Braut kommt aus dem Zimmer im ersten Stock, in dem sich seine Liebste gerade für ihn zurechtmacht, die Treppe herunter und fragt, was er zu bieten hat. Der Bräutigam bespricht sich mit seinen Männern und wirft in der ersten Runde Geld in den Korb. Nicht zu wenig, aber egal, wie viel es ist, es ist nicht genug. Wie jeder der Anwesenden weiß. Sonst wäre der Spaß schließlich viel zu schnell vorbei. Das Schauspiel wiederholt sich dementsprechend: Wieder und wieder kommt die Trauzeugin die Treppe hinunter aus dem Zimmer der Braut, weil diese den Preis hochtreibt. Wahlweise hat der Bräutigam auch Schmuck dabei. Zum Schluss überreicht er der Trauzeugin nur noch sein leeres Portemonnaie, um der Braut zu signalisieren: Mehr habe ich nicht zu bieten. Kamil aber tut plötzlich so, als hätte er einen spontanen Einfall, und zieht aus der Innentasche seiner Jacke einen Schlüssel hervor. Ein Hupen lässt die Hochzeitsgäste aufgeregt aus dem Fenster schauen. Genau in diesem Moment fährt ein Freund des Bräutigams mit einem beigefarbenen Moped vor. Um das Gefährt ist eine überdimensionale rote Schleife gebunden. Da hat Kamil sich etwas Neues einfallen lassen, das die Gäste zum Jubeln bringt.

Das ist ein würdiges Geschenk, jetzt will Marta nicht mehr warten. Langsam geht ihre Zimmertür auf und alle recken neugierig die Hälse, vor allem die kleinen Mädchen. Die sind allesamt in bonbonfarbenen Tüll gehüllt und schieben sich in die erste Reihe. Es herrscht Gedrängel am Treppenabsatz. Alle wollen den ersten Blick auf die Braut erhaschen. Die Eltern zischen ihren drängelnden Kindern zu, sie sollen dabei leiser sein.

Marta kommt die Treppe hinunterstolziert und ein anerkennendes Raunen zieht durch die Menge. Sie sieht wirklich fantastisch und aufregend aus, ohne der katholischen Fan- und Lästergemeinde zu viel Gesprächsstoff zu liefern. Das Kleid hat lange Ärmel und ist vorne hochgeschlossen, hinten hat Marta sich allerdings einen gewagten Rückenausschnitt erlaubt. Der obere Teil ist mit zarter Spitze und Perlen besetzt, nach unten hin fächert sich das Kleid wie ein riesiger Blütenkelch aus Tüll auf. Das Schönste aber ist der Schleier. Ganz ohne Kitsch legt er sich weich um ihre Schultern und umrahmt das zurückhaltend geschminkte Gesicht. Kamil rinnt doch tatsächlich eine Träne über die Wange. Marta umschließt sein Gesicht mit beiden Händen, küsst die Träne weg und gibt ihm einen weiteren innigen Kuss auf die Lippen.

Ich werfe einen Blick zu Mama und Papa. Was das wohl für Erinnerungen bei ihnen weckt? Im Moment könnten sie nicht distanzierter zueinander sein, obgleich sie nur einen halben Meter voneinander entfernt stehen. Gern würde ich mich in der Stimmung des heutigen Tages suhlen, aber die Gänsehaut auf meinen Armen hat nichts mit Rührung zu tun. Ich habe Angst vor dem heutigen Tag. Es wird viel Alkohol fließen, und ich kann mir kaum vorstellen, dass ein Alkoholiker da widerstehen kann.

•••

»Achte darauf, wer auf der Empore in der ersten Reihe sitzt«, flüstere ich Mahmut zu, als wir die letzten Schritte auf die Kirche zumachen. Der spitze Turm reckt sich wie ein erhobener Zeigefinger gen Himmel. »Die Empore ist nämlich Treffpunkt der *Gossip Girls* unserer Dorfgemeinschaft. Sie bewerten die Outfits der Gäste akribisch. Wenn du in ihren Club aufgenommen werden willst, musst du noch ein paar Jahre warten. Eintrittsalter 70 plus.«

Kürzlich erst wurde die Fassade der Kirche saniert, mitgetragen von großzügigen Spendengeldern der Dorfgemeinschaft. Ich werfe einen Blick auf die privaten Wohnhäuser rings um die Kirche. Schiefe Fliesen, bröckelnder Putz und provisorisch verarztete Dächer.

Mahmut und ich betreten den hellen Innenraum und mein erster Blick fällt auf die schönen, üppigen Blumengestecke, mit denen die Sitzreihen verziert sind. Durch die bunten Fenstergläser bricht sich das Licht und lässt die vergoldeten Figuren in allen Ecken glänzen. Als Kind habe ich mir vorgestellt, eine Prinzessin zu sein, die in diesem Kirchturm gefangen gehalten wird wie Rapunzel. Eingeschüchtert hat mich der ganze Prunk schon immer.

Die Messe beginnt mit Musik und dem Auftritt des Pfarrers, begleitet von seinen Ministranten. Katholischer Rock 'n' Roll: Orgel statt E-Bass, Chor statt sexy Frontmann. Wobei es vermutlich einige im Saal gibt, die ihren Pfarrer durchaus als »sexy Frontmann« bezeichnen würden. Mahmut wirkt nicht so begeistert. Nach fünf Minuten vernehme ich das erste mühsam verhohlene Gähnen aus seiner Richtung. Kurz darauf hat Mahmut Schwierigkeiten, seinen Kopf gerade zu halten, versucht aber, es vor mir zu verstecken. Ich überlege kurz, ihm meinen angeleckten kleinen Finger ins Ohr zu stecken. Aber dann entscheide ich mich dazu, Mahmut sanft die Hand auf den Oberschenkel zu legen. Und sie sanft seinen Oberschenkel hinaufwandern zu lassen. Eventuell will ich nicht nur mein Verständnis für ihn zum Ausdruck bringen, sondern auch andeuten, worauf er sich heute Nacht noch freuen darf. Es soll ein kleiner Ansporn zum Durchhalten sein. Wir haben gemeinsam schon schlimmere Messen erlebt.

•••

»Das ist ja schlimmer als bei uns …« Mahmut beugt sich zu mir und will mit mir über die Messe lästern, als handle es sich dabei um einen peinlichen Film.

Es ist nicht Mahmuts erster Spruch in den vergangenen zehn Minuten, der seine Ablehnung deutlich macht. Beim ersten habe ich gelacht, aber so langsam … Ich meine, ich habe mir das jahrelang gegeben. Meine Eltern nach wie vor. Für sie ist die Kirche wichtig. Ein Gefühl der Kränkung steigt in mir auf, dabei ist diese ganze Situation völlig überflüssig. Wären Wettschulden keine Ehrenschulden, säßen Mahmut und ich nämlich gar nicht hier. Wir haben beim Pokern gegen ein befreundetes Paar verloren und der Einsatz war der Besuch eines verhassten Ortes unserer Kindheit. Leicht angetrunken habe ich für Team KingMut *direkt die Kirche vorgeschlagen, was ich nüchtern nie getan hätte. Hier sitzen wir nun also und Mahmut feuert schon wieder: »Wie kann man nur an diesen Unsinn glauben? Die Leute plappern alles nach, was …«*

»Viele Menschen suchen hier eben Halt. Manchen geht es nicht so gut wie uns«, unterbreche ich ihn plötzlich aggressiver als geplant. Ich bin von meiner Wut selbst überrascht. Mahmut sieht mich erstaunt an. Seine Augen werden schmaler: »Ich dachte, du findest das hier auch unsinnig.«

»Nicht unsinniger als alle anderen Glaubensrichtungen.«

Mahmut stockt und beißt die Zähne zusammen, sodass sich seine Kiefermuskulatur anspannt.

Ich frage mich, ob er auch in dieser Form abgelästert hätte, wenn unser Wetteinsatz ein Moscheebesuch gewesen wäre. Viele Menschen, die ich liebe, glauben an das, was hier gesagt wird. Er beleidigt mit seinen Worten Menschen, die ich liebe, und somit auch mich. Als wären wir alle einfach nur leichtgläubig und dumm.

»Du hast dich doch selbst oft lustig gemacht.« Mahmut klingt

jetzt ein bisschen wie ein eingeschnapptes Kind. Leider hat er recht. Trotzdem. Ich fühle mich als ehemalige Katholikin mehr im Recht, mich lustig über meinen Glauben zu machen. Ich weiß wenigstens, worüber ich spreche. Heißt noch lange nicht, dass er das darf.

•••

Mahmut gähnt immer länger, und es fällt ihm offensichtlich schwer, dabei keinen Laut von sich zu geben. Kein Wunder, der Arme versteht nicht ein Wort der ohnehin zähen Trauung, die auch für mich schon immer der langweiligste Teil jeder Hochzeit gewesen ist. Das war so, als ich noch Zahnspange getragen habe, und das wird noch so sein, wenn ich darauf achten muss, meine Dritten nicht zu verschlucken. Ein alter, weißer Mann erzählt mit eigenwilligem Sprechgesang was von Leben, Tod und Leben nach dem Tod. Für unsere *Gossip Girls* macht ihn das vielleicht zum Rockstar vor dem Herrn, aber definitiv nicht für mich.

Ich versuche, mich auf Marta und Kamil zu konzentrieren. Sie sind wenigstens ein schöner Anblick. Die beiden werfen sich immer wieder Blicke zu, während sie nebeneinander vor dem Altar knien und dem Pfarrer wie artige Schulkinder zuhören.

Ich suche die Sitzreihen nach Mama und Papa ab. Sie starren geradeaus. Kein Blickwechsel, keine Berührung, keine Gefühlsregung. Die haben nicht nur *einen* Stock im Arsch, sondern drei.

•••

Manchmal fühle ich mich schlecht, nachdem ich es getan habe. Heute auch. Schnell ziehe ich die Decke über dem Sofa wieder gerade und bringe mein zerstrubbeltes Haar in Ordnung.

Ich weiß nicht mehr, wann genau ich damit angefangen habe. Wann ich zum ersten Mal gespürt habe, dass es sich gut anfühlt, etwas zwischen den Schenkeln zu haben. Zumindest währenddessen. Danach fühle ich mich so, als hätte ich etwas Verbotenes getan. Ich will auf keinen Fall, dass jemand etwas davon mitbekommt. Dass das, was ich da mache, »Selbstbefriedigung« heißt, weiß ich schon. Komisches Wort für das, was es ist. So steif und offiziell, irgendwie.

Anfangs habe ich nur meine geballte Faust da unten gegen mich gedrückt und mich auf sie draufgelegt, irgendwann bin ich zu Sessellehnen übergegangen und meinen Kuscheltieren. Aber ich weiß, dass manche Mädchen auch andere Gegenstände nehmen, wie Deoroller oder Gurken. Luzi aus der Nebenklasse zum Beispiel hat das mal in der Sportumkleide erzählt, ohne mit der Wimper zu zucken!

Ich überlege kurz. Mama ist einkaufen, Papa arbeiten und Zofia bei einer Freundin. Ich könnte doch noch mal kurz … In dem Moment höre ich den Schlüssel in der Tür.

»Ich bin wieder da!«, flötet Mama durch die Wohnung. Wenn sie jemals etwas … davon *mitbekäme, würde sie mich nie wieder normal angucken können. Da bin ich mir sicher. Für Mama hat das wohl etwas mit Unschuld zu tun. Wie kann etwas, das sich so gut anfühlt, schlecht sein?*

•••

Vor der Kirche werden weiße Tauben fliegen gelassen, die Kinder werfen Rosenblätter und die Erwachsenen Münzen für das Paar in die Luft. Mahmut ist die Erleichterung über das Ende der Messe anzusehen und seine Lebensgeister kehren langsam zurück. Fotos werden geschossen und von Marta und Kamil wird erwartet, ihre Liebe zur Schau zu stellen. Davor graut es mir bei meiner eigenen Hochzeit am meisten. Mama hat mir immer erzählt, dass auch sie der Gedanke an die Blicke der anderen in unheimliche Aufregung versetzt hat. Ich sehe sie neben ihrer Schwester stehen, Papa steht mehrere Schritte von ihnen entfernt. Seine Hände hat er hinter dem Rücken verschränkt. Ich spüre, wie die Wut sich in meiner Magengegend zu einem Knäuel verstrickt. Er könnte wenigstens ein wenig schuldbewusst gucken und nicht, als würde er gerade den Teletext lesen.

Die Gäste treten vor, um das Brautpaar zu beglückwünschen und die Geschenke zu überreichen. Von Mahmut und mir bekommen Marta und Kamil Geld und einen mit Sexspielzeug gefüllten Adventskalender, auch wenn Weihnachten noch ein paar Tage hin ist.

•••

Während Mahmut seiner Cousine unser Geschenk überreicht, warte ich mit seinen Eltern ein paar Meter abseits der großen Hochzeitsgesellschaft. Jeder will dem Paar gratulieren, so wie wir es schon getan haben. Danach gibt Mahmut mir mit einem Handzeichen zu verstehen, dass er gleich wieder da ist. Er will, wie abgesprochen, das Auto holen, damit seine Eltern nicht so weit laufen müssen. Das hat leider zur Folge, dass ich allein und schweigend neben ihnen stehend zurückbleibe.

Mahmuts Eltern kennen mich jetzt seit etwa einem halben Jahr. Er hat keine Zeit verstreichen lassen, mich ihnen stolz vorzustellen.

In diesem halben Jahr habe ich kaum ein Dutzend Worte mit ihnen gewechselt, obwohl wir sie nicht selten besuchen. Eigentlich habe ich noch gar kein Wort mit ihnen geredet, sondern stand nur daneben, wenn sie sich mit Mahmut unterhalten haben. Vielleicht ist das ein guter Moment, um diesen Umstand zu ändern.

»Ich bin ganz gespannt, wie der Tag ablaufen wird. Das ist meine erste türkische Hochzeit«, sage ich so leise, dass es ein Wunder ist, dass Mahmuts Eltern mich überhaupt gehört haben.

Sie nicken synchron. Kein Blickwechsel untereinander, keiner mit mir. Sie sind wohl schüchtern, weil ihr Deutsch nicht besonders gut ist.

»Bis hierher finde ich es wirklich schön. Der Hochzeitszug, um die Braut im Haus ihrer Eltern abzuholen, hat mich sehr an unsere polnische Tradition erinnert.«

Bei diesen Worten verziehen sich die Mundwinkel von Mahmuts Vater und er wirkt kurz fast angeekelt. Oder bilde ich mir das ein? Bestimmt bilde ich mir das ein. Ich muss aufhören, mich hinter Mahmut zu verstecken. Das sind schließlich meine potenziellen zukünftigen Schwiegereltern.

Ein neuer Versuch: »Das Essen ist bestimmt unheimlich lecker. Was wird es geben? Sicherlich ist alles sehr traditionell.«

Essen ist doch wohl ein gutes Thema. Mag jeder, muss jeder, kann jeder was zu sagen. Ich bekomme nur ein Nicken als Antwort, weshalb ich meine Strategie der Suche nach Gemeinsamkeiten noch einmal aufgreife: »Ich finde es total schön, dass sowohl polnische als auch türkische Familien das so handhaben: Wir halten an unseren Traditionen fest.«

Endlich schaut mich Mahmuts Vater an: »Ja, das tun wir.«

Irre ich mich oder hat er das »Wir« *seltsam betont? Bestimmt irre ich mich, ich sollte nicht so kritisch sein, sondern mich lieber freuen, dass er sich bemüht. Trotzdem kann ich nicht anders, als mich unendlich erleichtert zu fühlen, als Mahmut endlich um die Ecke biegt. Kurz bevor wir einsteigen, flüstert Mahmuts Mutter ihrem Mann etwas auf Türkisch zu. Der Versuch eines Lächelns zuckt über mein Gesicht, gerät aber etwas schief. Ich möchte hoffnungsvoll bleiben, denn ich weiß, was Mahmut seine Familie bedeutet. Vielleicht klappt die Kontaktaufnahme in ruhigerer Atmosphäre besser.*

18

Nie ucz ojca dzieci robic
•
Lehre nicht den Vater, wie man Kinder macht

Die Hochzeitsgesellschaft verteilt sich auf die vor der Kirche parkenden Autos und steuert hupend das Restaurant an, in das das Brautpaar einlädt. Das frisch vermählte Paar fährt den Gästen in einer Kutsche hinterher, vor die zwei Pferde gespannt sind, die verblüffend glänzendes Fell haben.

Mahmut und ich nehmen ein Pärchen aus Kamils Familie mit, das uns stolz von seinen Kindern erzählt, die in Deutschland auf ein Internat gehen. Ich muss an das Gespräch zwischen Mahmut und mir denken, bei dem es um unser jeweiliges Verhältnis zu den Herkunftsländern unserer Eltern ging. Gerade fällt es mir wieder auf: In Deutschland bin ich die Polin, in Polen die Deutsche. Vor allem als Kind hat mir das in Deutschland manchmal das Gefühl gegeben, die arme potenzielle Diebin und Schmugglerin zu sein. In Polen war und bin ich dafür die Reiche, deren Eltern es »geschafft« haben. Was auch immer das heißen mag. Das Paar will uns sagen, dass es nun auch zum Club der coolen Deutschen gehört. Wie erstrebenswert.

Als ich das Restaurant in der Ferne erspähe, fühle ich mich wie befreit. Ein Ende des Redeschwalls unserer Begleitung ist in greifbarer Nähe. »Ich freue mich auf das Essen!«, sage ich und merke, während ich es ausspreche, dass ich langsam Hunger bekomme.

Ich habe mal eine Freundin auf eine Hochzeit in Polen mitgenommen. Muriel ist fast aus den Latschen gekippt, als sie die komplette Hochzeitsgesellschaft auf einem Haufen gesehen hat. Rund zweihundert Gäste waren für sie eine völlige Reizüberflutung. Muriel hatte davor nur Hochzeiten in Deutschland erlebt. Mahmut als Türke hingegen fragt mich verdutzt, ob es das schon gewesen sei: »Polnische Hochzeiten gelten doch als groß, dachte ich.«

Er ist siebenhundert bis achthundert Gäste gewöhnt. Zu den meisten türkischen Hochzeiten darf jeder mitbringen, wen er will, und alle Kollegen, alle Nachbarn, jeder, mit dem man je ein Wort gewechselt hat, werden eingeladen.

Die absolute Menge des Essens überschneidet sich allerdings: In Polen ist das Essen die wichtigste Grundlage für literweise Wodka. Und Statussymbol. Es steht durchgehend etwas auf dem Tisch. Jeder bedient sich aus der Tischmitte und häuft sich die Teller voll wie Kreuzfahrturlauber. Es geht los mit Nudelsuppe, weiter mit Klößen, Fleisch, noch mehr Fleisch und Salaten (viele davon mit Fleisch). Als Nächstes gibt es die erste Runde Kaffee und Kuchen, um darauf kalte Platten folgen zu lassen und das Mittagessen quasi zu wiederholen. Bedeutet: noch mehr Fleisch, zum Beispiel Schnitzel, Rouladen, Braten, Fleischbällchen, dazu Pommes, Reis, Kartoffeln sowie erneut Salate. Danach folgt meist die Hochzeitstorte in Kombination mit noch mehr Kuchen. Um

Mitternacht gibt es Suppen, darunter die berühmte Rote-Bete-Suppe Borschtsch, von der Mama aber sagt, sie komme ursprünglich aus Russland oder der Ukraine. *Bigos* und *Pierogi* werden auch irgendwo dazwischengequetscht.

Marta und Kamil haben zusätzlich einen Schokobrunnen mit Früchten und Marshmallows installiert sowie einen kleinen Stand aufbauen lassen, an dem ein Metzger Würste verteilt. Die Sitzplätze wurden uns mithilfe von Tischkärtchen zugeteilt. Mahmut und ich sitzen meinen Eltern direkt gegenüber. Ich weiß nicht, ob ich froh bin, dass ich Papa im Auge habe und Mama nicht allein lassen muss, oder ob ich Angst davor habe, mir das sich anbahnende Elend ansehen zu müssen. Denn was direkt neben den Tischkärtchen auch schon auf dem Tisch steht, sind die Wodkaflaschen. Und polnische Tische funktionieren nach dem Grimm'schen »Tischlein deck dich«-Prinzip. An Wodka wird es auf einer polnischen Hochzeit niemals mangeln.

•••

Wir beten. Sobald alle sitzen und der erste Gang aufgetischt ist, wird für das Essen gedankt. Auf das Gebet folgt direkt die erste Runde Wodka, um die trocken gebetete Kehle zu befeuchten. Jeder Gast kann jederzeit und unbegrenzt oft Wodkarunden für die komplette Hochzeitsgesellschaft ausrufen. Das ist die wichtigste Maßnahme zur Verhinderung von Dehydrierung. Einfach nur aufstehen und *gorzko* rufen, was »bitter« bedeutet. Daraufhin müssen alle Gäste den eben bitteren Schnaps trinken. Den Kindern wird zum Üben schon mal Wasser oder Sprite in Schnapsgläser gefüllt. Das Brautpaar hingegen küsst sich, um mit der Süße seines Kusses die Bitterkeit des Wodkas zu mildern. Ich beobachte Mama dabei, wie sie sich und Papa Wasser eingießt. Aber das ist nur die erste Schnapsrunde von unzähligen, die noch kommen werden. Beruhigt bin ich noch lange nicht. Gegen das steigende Trunkenheitsgefühl wird im Laufe des Abends nicht nur das reichhaltige Essen helfen, sondern auch die Tatsache, dass jeder mit jedem tanzt und kein Fuß unbewegt bleiben darf. Die Band auf einer kleinen Bühne am Rand des Saals spielt sich warm, der Frontsänger übernimmt während der kompletten Hochzeitsfeier auch die Aufgabe des Moderators und bittet als solcher die Gäste, kaum dass sie ihre Suppenlöffel abgelegt haben, auf die Tanzfläche. Mahmut lässt sich nicht zweimal bitten. Er hat gestern gesehen, dass es weitaus schlechtere Tänzer als ihn gibt, und schämt sich deshalb überhaupt nicht mehr. In Wirklichkeit liebt er das Tanzen nämlich, er traut sich nur so selten, weil er sicher ist, es nicht zu können. Der Abend beginnt wie bei jeder anderen polnischen Hochzeit. Doch man sollte die Hochzeit nicht vor den Flitterwochen loben.

•••

Wenn er uns wirklich liebt, warum hört er nicht damit auf? Ich war schon einige Male eifersüchtig auf Zofia, weil sie mir die Aufmerksamkeit unserer Eltern abspenstig macht. Aber nie habe ich sie so sehr als Konkurrenz empfunden wie in den letzten Monaten den Alkohol.

Mama und ich beseitigen Papas Chaos. Mal wieder. Hoffentlich ist er auf der Arbeit angekommen und klappt unter den Folgen seines Katers nicht zusammen. Mama ist in Gedanken bei meiner Schwester. »Zum Glück ist Zofia heute bei Nora und muss das nicht sehen …«, flüstert sie und wirft mir einen schuldbewussten Blick zu. Ich versuche, so unbeschwert wie möglich zu lächeln. Deshalb erzähle ich ihr auch nicht von der gestrigen Situation mit Papa. Wir saßen im Auto. Ich lehnte mich nach hinten, um die Flasche zu greifen, die auf dem Rücksitz lag. Gerade, als ich sie aufdrehen wollte, riss Papa sie mir panisch aus der Hand.

»Was soll das denn jetzt?! Ich hab Durst!«, schnauzte ich ihn erschrocken an.

»Ich hab aus der Flasche getrunken, als ich krank war. Du steckst dich nur an.«

»Wann warst du denn bitte krank?«

Keine Antwort – ist auch eine Antwort. Da war wohl mal Wasser in der Flasche.

Mama reißt mich aus der Erinnerung, indem sie mich zur Eile antreibt. Heute Abend kriegen wir Besuch von Mamas Schwester, weshalb wir bei unserer Aufräumaktion besonders ordentlich sind. Dreimal sehen wir hinter dem Sofa und hinterm Bett nach. Ich übernehme die Schränke im Badezimmer und im Eingangsbereich. Papa ist erfinderisch und plant weitläufig, um seinen Vorrat vor uns zu verstecken.

Gestern Abend erst habe ich online zu dem Thema »Alkoholismus« recherchiert. In Foren und Artikeln tauschen Menschen ihre Erfahrungen aus. Das Bundesgesundheitsministerium hat konkrete Zahlen veröffentlicht, nach denen 2,65 Millionen deutsche Kinder und Jugendliche aktuell mit alkoholkranken Eltern aufwachsen. Ich bin nicht ganz sicher, ob ich mitzähle bei einer Statistik über deutsche Kinder, aber zum ersten Mal kommt mir der Gedanke, dass ich nicht allein bin. Dass Zofia, Mama und ich nicht allein sind.

Eine Flasche fällt mir aus der Hand und zerspringt vor meinen Füßen. Mama eilt herbei und hilft mir, die Scherben aufzusammeln. »Zum Glück war die leer«, sagt sie und merkt erst dann erschrocken, welche Ironie in diesem Satz steckt.

In diesem Moment denke ich noch *einen Gedanken zum ersten Mal: Vielleicht ist das hier gerade unser größter Fehler. Wir unterstützen die Sucht meines Vaters, indem wir seine Komplizinnen sind. Wir sorgen für das perfekte Alibi und tragen dazu bei, dass er sein Verhalten und damit das Trinken ohne Einschränkung fortsetzen kann.*

•••

Nach drei Stunden essen, trinken, tanzen muss ich mal frische Luft holen. Mahmut will mit mir kommen, wird aber prompt von einer acht Jahre jungen Dame zum Tanz aufgefordert. Wie soll man da Nein sagen? Alicja ist eine von Kamils Nichten. Ich frage mich, wie bei ihren konservativen, strengen Eltern ein so selbstbewusstes, lebenslustiges Mädchen heranwachsen kann. Hoffentlich wird sie ihre quirlige Persönlichkeit beibehalten. Am Hals ihrer Mutter breiten sich hingegen bereits Stressflecken aus. Da muss sich die Tochter doch ausgerechnet »den Türken« als Tanzpartner aussuchen. Die Schadenfreude in mir schmeißt Konfetti in die Luft. Beruhigt gehe ich nach draußen, Mahmut ist schließlich in guten Händen.

Draußen flirtet der junge, unvergebene oder zumindest nur halb vergebene Teil der Hochzeitsgesellschaft bei Zigaretten miteinander. Ordentlich Pomade lässt die Köpfe der Männer glänzen, während Frauen sich einen Wettbewerb in Sachen

Kürze und knalliger Farbe ihrer Cocktailkleider liefern. Ich trage Hosenträger über einer aufgeknöpften Hemdbluse mit hochgekrempelten Ärmeln. Dazu schlichte, schwarze Hosen und ebenso schlichte, vorn spitz zulaufende Absatzschuhe. Die Haare habe ich einfach zu einem unordentlichen Pferdeschwanz hochgebunden und mir die Sonderangebotscreolen an die Ohren gehängt. Zwischen den anderen Mädels sehe ich wie eine Kellnerin aus. Und fühle mich damit pudelwohl. Laut würde ich das nicht aussprechen, aber so selbstreflektiert bin ich schon, dass ich mich dabei ertappe, mich überlegen zu fühlen. Überlegen, weil städtisch, modern, weltoffen. Gleichzeitig werde ich zu einem gewissen Teil immer zu ihnen gehören und diese Nähe zu meinen Wurzeln fühlt sich auch irgendwie gut an. Ich genieße den Klang der polnischen Sprache. Klingt nach Sommerferien. Nach Kindheit. Nach meinen Eltern. Egal wie unvollkommen sich unser Familienglück auch manchmal anfühlt, ist mir doch klar, dass ich auch nicht wirklich Pech hatte.

»Kinga?« Erschrocken fahre ich herum und blicke in die überschminkten Augen meiner Cousine Antonina. Sie ist schon ziemlich angetrunken, wie mir ihr Schwanken und die Alkoholfahne verraten.

»Habt ihr in Berlin mehr von der Sorte?«, fragt sie mich und ich kann ihr beim besten Willen nicht folgen. »Na … Du weißt schon! So bärtige, breite … Typen halt. Ausm Süden.«

Der Groschen fällt langsam, aber laut: »Du meinst *Türken*? In Berlin?« Ich muss lachen. »Ein paar *von der Sorte* haben wir auf jeden Fall da. Kann man so sagen.«

Antoninas Augen werden groß: »Cool! Ich muss dich mal besuchen kommen!«

Es gesellen sich noch ein paar Freundinnen der Braut zu Antonina, und ehe ich mich's versehe, ist *mein* Freund Gesprächsthema Nummer eins. »Hätte ich ein Telefonbuch dabei, könnten wir ja ein paar Achmets und Abduls für euch anrufen, Mädels«, bringe ich kichernd hervor.

»Aber sind die wirklich alle so wie deiner?«, fragt Antonina. »Meine Mutter meinte ja, die leben da alle in diesen Hochhäusern und prügeln sich nur den ganzen Tag. Dass eh nix aus denen werden kann. Mama meint, die Türken haben nicht so gute Eltern wie die Polen, die ihren Kindern helfen, ein gutes Leben aufzubauen.« Antoninas Aussprache wird von Satz zu Satz undeutlicher. Und der Inhalt von Satz zu Satz sinnloser.

»Und deine Mutter weiß das woher?«, frage ich möglichst beherrscht.

»Na, hat sie bestimmt gehört irgendwo. Von Freunden. Im Fernsehen. Vor allem für Frauen ist es schwer, sagt sie.«

•••

Seit Beginn der Semesterferien habe ich wieder häufiger Zeit, meinen Eltern einen Besuch abzustatten. Der Vorteil dabei ist, dass ich Lebensmittelkosten für mindestens eine Woche spare, weil Mama mir »nur ein paar Reste« einpackt. Aber natürlich besuche ich sie auch einfach aus Liebe.

Einen U- oder S-Bahn-Zugang hat das MV leider immer noch nicht, sodass ich den Bus nehmen muss. Als würde der Rest der Stadt gar nicht wollen, dass das Märkische Viertel so richtig zu Berlin gehört. Sollen die da mal ruhig im Norden bleiben, die Assis. Nachdem ich mir am Bahnhof Wittenau in der Kälte beinahe Frostbeulen geholt habe, eile ich von der Haltestelle Tiefenseerstraße be-

sonders zügig zum Wohnhaus meiner Eltern. Die Hände tief in den Jackentaschen vergraben, den Schal fast über die Augen gezogen und dabei darauf bedacht, nicht auf den gefrorenen Pfützen auszurutschen. Ich hetze so sehr durch die Kälte, dass ich Jenny fast übersehen hätte. Doch sie winkt mir von der anderen Straßenseite aus zu und kommt bereits mit einer vollen »Niedrig Preis«-Tüte zwischen den parkenden Autos auf mich zugelaufen.

»Verdammt! Bin ich jetzt in Hundescheiße getreten?«, sagt sie zur Begrüßung und checkt erst mal ihre Schuhsohlen. »Nee, alles gut. Dachte schon … Hey, Kinga! Schön, dich zu sehen!«

Ihre Freude wirkt authentisch und deshalb ansteckend auf mich. Von Zeit zu Zeit, wenn ich meine Eltern besuche, laufe ich Jenny noch über den Weg. Im Gegensatz zu den meisten aus unserem Jahrgang ist sie hier nicht weggezogen. Noch nicht.

Doch auch Jenny hat sich ordentlich verändert. Als Teenie war sie die Gitarristin der Band »Betonrebellen«. Manchmal war ich richtig neidisch auf Jenny, wenn sie sich mit den Jungs im Jugendzentrum zum »Jamen« verabredet hat. Ihre Band war eindeutig ein Resultat von Sido. Nach seinem Song »Mein Block« wollten alle schaffen, was er geschafft hat. Von null auf 100. Aus der Gosse in die Glotze. Wobei sich die Frage stellt, was asozialer ist. Bis es so weit war, sollte der Bolzplatz als Bühne herhalten. Jenny war eine der Ersten in meinem Umfeld, die Piercings getragen hat. In Nase und Braue. Ihre Hosen hatten prinzipiell Löcher, die Nägel waren stets lackiert und sie konnte Kaugummiblasen machen, so groß wie ihr Gesicht. Mittlerweile studiert sie Sprach- und Kulturwissenschaften an der FU, jobbt ehrenamtlich in einer Obdachlosenunterkunft und trägt Oberteile, die den Bauchnabel bedecken. Aber das Kaugummi ist geblieben, wie ich gerade bemerke, als sie sich nach meinem Studium erkundigt.

»Kann nicht klagen, und bei dir?«, antworte ich.

»Ich liebe es total. Wenn der Weg zur FU nur nicht immer eine halbe Tagesreise wäre. Bist du wieder auf dem Weg zu deinen Eltern?«

»Ja, genau. Und du warst einkaufen?«

»Korrekt. Nur werde ich leider das Gefühl nicht los, irgendwas vergessen zu haben …« Jenny und ich unterhalten uns noch ein paar Minuten lang, bis es uns beiden zu kalt wird. Wir verabschieden uns mit einer Umarmung.

•••

Eigentlich könnte ich wohl eifersüchtig sein, dass sich alle anwesenden Frauen im gebärfähigen Alter Mahmuts Arsch angucken, aber es macht mich einfach nur stolz. Ich bin mir seiner Treue sicher. Wenn jemand ihm hinterherguckt, geht Mahmut erst mal immer davon aus, etwas zwischen den Zähnen zu haben. Er ist alles andere als eitel und schätzt sich selbst aus den richtigen Gründen. Er definiert sich nicht ausschließlich über seine Arbeit, über Statussymbole oder sein Aussehen, sondern über seine Eigenschaften und darüber, wie er sein Privatleben meistert. Mahmut nimmt Freundschaften und die Familie ernst und er arbeitet an sich. Stolz machen ihn vor allem die Eigenschaften, für die er selbst sich fordern muss, zum Beispiel Geduld, eine schnelle Auffassungsgabe und Ausdauer. Das ist etwas, was ich sehr an ihm liebe. Außerdem macht mich froh, dass die Jüngeren hier die Vorurteile ihrer Eltern offensichtlich zusehends weniger übernehmen.

Ich ziehe noch einmal fest an meiner geschnorrten Zigarette und will gerade reingehen, als ich Mama und Papa an unserem Auto stehen sehe. Ich kann erkennen, wie Mama nervös zu der Menschenmenge rüberschaut. Sie fürchtet wohl, dass jemand sie sieht oder hört. Papa hingegen steht mit durchgedrücktem Rücken vor ihr und plustert sich auf wie ein Gockel. Ich werfe meine Zigarette zu Boden, trete sie aus und mache mich auf den Weg zu den beiden. Umso besser, wenn mir Blicke folgen, Papa soll sich nicht zu sicher fühlen. Er soll ruhig wissen, dass er – und alles, was er tut – unter Beobachtung steht.

»Ich werde nichts trinken, verdammt! Du musst mir das nicht zehnmal sagen.« Papa klingt sehr von sich überzeugt. Mama wirkt erschöpft: »So wie gestern?«

»Hey, ihr beiden. Wollt ihr nicht lieber tanzen kommen?« Ich fixiere Papa bei jedem meiner Worte. »Also *du* kannst natürlich auch nach Hause fahren, aber Mama …«

»Misch dich nicht ein«, sagt Papa. Mama haucht nur leise und müde meinen Namen.

Okay.

Keine Szene.

Mama zuliebe.

»Na, dann beweis uns, dass du dich zusammenreißen kannst, und komm mit. Die Leute gucken schon.« Letzteres ist das einzige Argument, mit dem ich die beiden dazu bewegen kann, sich wieder unter die Leute zu mischen. Mama soll nicht mit Papa allein sein, da liegt *meine* Priorität. Auch wenn ich mir eigentlich wünsche, dass sie beide nach Hause fahren. Aber mit »nach Hause« meine ich das von polnischen Wodkarunden einigermaßen weit entfernte Berlin.

»Also, kommt ihr?«

Papa nickt mit angespanntem Kiefer, Mama drückt sanft meinen Arm und gemeinsam gehen wir wieder rein. Ich muss mich zusammenreißen, um nicht wütend gegen unser Auto zu treten. Aufgrund von Papas Verhalten fühlen sich immer mehr schöne Erinnerungen an ihn wertlos an. Als würde eine Diskette neu bespielt werden. Als würde mir jemand den grässlichen Text eines fremdsprachigen Liedes übersetzen, das ich mein Leben lang gern mitgesungen habe.

•••

Kupplung drücken. Handbremse lösen. Erster Gang. Oder andersherum?

Wenn man den Führerschein macht und dann zwei Jahre lang nicht fährt, steckt man ganz schön in der Scheiße. Also, was heißt »man«? Ich *stecke in der Scheiße.*

Und blinken nicht vergessen! Wenn ich mich irgendwann überhaupt wieder traue, irgendwo einzubiegen.

Mein Vater atmet genervt aus. Ich hab ihn nicht gezwungen, mir zu helfen. Und dann hält er sich auch noch am Griff der Seitentür fest, als wäre er in Lebensgefahr. Dabei fahre ich gerade erst an.

»Kannst du dich mal ein bisschen entspannen, bitte?«, zische ich und bin mir nicht ganz sicher, ob ich das zu ihm oder zu mir sage. Papa nickt verkrampft, um kurz darauf zu schreien: »Schleifpunkt finden!«

Schleifpunkt … Schleifpunkt, was war das noch mal?

»Du machst mich ganz nervös. Wenn du entspannter wärst, wäre ich das auch«, bemerke ich noch genervter. Zugegeben, das ist nicht ganz fair: Vielleicht hat meine Wut ihm gegenüber auch mit der Scham zu tun, die ich empfinde, weil ich genau weiß, dass ich selbst

schuld bin. Und sonst niemand. Das habe ich ganz allein verbockt. Dabei war ich mir so sicher, dass ich auf keinen Fall einer dieser Feiglinge sein wollte, die nie Auto fahren, nachdem sie ihren Führerschein gemacht haben.

Papa ist der Einzige, vor dem es mir nicht peinlich ist, das zuzugeben.

»Kinga, bitte, konzentrier dich.« Papa schon wieder.

»Was soll das denn heißen?«

»Ich bin kein Fahrlehrer. Ich bin nun mal etwas nervös.«

Frust steigt in mir auf und drückt auch ein paar Tränen mit hoch. Ich schlucke sie direkt wieder runter. Kann doch nicht wahr sein. Eine 22 Jahre alte, erwachsene Frau, die nach fünf Minuten am Steuer anfängt zu heulen. Meine Wut kriegt Papa ab: »Du hattest noch nie Geduld! Wie beim Mathelernen früher! Am Ende hast du mich nur zum Weinen gebracht.«

Papa und ich müssen nach fünfzehn Minuten abbrechen. Wir tauschen die Plätze und verlassen das Industriegebiet, in dem ich in Ruhe fahren wollte. Ich könnte heulen, denn ich weiß zu dem Zeitpunkt noch nicht, dass ich dank der Geduld und des lieben Zuspruchs meines Vaters in nur einem Monat wieder am Steuer sitzen und tatsächlich verkehrstauglich unterwegs sein werde.

19

Ayının apalak sevdiği gibi
•
Als würde ein Bär seinen Nachwuchs liebkosen

Ich sehe, wie eine Frau wild gestikulierend auf Mahmut einredet, der mit Riesenfragezeichen in den Augen in der Gegend herumguckt. Wäre sie keine Polin, würde ich mir Sorgen machen, dass ein Streit entbrannt wäre, aber so weiß ich: Sie untermalt nur alles, was sie sagt, sehr ausufernd mit ihren Händen. Als ich näher komme, höre ich, dass sie von ihren Kindern schwärmt (was auch sonst?). Mahmut versteht natürlich nur Bahnhof und ist zusätzlich irritiert von besagten Kindern, die ihm schräg gegenübersitzen und sich unablässig mit Schokofrüchten bewerfen. Ein Zeichen inniger Liebe zwischen Bruder und Schwester eben.

»Meine Kinder sind hier in Polen auf einer deutschsprachigen Schule. Die Lehrerin ist begeistert von den Fortschritten, die sie machen. Sie hatte nie Schüler, die sie so stolz gemacht haben«, prahlt die Mutter der beiden gerade.

Just in diesem Moment landet eine Schoko-Erdbeere im Haar des Sohnes und bleibt kleben wie eine Fliege im Spinnennetz. Tatsächlich gibt die Werferin dazu mal direkt eine Kostprobe ihres guten Schuldeutsches. »Hurensohn!«, jubelt sie triumphierend. »Selber!«, jammert der Bruder, ebenfalls auf Deutsch. Die Mutter strahlt begeistert und nickt ihnen aufmunternd zu. Offenbar spricht sie selbst kein einziges Wort Deutsch. Mahmut macht derweil große Augen, immerhin versteht er endlich etwas. Jetzt beugt er sich zu den Kindern hinüber und korrigiert: »Streng genommen ist das nicht korrekt.« Dabei deutet er erst auf den Sohn und dann auf die Tochter: »*Du* kannst zwar ein Hurensohn sein, sie wäre aber eine Huren*tochter.*«

Ich muss laut loslachen, woraufhin sich die vier überrascht zu mir herumdrehen. Mahmut grinst scheinheilig. Die Mutter der beiden Kinder kann es nicht lassen, mir auch sofort von ihren »braven Engeln« zu erzählen. Anschließend von ihrer ukrainischen Putzfrau. Einige Freunde und Verwandte aus Polen beschäftigen jetzt Putzfrauen aus der Ukraine. Die meisten können sie sich leisten, weil sie selbst jahrelang in Deutschland als Putzkraft gearbeitet haben. Oder als Tischler, Dachdecker, Spargelstecher.

Ich entschuldige uns mit den Worten: »Mein Freund hat mir noch einen Tanz versprochen«, bevor der geschwätzigen Mutter ein neues Gesprächsthema zum Angeben einfällt.

»Die fand ich nett«, sagt Mahmut, als wir gemeinsam auf die Tanzfläche treten. »Die Erste, die nicht so langsam und laut mit mir geredet hat, als wäre ich dumm oder schwerhörig.«

»Du bist eben Ausländer«, sage ich und kneife ihm in die Wange. Mahmut verdreht genervt die Augen: »Und *du* bist ganz schön lange weg gewesen. Ist alles okay? Deine Eltern sahen zerknirscht aus, als ihr reinkamt …«

»Alles gut, mach dir keine Sorgen. Lass uns einfach ein wenig Spaß haben, ja? Den habe ich mir schon viel zu oft von Papa verderben lassen.«

•••

Mamas Käsekuchen schmeckt nach Geburtstag und das soll auch so bleiben, deshalb gönne ich mir nur ganz selten ein Stück. Heute darf ich aber, denn heute ist mein Geburtstag. Als ich morgens wach geworden bin, dachte ich für einen kurzen Moment, meine Eltern würden gleich im Schlafanzug mit Kerzen, Kuchen und Blumen in der Tür stehen und mich leise singend wecken. Das war natürlich nicht der Fall, weil ich 26 geworden bin und nicht sechs. Dafür darf ich Mama und Papa besuchen. Sie haben einen Geburtstagstisch für mich vorbereitet. Also, Mama hat ihn vorbereitet, Papa hat vielleicht während der Werbepause beim Skispringen mal nachgefragt, was sie mir dieses Jahr eigentlich schenken. Ich will nicht wütend auf ihn sein, nicht an meinem Geburtstag. Ich versuche, heute zu übersehen, dass er im Ohrensessel die Beine hochlegt, während Mama in der Küche wie eine emsige Biene arbeitet. Ich übersehe auch, dass ihm ein kurzes Streicheln über Mamas Rücken offenbar genügt, um sein minimal schlechtes Gewissen zu beruhigen. Dass er es nicht schafft, den Fernseher für eine Sekunde auszustellen. Dass er kommentiert, der Moderator sehe »für einen Schwarzen ganz gut aus«. Dass er am Essenstisch kein Wort mit uns wechselt, weil er zu sehr damit beschäftigt ist, den Kuchen zu inhalieren. Dass er Mama myszko, *also* »kleine Maus«, *nennt, obwohl er genau weiß, wie sehr sie das hasst. Dass er mich über die Niederlagen meiner Freunde ausfragt, weil ich dann in seinen Augen vergleichsweise besser dastehe. Dass er so tut, als wüsste er ganz genau, was mein Geburtstagsgeschenk ist, und dass er sich beruhigt gibt, dass Mama und er gemeinsam das Richtige ausgesucht haben.*

Ich versuche mich daran zu erinnern, dass ich 26 geworden bin und damit reif genug, dieses Verhalten einfach zu belächeln. Also atme ich tief aus und ein. Nicht drüber nachdenken. Ablenken. Mit Mama. Mit Mamas Liebe. Mit Mamas Käsekuchen.

Es sollte nicht der einzige Käsekuchen an dem Tag bleiben, aber der beste, natürlich. Mama hat mir die übrig gebliebenen Kuchenstücke in eine Tupperdose gepackt. Ich mache mich auf den Heimweg und stoße kurze Zeit später nichtsahnend die Tür zu Mahmuts und meiner Wohnung auf. Plötzlich starren mich so viele Augenpaare an, dass ich sie gar nicht auf einen Schlag zählen kann. Die Münder dazu fangen an, »Happy Birthday« für mich zu singen. In unserer Wohnung ist es plötzlich so eng wie in einer Sardinenbüchse, weshalb Mahmut sich richtig durch die Menge quetschen muss, um mich in den Arm zu nehmen und mir feierlich einen … Käsekuchen zu überreichen. Er ist oben eingerissen, was Mama nie passiert. Zum Glück denke ich das nur und spreche es nicht aus. Ich schäme mich prompt für diesen Gedanken. Mahmut hat sich schließlich unheimlich viel Mühe gegeben.

Nachdem ich alle Gäste in den Arm genommen und begrüßt habe, fangen sie an, sich am Buffet zu bedienen, und ich kann kurz durchatmen, indem ich auf die Toilette verschwinde. Small Talk kostet manchmal mehr Energie, als man vermuten würde. Ich spritze mir kaltes Wasser ins Gesicht und versuche, wach zu werden. Plötzlich klopft es an der Tür.

»Kinga? Alles gut? Du bist schon ganz schön lange da drin.«

»Klar!«, sage ich schnell und versuche, unbeschwert zu klingen. Rasch schließe ich auf und lasse Mahmut eintreten. Er drückt mich mit einem Lächeln gegen die Waschmaschine und gibt mir einen

innigen Kuss. Dann fährt er mit seiner Hand meinen Rücken entlang. Normalerweise liebe ich das. Gerade erinnert es mich aber nur an das plumpe, hundebesitzerähnliche Streicheln von Papa über Mamas Rücken. Ich mache eine abschüttelnde Bewegung. Mahmut erstarrt: »Tut mir leid, ich wollte nicht …«

»Mir tut es leid!«, antworte ich wie aus der Pistole geschossen und falle ihm dabei ins Wort. Ich verstehe plötzlich, dass es der Tag bei Mama und Papa war, der mir in den Knochen sitzt und mein Unvermögen, mich zu freuen, begründet. Mahmut kann nichts dafür. Und ich will gerade nicht darüber reden.

»Ich bin etwas … erschöpft. Aber mit euch zusammen tanke ich gleich ganz bestimmt wieder Kraft.« Ich versuche ein ehrliches Lächeln. »Danke, Mahmut.«

Seine besorgten Blicke haften den ganzen Abend lang an mir.

20

Bir ipte iki cambaz oynayamaz
•
Auf einem Seil können keine zwei Akrobaten tanzen

»Schau mal der da drüben!« Mahmut und ich sammeln auf unseren Sitzplätzen wieder etwas Energie, schlürfen Borschtsch und ich stelle ihm die Hochzeitsgäste vor, die ich kenne. Dabei müssen wir uns fast anschreien, weil die Musik und das Gejohle der Leute mittlerweile so laut sind.

»Wer ist der mit dem Schnauzer? Der aussieht, als würde ein totes Tier über seinen Lippen hängen?«, fragt Mahmut.

Ich muss kichern: »Das ist mein Onkel.«

»Gefühlt Onkel Nummer 32 …«, erwidert Mahmut.

»Das tote Tier passt übrigens ganz gut zu ihm. Sein Job ist es nämlich, bei Beerdigungen die Leichen in die Kirchen zu bringen. Und wenn das Auto leer ist, nutzt er den Stauraum, um Torten auszuliefern.«

»Wirklich?«

Mit hochgezogenen Brauen und vollem Mund nicke ich und wische den Rest meiner Suppe mit Brotkrumen auf.

»Also dasselbe Auto für Leichen und Torten?«, vergewissert sich Mahmut. Ich nicke noch einmal mit Nachdruck, bevor ich fortfahre: »Und siehst du den Mann mit der hässlichen 80er-Jahre-Krawatte?«

»Nicht zu übersehen.«

»Super Typ! Im Winter spannt er Schlitten hinter seinen Traktor und zieht die Kinder über die Felder.«

»Das will ich auch machen!«

»Traktor fahren?«

»Nein, auf dem Schlitten sitzen!«

»Dann müssen wir im Winter wiederkommen. Die Frau in dem Rollstuhl –«

»Die schon ungefähr 90 ist?«

»… alleinerziehende Mutter von fünf Kindern, der Mann ist früh an Krebs verstorben und sie hat nie neu geheiratet. Eine unglaubliche Kraft hat diese Frau und sich nie beschwert, sagt Mama. Morgens soll sie noch immer zwei rohe Eier trinken. Ihre Kinder schwärmen, wie gut sie für sie da war, dass sie immer ein offenes Ohr hatte, obwohl sie so viel arbeiten musste, um alle Mäuler zu stopfen.«

»Sie strahlt irgendwie immer noch Kraft aus, daran ändert weder ihr Alter noch der Rollstuhl was.«

Ich nicke und sage schmunzelnd: »Als ihre Kinder noch klein waren, hat sie auf dem Ofen Backsteine aufgewärmt und sie in ihre Betten gelegt, so hatten sie es an kalten Tagen schön warm. Man muss sich nur zu helfen wissen.«

Jetzt ist es Mahmut, der schmunzeln muss: »Du sprichst zum ersten Mal, seit wir hier sind, stolz über Polen, die Menschen und die Kultur. Also, abgesehen von den Zapukinkos …«

»Zapiekanki!«, rufe ich lachend und verpasse ihm einen spielerischen Schlag auf den Hinterkopf.

Mahmut schüttelt gespielt ungläubig über meine rohe Brutalität den Kopf, während ich mich mehr und mehr daran erinnere, was meine Familie besonders macht. Das Verrückte ist, dass all die Geschichten, die mir einfallen, noch gar nicht so weit in der Vergangenheit liegen. Es sind Geschichten aus meiner Kindheit oder der Generation meiner Eltern. Und doch wirken sie teilweise wie aus dem Geschichtsbuch geklaut.

Meine Überlegungen werden unterbrochen, als drei Plätze weiter ein lautes Gespräch entbrennt. Ein Paar im Alter meiner Eltern diskutiert wild. Man sieht den beiden sofort an, dass sie alkoholisiert sind. Ich kenne sie nicht, vielleicht handelt es sich bei ihnen um Verwandte von Kamil.

»Wann hast du mir das letzte Mal ein Kompliment gemacht?«, fragt die Frau ihren Mann gerade und wedelt bedrohlich mit dem Zeigefinger vor seiner Nase herum.

»Ein Kompliment?«

»Ja, ein Kompliment! Du hast mich schon verstanden.«

»Heute«, behauptet der Glatzkopf mit den Speckfalten im Nacken ganz selbstbewusst. Seine Frau verschränkt die Arme vor der Brust und schiebt scheinbar interessiert ihr Kinn nach vorn: »Und was soll das bitte gewesen sein?«

Ihr Mann lässt sich keine Zeit für seine Antwort, sondern reagiert prompt: »Ich finde es schön, dass du mich an meine Mama erinnerst.«

Zack. Schon ist der Inhalt eines Wasserglases im Gesicht des Mannes gelandet und seine Frau rauscht davon. Mahmut will natürlich wissen, was passiert ist.

»Viele Jahre Ehe und die verurteilenden Augenpaare eines ganzen Dorfes, die es schwer machen, sich zu trennen, würde ich mal sagen.«

»Na ja, vielleicht auch einfach nur ein Streit?«, erwidert er auf mein, zugegeben, sehr voreiliges Urteil. Trotzdem: »Das Glas ist nicht immer halb voll, wie du gerade gesehen hast.«

Bei diesen Worten muss ich leider an Papa denken. Ich schaue mich im Saal um. Er tanzt mit Mama und hat dabei eine gute Körperbeherrschung. Er *wirkt* zumindest nüchtern, wenn auch nicht glücklich. Ich atme aus. Mahmut beginnt, mir den Nacken zu massieren.

•••

Klassenlehrerstunden sind todlangweilig. Die heutige ist so richtig scheiße. Unsere Klassenfahrt wurde gestrichen, weil wir einen Klassentadel fürs gemeinsame Schwänzen bekommen haben. Grund ist eigentlich ein neuer Lehrer, der zu blöd ist, den Vertretungsplan zu lesen. Das haben wir ausgenutzt und nicht im Sekretariat gemeldet, dass er nicht gekommen ist. Da er nicht nur einmal bei uns Vertretung gehabt hätte, haben wir uns so 18 Freistunden ergaunert. Leider ist das Ganze aufgeflogen, weil Laura, die Petze, sich bei unserer Klassenlehrerin einschleimen wollte. Die Laune der Klasse ist im Keller und von Frau Matscheks lauter Stimme kriege ich langsam Kopfschmerzen. Immerhin wechselt sie endlich das Thema: »So, nächster Punkt auf der Tagesordnung. Wir müssen das Schülerverzeichnis für das Klassenbuch aktualisieren und vervollständigen.«

Man sieht Frau Matschek an, dass sie genauso genervt ist wie wir. Warum beendet sie die Stunde nicht einfach? Emilio, der neben mir sitzt, atmet hörbar leidend aus, während unsere Klassenlehre-

rin fortfährt: »Vielleicht gab es in der letzten Zeit Änderungen der Adress- oder Kontaktdaten, die ihr vielleicht auch ›vergessen‹ habt, der Schule zu melden … Keine Angst, wir gleichen nur die wichtigsten Daten ab, Geburtstage, Wohnort, Staatsangehörigkeit.« Wie bitte? Da spitze ich neugierig die Ohren, doch es folgen keine weiteren Erläuterungen. Frau Matschek legt direkt los: »Wir fangen bei A an.«

Während sie die Namen durchgeht, beginnt es in meinem Kopf zu rattern. Ich weiß, ehrlich gesagt, gar nicht, was meine Staatsangehörigkeit ist. Deutsch? Polnisch? Deutsch-polnisch? Wo steht das noch mal? Ich kann mich kaum konzentrieren, weil Frau Matscheks Bleistiftrock so eng sitzt, dass er immer wieder hochrutscht und sie ihr Outfit mit großer Geste zurechtzupfen muss. Kann nicht still sitzen die Frau.

»Amir Uzan, ich bin geboren am 8. Juni 1991. Wir wohnen in der Tiefenflussallee 2 in 13439 Berlin«, beginnt unser Mathe-Ass.

»Staatsangehörigkeit?«, bellt Frau Matschek. Amir guckt so verunsichert, wie ich mich fühle: »Eh … deutsch?«

Unsere Lehrerin sieht ihn skeptisch an: »Ja, weißt du es oder weißt du es nicht?«

»Also … bin ja hier geboren?«

»Aber deine Eltern sind aus der Türkei, richtig?«

Murat mischt sich ein: »Man ist das, was seine Eltern ist, oder nich'?!«

»Leise dahinten!« Frau Matschek hasst es, wenn jemand dazwischenredet. Manchmal denke ich, dass sie Kinder im Allgemeinen hasst.

»Also, Amir, willst du deine Eltern zur Sicherheit noch mal fragen?«

Schlagartig werde ich nervös. Ich bin doch deutsch, oder? Was steht wohl im Schülerverzeichnis? Wird Frau Matschek gleich ansprechen, dass ich *polnische Eltern habe? Ich hasse es, darüber zu reden. Dann macht Hassan nur wieder Witze darüber, dass ich klaue. Und Judith bemitleidet mich scheinheilig, weil ich sicher sehr arm sein muss.*

•••

»Der Unterschied ist, dass ein Deutscher dich fragt, ob du etwas trinken willst, und Polen fragen, *was* du trinken willst«, sagt einer der älteren Hochzeitsgäste so laut, dass auch die um ihn herumsitzenden Personen verstummen und in seine Richtung blicken.

Oh, oh. Es ist so weit. Jetzt beginnen die Diskussionen über Polen, Deutsche und ihr Verhältnis. Es gibt keine Feier, auf der das nicht irgendwann zum Thema wird. Da sich im ehemaligen Schlesien aufgrund der Geschichte einige als Deutsche fühlen, wird weniger gelästert als in der Landesmitte. Fährt man weiter in den Osten, sieht das schon anders aus. Der »Blitzkrieg« hat seine Spuren hinterlassen und ist immer noch Thema. Vielleicht rührt die wenig ausgeprägte Sympathie vieler Polen den Deutschen gegenüber aber auch tatsächlich von den Polenwitzen, die man sich immer wieder anhören muss. Nicht, dass die nie komisch wären oder die Polen nicht über sich selbst lachen könnten, aber wenn jeder Flachwitz auf die eigenen Kosten geht …

»Und fleißiger sind wir offensichtlich auch. Warum sonst liegt unsere Wachstumsrate immer über der deutschen?«, ruft ein älterer Herr provokant aus. Ah, ja: das Wirtschaftsthema und die gegenseitige Wahrnehmung. Polen wirkt eben immer noch arm. Und arm ist nicht sexy. Dabei muss ich sagen: Ich habe mich in das Thema eingelesen, und es stimmt, was der Mann da sagt. Zumindest teilweise. Seit dem Fall des Eisernen Vorhangs ist Polens wirtschaftliche Wachstumsrate tatsächlich sehr gut. Sogar 2008, im Jahr der Finanzkrise, als Deutschlands Wirtschaft um fast sechs Prozent abstürzte, ging es in Polen um fast drei Prozent bergauf. In Polen *wird* fleißig gearbeitet, die Frage ist nur, was die demokratisch gewählten Spitzenparteien daraus machen und wo sie das Geld einsetzen. Gerade, als das Gespräch interessant wird und die allgemeinen Plattitüden von fundierten Argumenten abgelöst werden, leitet der Moderator zum nächsten Programmpunkt über: »Es wird Zeit für unseren Gedichtemarathon!« Daran beteiligen sich vor allem die Kinder. Wenn sie sich trauen, vor der Hochzeitsgesellschaft zu stehen und ein paar Zeilen zu sagen, bekommen sie für ihre vorgetragenen Wünsche, Gedichte und Lieder Süßigkeiten vom Brautpaar. Zum Ende hin treten auch ein paar Erwachsene auf. Die schnulzigen Tanten zitieren Schlagertexte, die Onkel eher anzügliche Witze. Für sie gibt es keine Süßigkeiten, sondern Schnapsflaschen. Was sonst?

Mahmut und ich schauen sanft lächelnd zu, und gerade, als ich glaube, dass der Letzte gesprochen hat, schreit mein Vater quer durch den Raum: »Mahmut möchte noch! Unser neuer Gast.«

Papa bekommt von Mamas Ellenbogen einen Schlag in die Seite verpasst. Ich sehe ihn wütend und erschrocken an. *Alkohol*, denke ich sofort alarmiert. Aber ich kann in seinem Gesicht keine Anzeichen davon erkennen, dass er betrunken ist. Kein Schweiß, keine blutunterlaufenen, glasigen Augen und kein Gestank, der zu uns herüberweht. Schließlich sitze ich ihm direkt gegenüber. Dann sind wohl Boshaftigkeit und Frust seine Motivation. *Ist das besser?*, frage ich mich.

Mahmut guckt mich Hilfe suchend an, denn die Menge beginnt, seinen Namen im Chor zu rufen, selbst der Moderator springt mit ein. Ich zucke nur hilflos mit den Schultern. Da muss er allein durch. Mahmut steht auf, wenn auch im Schneckentempo. Er wirft weitere höchst unsichere bis verzweifelte Blicke in meine Richtung. Aber: Was soll ich bitte tun?

•••

Wo steckt der schon wieder? Jede Feier in Mahmuts Familie fühlt sich an, als hätte mich jemand in einen Sack Flöhe gesteckt. Lauter Gleichgesinnte, die durcheinanderwuseln, und Mahmut ist nicht mehr auffindbar – mal hier, mal dort. Ich hingegen bin die einzige fette, träge Fliege in diesem Sack.

Wir befinden uns im Haus seiner Tante. Marmorböden, Säulen und lebensgroße Hundefiguren aus Porzellan. Auf der Suche nach Mahmut, der meine Legitimation ist, hier zu sein, schiebe ich Samtvorhänge beiseite und schaue in jedes der gefühlt 35 Zimmer hinein. Keine Spur von ihm. Kinder rennen gegen meine Beine, als wäre ich eine Bande beim Kinderbowling. Frauen mit vollen Tellern schieben sich an mir vorbei, als wäre ich gar nicht da. Ich bin nicht mal eine Fliege, ich bin Luft.

Endlich sehe ich ihn am Fenster mit zwei seiner Cousins stehen. Könnten auch Freunde sein, Nachbarn. Aber mit »Cousins« ist meine Trefferwahrscheinlichkeit relativ hoch. Alle drei sind etwa gleich alt und unterhalten sich angeregt. Mahmut winkt in meine Richtung, als er mich entdeckt. Die anderen beiden werfen mir einen kurzen

Blick zu, mit dem sie mich von oben bis unten mustern, um anschließend einen Blick auszutauschen. Und sich weiter ihrem Gespräch zu widmen. Auch Mahmuts Aufmerksamkeit habe ich wieder verloren. Von unten dröhnt laute Musik nach oben, während ich mich in einen großen Sessel fallen lasse und mich darin übe, unsichtbar zu sein.

•••

Ich kneife die Augen zusammen. Von der einen auf die andere Sekunde hat sich Mahmuts Körperhaltung komplett verändert. Plötzlich geht er zielstrebig auf den Moderator zu und flüstert ihm etwas ins Ohr. Der macht große Augen und führt sich direkt das Mikro an den Mund: »Wir haben hier nicht nur einen Dichter stehen, meine Damen und Herren. Nein, unser Gast ist besonders mutig und probiert sich als Sänger!«

Bitte was? Mahmut und singen?

Jetzt bin ich es, die verzweifelt seinen Blick sucht, aber Mahmut grinst seine Fußspitzen an. Die Lackschuhe glänzen noch. Na, immerhin.

Ein schneller Beat setzt ein und fordert die schlechten Boxen heraus. Ich erkenne das Lied sofort, das Mahmut sich ausgesucht hat, und muss laut lachen. Mahmut will *»Ona tańczy dla mnie«* singen. Übersetzt: »Sie tanzt für mich«. Das einzige polnische Lied, das er kennt. Das Lied, das ich ihm bei unserem Kennenlernen vorgestellt habe und das wir seitdem regelmäßig beim Staubsaugen oder Bügeln hören. Der Text passt perfekt zum heutigen Anlass und ich spüre tatsächlich ein schnulziges Gefühl der Rührung in meiner Brust:

»Ich liebe sie, sie ist es
Und sie tanzt für mich.
Sie weiß genau, dass ich sie stehle
und ihr Herz bei mir verstecke.«

Die Menge jubelt begeistert, Mahmut und ich tauschen einen kurzen Blick der Verbundenheit. Erinnerungen kommen hoch.

Für den erhöhten Schwierigkeitsgrad bekommt er gleich zwei Wodkaflaschen zur Belohnung. Und ich Papas zerknittertes Gesicht.

Sehe ich da den Ansatz eines Grinsens in Mamas Gesicht?

21

Łatwo przyszło, łatwo poszło
•
Einfach gekommen, einfach gegangen

Mir vergeht die gute Laune beim Stuhltanz, denn diesmal muss *ich* dran glauben. Ja, in Polen prügeln sich auf Hochzeiten auch Erwachsene zur Musik um Sitzplätze. Allerdings müssen wir in der Erwachsenenversion noch eine Aufgabe erfüllen, bevor wir uns auf einen der Stühle setzen dürfen. Der Moderator hält einiges bereit. Wir müssen anderen Gästen Schuhe klauen, Luftballons zerstechen und uns so viele Schokofrüchte wie möglich in den Mund stopfen. Es beginnt mit acht Personen. Runde für Runde laufen wir wie die Zirkustiere im Kreis. Um eins klarzustellen: Auch wenn ich das Ganze äußerst lächerlich finde, so habe ich aber trotzdem Ehrgeiz und Ehre. Nur diejenigen, die Angst haben zu verlieren, nehmen dieses Spiel nicht ernst. Ich habe keine Angst und ich bin gut. Kaum, dass ich mich's versehen habe, sind wir nur noch zu dritt: der zwölfjährige Marek, Metzgerlehrling Szymon und ich. Es wird noch mal richtig spannend zwischen uns. Trommelwirbel setzt ein. Der Moderator spricht langsam und mit tiefer Stimme: »Setzen darf sich, wer …« Die Musik stoppt. »… jemandem im Saal einen Kuss gibt.«

Meine zwei ausschließlich männlichen Konkurrenten rennen zu ihrer Partnerin beziehungsweise zur Mutter. Wer denkt, dass der zwölfjährige Marek Letzteres tut, der irrt sich. Mein erster Blick geht natürlich in Mahmuts Richtung, doch er sitzt zu weit entfernt. Die anderen beiden wären vor mir wieder zurück im Stuhlkreis. So schnell gebe ich mich nicht geschlagen. Niemals. Außerdem kann ich Mahmuts Lippen jeden Tag haben, jetzt habe ich mal eine Ausrede, in den Genuss fremder zu kommen. Ich staple hoch und schnappe mir die wichtigsten Lippen im Saal: Marta kriegt einen fetten Schmatzer verpasst. Meine Zunge kann ich gerade noch so zurückhalten und sitze auf diese Weise sogar als Erste wieder auf einem Stuhl. Szymon ist raus aus dem Spiel. Seine Mutter tröstet ihn mit einem aufmunternden Klaps auf die Schulter, so sanft wie von einer Bärenpranke. Manch zarteren Jüngling hätte diese liebevolle Geste wohl dahingerafft.

Aber zurück zum Spiel. Konzentration. Finalrunde. Und mein Konkurrent hat heute schon so viel Limonade in sich hineingegossen, dass der Zuckerschock ihn zur Rennmaus macht. Wer denkt, dass ich vorhätte, ihn gewinnen zu lassen, weil er ein Kind ist, irrt. Er ist zwölf, er muss es lernen. Während die Musik wieder läuft und wir im Kreis um den letzten Stuhl herumtrotten, atmet der Moderator ständig tief ein, um uns das Gefühl zu geben, er würde jetzt die nächste Aufgabe verkünden. Dann schweigt er aber doch und denkt, er macht uns damit nervös. Ich bleibe entspannt, ich kenne die Tricks aufgrund jahrelanger Erfahrung. Nach gefühlten fünf Minuten hat er es dann aber endlich: »Setzen darf sich … wer einen BH in der Hand hält!«

Wir schauen uns um. Da sind viele Brüste. Die meisten davon mussten schon fünf Kinder stillen oder sind dank täglicher Sahnetorten ordentlich aufgegangen. Weder die BHs dazu wollen wir sehen noch die betreffenden Brüste hängen lassen. Ich frage mich, wer hier überhaupt so offenherzig ist und einen rausrückt. Der schon relativ hohe Alkoholpegel dürfte aber bei dieser Mission von Nutzen sein. Mein Konkurrent schwirrt durch den Saal und fragt sich wild durch, während ich erst mal die Lage analysiere. Leider hat er Großtante Lydia mit seinem Welpenblick leicht um den Finger gewickelt. Da hätte ich draufkommen können, die Frau liebt Aufmerksamkeit. Allerdings braucht sie ganz schön lange, um ihren BH zu öffnen, weil sie dabei so viel kichert. Das lässt mir wiederum Zeit für die rettende Idee: Ich nehme einfach meinen eigenen BH! Drei gekonnte Handgriffe und ich halte weinrote Spitze in der Hand. Jubel setzt ein, könnte ich mich glatt dran gewöhnen.

Aber Marek hat sich tapfer geschlagen und ich habe es mir ja auch etwas leicht gemacht, zugegeben. Ich setze mich also mit nur einer Arschbacke auf den letzten Stuhl, klopfe auf die noch freie Hälfte neben mir und lächle ihm auffordernd zu. Marek lässt sich nicht zweimal bitten und lässt sich neben mich fallen.

»Wir haben heute zwei Gewinner!«, rufe ich.

Mit Aufmerksamkeit habe auch ich manchmal kein Problem. Hoffentlich werde ich nie wie Tante Lydia.

Gut gelaunt kehre ich zu meinem Platz zurück. »Ist der neu?«, fragt Mahmut und deutet auf den BH, den ich über die

Stuhllehne hänge. Ich grinse nur verschmitzt: »Du kannst mir gleich auf der Toilette helfen, ihn wieder anzuziehen.«

Plötzlich gerate ich ins Stocken. Weg ist die gute Laune. Papa steht der Schweiß auf der Stirn, sein Blick ist starr auf die Bierflasche vor ihm gerichtet.

»Wo ist Mama?«, frage ich Mahmut.

»Ich glaube, sie wollte auf die Toilette. Was ist denn …« In dem Moment greife ich schon über den Tisch und schnappe mir die Bierflasche. Ohne ein weiteres Wort verlasse ich den Saal, setze sie an die Lippen und nehme einen großen Schluck.

22

Kes sesini
•
Schneide deine Stimme

»Bist du dir sicher, dass das eine gute Idee ist, Kind?« In verschwörerischem Ton fängt mich Kamils Oma kurz vor der Tür zum Vorhof ab. Will sie mir etwa mein Bier verbieten? Ich kenne die Frau kaum, außerdem ist meine Stimmung gerade nicht besonders ausgeglichen.

»Mein 16. Geburtstag ist schon ein paar Tage her. Keine Sorge«, entgegne ich unwirsch.

Ich ernte ein lautes, rauchiges Lachen: »Ach, Kind, ich meine nicht das Bier. Alkohol tut deiner Verdauung nach dem Essen gut.«

Mein verächtliches Schnauben an dieser Stelle überhört sie gekonnt: »Der falsche Mann hingegen schlägt uns Frauen nachhaltig auf den Magen.« In meiner Wut denke ich für einen Moment, sie meint Papa, aber natürlich ist Mahmut in ihren Augen der »falsche Mann«. Wahrscheinlich lauert sie schon den ganzen Abend darauf, mich vor der falschen, nämlich türkischen Lebensentscheidung zu retten. Jetzt ist wohl

Selbstbeherrschung gefragt. Ich starre auf ihre ausgeleierten Ohrläppchen, in denen schwere, künstliche Perlenohrringe hängen, um nicht direkt in das dümmlich naive Gesicht schauen zu müssen.

»Kind, ich kannte auch mal einen türkischen Mann …«

»Ehrlich, einen ganzen? Wahnsinn.«

»… der war wirklich aufmerksam und gewaschen. Für einen Türken.«

Ich merke schon, wohin das führt. Das ist nicht der erste »Ich mag Türken, aber …«-Vortrag in meinem Leben.

•••

Knacken. Schmatzen. Ich beiße genüsslich in meine Spreewaldgurke.

»Mahmut, du machst das ganz großartig!«, kommentiere ich sein fleißiges Rudern.

»Du könntest ruhig ein bisschen mithelfen, Schätzchen«, meckert er.

»Nenn mich noch einmal ›Schätzchen‹ und ich verpasse dir einen Schlag mit meinem Ruder!«

»Immerhin hättest du es dann mal in der Hand.«

Unser Boot gerät gefährlich ins Wanken, als ich versuche, Mahmut mit meinem Ruder nass zu spritzen. Vor Lachen verschlucke ich mich fast an meiner Gurke. Er wehrt sich, bis wir beide aussehen, als wären wir in einen ordentlichen Regenguss gekommen. Dann passiert es …

»Benimm dich, Scheißausländer!«, dröhnt es zu uns rüber. Am Ufer, nur etwa fünf Meter von Mahmut und mir entfernt, hat sich eine Gruppe Jugendlicher breitbeinig positioniert. Die romantisch

durchs dichte Laub brechenden Sonnenstrahlen wirken plötzlich eigenartig fehl am Platz.

»Türkischer Wichser!«, ruft ein Glatzkopf durch seine zum Sprachrohr geformten Hände.

»Hurensohn!«, unterstützt ihn der Jüngste aus der Runde.

»Was steht in muslimischen Altenheimen auf dem Rollstuhl? Is lahm!« Die Nazis lachen und stacheln sich gegenseitig an.

Jetzt tauche ich mein Ruder doch ins Wasser und unterstütze Mahmut, der sich sichtlich bemüht, schnell Entfernung zu den pöbelnden Typen aufzubauen.

Sie laufen uns noch ein Stück hinterher. Einer hält einen Stein in der Hand, doch wir versuchen, ihnen keine Beachtung zu schenken. Mein Herz schlägt trotzdem immer schneller und ich spüre, wie der Schweiß auf meiner Stirn ausbricht. Wäre mir meine Herkunft anzusehen, ihre Parolen würden mit Sicherheit auch mir gelten. Vielleicht geht Mahmut nur darum offener mit seiner Herkunft um: Er kann aufgrund seiner dunklen Haare, Brauen, Augen und Haut nicht so tun, als wäre er ein Weißer. Da kann die deutsche Staatsangehörigkeit in seinem Pass extrafett und umrandet eingetragen sein, es macht für Rassisten keinen Unterschied.

Das gleichmäßige Geräusch unserer ins Wasser eintauchenden Ruder wird unterbrochen von immer wüsteren Beleidigungen. Zum Glück verhallen sie mehr und mehr in der Ferne, bis Mahmut und ich endlich wieder allein sind. Die Jungs suchen sich bestimmt bald ihr nächstes Opfer. Wahlweise homosexuell, schwarz oder mit Behinderung.

Wir schweigen einige Minuten.

»Ist alles okay?«, frage ich, obwohl ich weiß, dass es das nicht ist. Mahmut bemüht sich, unberührt zu wirken, doch ich weiß, dass ihn das nicht kaltlässt.

Der Tag ist für ihn gelaufen. Für mich auch.

Wir geben das Boot viel früher ab als nötig und kehren in unsere Pension zurück. Mahmut isst kaum was von seinem Abendessen und zieht sich zurück. Es verletzt mich, dass er in dieser Situation nicht erst recht meine Nähe sucht. Stattdessen entschuldigt er sich, um kurz zu telefonieren.

Ich höre ihn Türkisch sprechen. Natürlich. So reagiert er immer. Als so ein Arschloch Mahmuts Handy auf die U-Bahn-Gleise geworfen und geschrien hat, er sei ein »Ausländerschwein«, war er ein ganzes Wochenende lang mit seinen Cousins unterwegs. Als das Rentnerpaar im Café absichtlich laut darüber sprach, dass man nirgendwo mehr vor diesem »Dreckspack« sicher sei, hat er am selben Abend noch seine Eltern besucht und ist erst um drei Uhr nachts wieder in unsere Wohnung zurückgekehrt.

Wird er von der Gesellschaft ausgegrenzt, geht er dahin, wo er schon immer zu Hause war. Ich wünschte, ich *könnte ihm dieses Gefühl von Geborgenheit geben.*

•••

Mit ihren kleinen Händen gestikuliert Kamils Oma vor sich hin und findet kein Ende: »Er war auch gar nicht so sehr dumm, aber eben doch ein Türke. Da unten ist das Leben ein anderes, Schätzchen. Sie bringen wahllos Menschen um, vor allem Frauen. Und jeder dort …«

Ich schalte auf Durchzug. Stelle mir vor, wie es wäre, das Bier über ihre verwaschene Rüschenbluse zu schütten. Oder über ihre Atze-Schröder-Locken. Vielleicht werfe ich auch gleich die ganze Bierflasche nach ihr. Natürlich nur auf den Boden, nicht gegen ihren Kopf. Oder? Ich könnte an den

Ohrringen ziehen und die Ohrlöcher noch weiter ausleiern. Endlose Möglichkeiten … Plötzlich bemerke ich, dass sich ihr Mund nicht mehr bewegt. Die verbale Inkontinenz hat ein Ende. Ich lächle erleichtert, und das scheint ein Placebosignal für mein Hirn zu sein, Endorphine auszuschütten. Die alte, dicke Frau wird mir auf einen Schlag ein wenig sympathischer. Nein, sie wird mir *egal*. Wie ist überhaupt ihr Name?

»Weißt du was, Oma von Kamil? Es interessiert mich nicht, was du denkst.«

Damit mache ich auf dem Absatz kehrt und trete in die frische Nachtluft hinaus.

23

Kafamı yicem
•
Ich esse meinen Kopf

Natürlich soll mir keine Ruhe vergönnt sein. Nach etwa einer Minute ziehe ich die Cocktailkleidcousinen an wie helles Licht einen Mückenschwarm. Mittlerweile steht auch Mahmut neben mir und hat seine Jacke um mich gelegt. Die Oma-Episode verschweige ich ihm. Wozu auch darüber reden? Er kennt solche Szenen zur Genüge, hat sie oft erlebt und wird sie auch künftig erleben. Im Gegensatz zu Kamils Oma himmeln die jungen Frauen Mahmut aber an. Ganz zum Leidwesen ihrer Begleiter, die sich frustriert auf die Bänke verzogen haben und an ihren Zigaretten ziehen.

»Wie habt ihr euch eigentlich kennengelernt?«, fragt eine von Martas Freundinnen in fast akzentfreiem Deutsch. Dabei guckt sie Mahmut an wie eine Nonne heimlich den halb nackten Jesus. Wie aufs Stichwort kommen meine Eltern aus dem Festsaal spaziert. Mahmut und ich tauschen einen belustigten Blick.

»Also, eigentlich haben die beiden uns zusammengebracht.« Ich zeige auf meine Eltern, woraufhin sie nähertreten. »Meine Eltern und Mahmuts Eltern haben uns insofern verkuppelt, als dass sie uns auf dieselbe Grundschule geschickt haben. Allerdings nur in Parallelklassen. Richtig kennengelernt haben wir uns vor ein paar Jahren bei einem Jahrgangstreffen.«

Ich schaue Mahmut verliebt wie ein Teenie an. Aber nur ganz kurz, dann lasse ich es schnell wieder sein, weil das erste Mädchen in der Runde entzückt ausatmet – »Hach!« –, als wären wir in einer amerikanischen Liebeskomödie und ihr Entertainmentprogramm.

Mama und Papa hingegen gucken entsetzt. Vor allem Papa.

»Der Dank gilt also den beiden«, trete ich noch mal nach und strecke beide Arme breit lächelnd in Richtung Mama und Papa aus.

Rührt das Glänzen in Papas Augen von der kühlen Nachtluft her oder von der Trauer und Wut über die Erkenntnis der eigenen Schuld am versauten Leben der Tochter? Mein Hirn spuckt viele Möglichkeiten aus, um den Gedanken zu verdrängen, dass wahrscheinlich der Alkohol der Grund ist. Mamas Gesicht verrät nichts. Es verrät nie, was sie denkt oder fühlt. Bewundernswert. Ganz im Gegensatz zu meinem. Ich frage mich, wie mein Gesicht gerade aussieht, denn meine Gefühle fahren Achterbahn. Ich wünschte, ich könnte meine Emotionen einfach ausschalten. Kurz darauf nehme ich einen Schluck Bier und beiße mir fast auf die Zunge. Nein, nicht so. Nicht wie Papa.

•••

»Ich hab meinen Papa und meine Mama gestern beim Sex erwischt«, zischt Lara mir in der Fünf-Minuten-Pause zu. »So widerlich!«

Ich habe Papa gestern dabei erwischt, wie er Mama betrunken beschimpft hat, weil ihm das Essen nicht geschmeckt hat, *denke ich.* Wirklich widerlich.

Aber das spreche ich natürlich nicht aus. Stattdessen nicke ich Lara nur kurz zu und lenke mich damit ab, nach der Salamipackung zu greifen, die gerade durchs Klassenzimmer gereicht wird. Die hat Alexander mitgebracht, um der ollen Matschek Wurstscheiben auf den Hintern zu kleben. Die ist in letzter Zeit so abwesend, dass sie nicht mal das checkt. Mit Käsescheiben hat es letzte Woche auch schon funktioniert. Wir vermuten, dass sie nach jahrelangem Singleleben jemanden gefunden hat, der ihre Vorliebe für schnulzige Vorabendsendungen teilt. Oder zumindest erfolgreich so tut. Jetzt ist sie in Gedanken bestimmt nur noch bei ihrem neuen Bett- und Soapgenossen und kriegt deshalb gar nichts mehr mit.

Dass Lara eigentlich gerade eine aufregende Geschichte mit mir teilen wollte, habe ich wohl nicht genug gewürdigt. Jedenfalls scheint sie nicht sehr zufrieden mit meiner Reaktion auf die Bettstory ihrer Eltern zu sein und zieht an meinem Ärmel: »Kondome habe ich auch schon mal gefunden. Aber das war nicht so schlimm … Stell dir mal vor, ich finde noch Lack und Leder im Schrank meiner Eltern!«

»Vielleicht nehmen sie ja auch einfach ihre Gürtel …«, sage ich bitter und muss erneut an gestern denken. Mittlerweile spüre ich, dass sich … die Situation zu Hause wöchentlich verschlimmert. Und Mama macht nichts dagegen. Ich erkenne sie nicht mehr wieder. Halt, das ist falsch. Mama macht was. Sie stellt sich vor Zofia und mich. Sie ist immer für uns da.

Während Lara mir ein Ohr abkaut, stehe ich einfach auf und verlasse den Raum. Ich steuere das Mädchenklo an, suche mir eine

Kabine und sacke in mich zusammen. Jetzt dürfen die Tränen fließen. Ausgerechnet am Schulklo hängt ein Flyer des Blumenladens neben der Schule, der an den bevorstehenden Muttertag erinnert.

Passenderweise fällt der in diesem Jahr mit dem Internationalen Tag des Chronischen Erschöpfungssyndroms und der Krankenpflege zusammen. Passt alles zu Mamas aktueller Situation. Da kann ich wohl gleich drei Sträuße auf einmal kaufen.

•••

Natürlich erwarte ich von einer Hochzeit nicht, dass sie ereignislos bleibt. Allerdings hatte ich mir vorgestellt, dass vor allem Braut und Bräutigam von dem ganzen Zirkus betroffen sind. Stattdessen fühlt es sich an, als würde ständig ich in die Manege gezogen werden. Der Tag ist ein einziger Balanceakt über ein dünnes Seil ohne Netz unter mir. Dafür warten knurrende Löwen in der Manege auf mich. Sie knurren leise, kaum hörbar, doch es klebt noch Blut an ihren Zähnen.

»Habt ihr Adam gestern gesehen? War ja klar, dass der nicht wirklich losgekommen ist vom Alkohol.« Als ich eine mir fremde Stimme vernehme, halte ich Mahmut an der Hand fest und bedeute ihm, leise zu sein. Noch stehen wir im Eingangsbereich, doch aus dem Flur erlausche ich ein Gespräch, das ich nicht unterbrechen will, bevor es wirklich interessant wird.

»Abschaum, dieser Mann. Wie kann man sich so einen Alkoholiker als Vater für seine Kinder aussuchen?« Diese Stimme erkenne ich sofort. Kamils Oma mischt sich wieder in mein Leben ein, diesmal ohne dass ich dabei bin. Offenbar scheint ihr meine letzte Reaktion nicht gefallen zu haben, dementsprechend werde ich zur nächsten Läster-Party einfach nicht mehr eingeladen.

»Sei nicht so hart mit der Frau. Nicht jede hat eine große Auswahl …«, erwidert die mir unbekannte Gesprächspartnerin. Ihr falsches Mitleid Mama gegenüber kann sie sich sparen und ihre Beleidigung gleich mit. Kamils Oma setzt noch einen drauf: »Aber dieser Mann! Eine echte Schnapsnase. Verantwortungslos und nicht mal sonderlich attraktiv. Sollte er sich jemals dazu entschließen, seine Sünden zu beichten, wird er den Beichtstuhl vor seinem Tod wohl nicht wieder verlassen.«

Ich bin meinem Vater gegenüber aktuell wirklich nicht besonders positiv eingestellt, aber ätzende Kommentare gegen meine Eltern machen mich aggressiv. Vor allem, wenn wahllos gegen beide geschossen wird. Warum soll Mama sich für Papas Fehler verantworten? Als Frau erst dann Verantwortung übernehmen dürfen, wenn was schiefgeht. Na danke.

»Das hat bestimmt auch damit zu tun, dass ja unbedingt alle in die Großstadt müssen, anstatt zu schätzen, was sie haben.« Gehören Lästereien laut Knigge eigentlich zum guten Ton bei Familienfeiern?

»Selbstverständlich. Berlin ist doch Gift für jede gesunde Seele. Laut, schmutzig, voller Drogen.«

»Natur sucht man vergebens. Da kann man ja nur auf die schiefe Bahn geraten.«

Kurzzeitig würde ich den alten Schabracken gerne gehörig meine Meinung sagen. Dass sie verblendet sind. Dass ein versoffener Mensch nicht problematischer ist als einer ohne jeglichen moralischen Anstand. Wenn es hart auf hart kommt, heißt es nun mal: wir als Familie gegen den Rest der

Welt. Aber ich bremse mich, weil der Schaden in diesem Fall größer wäre als der Nutzen: Die Schabracken lernen nichts mehr dazu und mir würde es den Blutdruck hochtreiben. Außerdem drängen sich immer mehr Menschen an uns vorbei, die draußen eine Pause gemacht haben und Mahmut und mich verwundert anschauen, weil wir nur dumm herumstehen. Auch Mahmut selbst sieht mich fragend an. Ich atme tief durch und sage ihm, dass alles gut sei. Er will etwas einwenden, doch ich unterbreche das mit einem Kuss, was ihn nur noch skeptischer aussehen lässt.

»Später?«, fragt er mich flüsternd.

»Später«, beschwichtige ich ihn und ziehe ihn an meinen neuen besten Freundinnen vorbei, die ich betont freundlich grüße. Sie sind weder schlau noch taktvoll genug, um beschämt zu gucken.

•••

Schon seit zwei Tagen denke ich darüber nach, was Maja vom Ballett über das Märkische Viertel gesagt hat. Dass man dort nur dreckigen Beton zu sehen bekommt, es überall stinkt und da lauter Kriminelle leben. Hat sich blöd angefühlt. Sie weiß doch, dass ich hier wohne. Alle aus dem Kurs wissen es. Ich konnte ja nicht ahnen, dass das was Schlimmes ist, deshalb habe ich es sogar selbst allen erzählt. Erst haben nur die Mütter und Lulus Papa komisch geguckt, mittlerweile gucken mich alle komisch an. Irgendwie abwartend. Und dann kam von Maja eben dieser Spruch nach dem Training vor zwei Tagen in der Umkleide. Völlig aus dem Nichts, eigentlich haben gerade alle über ganz andere Sachen geredet. Dabei kann ich das echt nicht verstehen. Vor allem jetzt gerade nicht, wo ich hier in

Lübars auf dem Müllberg stehe. Ich meine, ich stehe auf einem Berg, der sogar aus Müll besteht, und es stinkt überhaupt nicht. Höchstens nach Kuh- und Pferdemist von dem Bauernhof nebenan, aber den Duft mag ich auch irgendwie. Im Herbst lassen wir hier auf dem Müllberg immer Drachen steigen, im Winter gehen wir rodeln und im Sommer strecke ich mich lang wie ein Nudelholz aus, lege mich auf den Boden und rolle den ganzen Berg herunter. Nur das Hochsteigen ist anstrengend, aber oben angekommen hat man eine tolle Aussicht auf die Baumkronen, ein großes Ährenfeld und die Spitzen der Hochhäuser. Der Anblick der dicht an dicht liegenden Balkone erinnert an einen Bienenstock. Gefüllt mit lauter emsigen Menschen. Wobei man, wenn es dunkler wäre, sicherlich auch das von Fernsehbildschirmen ausgelöste Flackern in vielen Fenstern erkennen würde.

Papa und ich haben heute nicht Fernsehen geguckt, sondern eine lange Fahrradtour gemacht und uns dabei gar nicht mehr gefühlt wie in der Stadt. Unterwegs haben wir sogar überall Spuren von Hufeisen im Sand und in der Erde entdeckt. Nachdem wir von zu Hause aus losgefahren sind, wo Mama gerade Zofia für einen Impftermin anziehen musste, hat es bestimmt nicht länger als zwanzig Minuten gedauert und wir waren mitten im grünen Nirgendwo. Wie es sich für den Mai gehört, blüht es an allen Ecken und wir sind sogar einer Blindschleiche begegnet. Wobei ich in der Schule vielleicht rumerzählen werde, dass es eine richtige Schlange war …

Neuerdings sagt Papa jetzt ständig »Gib ihm!«. So nach dem Motto »Beeil dich. Gib ihm!«. Das hat er bestimmt bei seinen Kollegen von der Arbeit gehört und benutzt es schon den ganzen Tag, um mich auf dem Fahrrad anzuspornen. Ich wüsste nur gerne, wem ich was geben soll. Irgendwie schräg. Ich glaube, Papa weiß gar nicht, dass er zu alt für solche Formulierungen ist. Genauso wie er oft nicht weiß, dass die Worte, die er benutzt, nur innerhalb Berlins verstanden werden. Zum Beispiel Schrippe und Remmidemmi. Oder Omme. Ich wusste das auch nicht, bis mir Frau Müller vor Kurzem erklärt hat, dass das nicht »Hochdeutsch« sei und ich lernen müsse, Hochdeutsch zu sprechen. Wirke ich vielleicht deshalb so anders auf andere? Vielleicht ist es gut, dass Maja ehrlich zu mir war; und ich kann sogar schlauer werden durch sie. Wie durch Frau Müller.

Den Müllberg hinunter schieben Papa und ich unsere Fahrräder, weil ich noch etwas Angst habe, herunterzufahren. Es gibt zwar am Rand des komplett mit Gras bewachsenen Bergs einen zementierten Weg, aber ich trau mich das einfach noch nicht, und Papa sagt, das ist auch okay so. Unten angekommen steigen wir auch auf den letzten Metern zum Bauernhof nicht mehr auf den Fahrradsattel. Stattdessen schließen wir die klapprigen Teile an und ich kann es kaum erwarten, mir die Hühner, Pferde, Kühe und Schweine anzusehen. Hier stinkt es jetzt tatsächlich ein bisschen, aber darunter mischt sich auch der angenehme Duft nach frischem Heu. Den kenne ich aus den Sommerferien, wenn wir Oma besuchen.

»Vielleicht kannst du ja hier mal deinen Geburtstag feiern …«, schlägt Papa vor.

»Au ja!«, rufe ich entzückt aus. »Können wir gleich heute danach fragen?«

Wir können, und es ist sogar gar kein Problem laut der Frau mit dem riesigen aufgepufften Haargummi, der nur einen dünnen Zopf zusammenhalten muss. Sie lächelt richtig lieb und ich finde ihre Latzhose voll cool.

»Dann trage ich deinen Wunschtermin gleich mal in unseren Kalender ein. Hältst du solange meine Mistgabel?«, fragt sie mich, und ich könnte aufschreien vor Glück, vor allem weil sie dann auch noch ergänzt, dass ich in der Zwischenzeit ruhig ein wenig Stroh auf-

schütten darf. Als sie zurückkommt, bin ich fast ein wenig traurig, dass ich die Mistgabel wieder hergeben muss. Allein wie cool das Wort ist: Mistgabel. Warum nennt man eine Schippe dann eigentlich nicht konsequenterweise Mistlöffel? Oder meinetwegen auch Erdlöffel? Erdkelle?

»Wenn du Lust hast, findet heute auch ein offener Kurs statt und du kannst dein eigenes Glas gravieren«, schlägt meine neue Farmmitarbeiterin vor. Ich sehe Papa fragend an, der nickt. Der Tag wird immer besser! Ich beschließe, Mama das Glas zu schenken. Und wenn ich ihr erzähle, was heute alles los war! Nächste Woche muss sie unbedingt zum Töpfern und Brotbacken mitkommen.

Es mangelt mir auch nicht an Spielpartnern. In den fußläufig erreichbaren Hochhäusern rund um den Hof herum wohnen ja auch viele Kinder. So praktisch! Langweilig kann es hier nicht werden.

Eigentlich war der Plan, dass Papa und ich auch noch den angrenzenden Spielplatz besuchen. Es ist wirklich ein außerordentlich großer und besonderer Spielplatz, den ich sehr schätze. Alternativ wollten wir Pitpat spielen, das ist wie Minigolf auf Tischtennisplatten. Aber nach dem Tag auf der Farm bin ich so müde, dass ich kaum noch in die Pedale treten kann. Auf dem Heimweg machen wir noch einen Abstecher ins Märkische Zentrum, wo es einfach alles gibt, zum Beispiel einen Eisladen, wo Mama und ich uns am letzten Tag der Sommerferien immer ein Spaghettieis teilen. Es gibt da einen Buchladen, H&M, Ditsch, sogar Saturn für Papa. Ein letztes Mal halte ich nach Majas Kriminellen Ausschau, bislang habe ich heute ja mehr Zeit mit Tieren verbracht. Ich kann die Kriminellen immer noch nicht entdecken, aber vielleicht erkenne ich sie ja auch einfach nicht. Vielleicht hat der Typ unter seinem Cap 'ne Waffe? Vielleicht ist die Frau mit dem Rollator in Wirklichkeit ein junger Bankräuber mit 1A-Kostüm?

Ich werde von Papa abgelenkt, der attraktive Pläne für unser Abendessen schmiedet: »Wie wäre es mit McDonald's?«

Meine Augen werden ganz groß. Im Happy Meal gibt es aktuell Mini-Radios und die will ich unbedingt alle haben. Mein Papa sammelt auch gerade die Cola-Gläser, was den Vorteil hat, dass wir in letzter Zeit ganz schön oft bei Mecces essen. Ich kriege einfach nie genug von den Nuggets!

Manchmal tut Papa, glaube ich, so, als wolle er mir einen Gefallen mit einem Besuch bei McDonald's tun, aber in Wirklichkeit merke ich ihm deutlich an, dass er sich den auch selber tut. Soll mir recht sein, sind wir alle glücklich. Und ich kann vor Maja damit angeben. Die darf nämlich nie zu McDonald's …

24

Dopóty dzban wodę nosi, dopóki mu się ucho nie urwie

•

Der Krug trägt nur Wasser, solange der Henkel nicht bricht

Bald schlägt Stunde null.

Jeder erfahrene Gast polnischer Hochzeiten weiß, dass jetzt die *Oczepiny* folgen. Mehrere aufeinanderfolgende symbolische Handlungen, bei denen Ehemann und Ehefrau endgültig in den Ehestatus überführt werden. Das Ritual beginnt mit dem Abnehmen des Brautschleiers. Marta ist anzusehen, dass sie ihn nur ungern hergeben will. Ich habe auf dieser Hochzeit so viel Ablenkung von allen Seiten erfahren, dass ich gar nicht mehr an unser Gespräch von gestern gedacht habe. Kurz durchfährt mich die schuldbewusste Frage: Hätte ich es vielleicht wieder aufnehmen sollen? Oder ist es gerade gut, dass ich es nicht getan habe, um die klassischen kalten Füße der Braut nicht noch weiter zu kühlen? Bevor ich aber versuchen kann, irgendetwas Küchenpsychologisches in ihrem Gesicht zu lesen, werden schon alle unverheirateten

Frauen aufgefordert, die Tanzfläche zu betreten. Die Mutigen unter den Kindern, die teilweise auf den Schößen ihrer Eltern ein Schläfchen eingelegt haben, werden wieder wach, versammeln sich zusammen mit den Frauen um die in der Saalmitte sitzende Braut und bekommen Holzlöffel in die Hand gedrückt.

»Ich würde auch eine Schaufel oder einen Hammer nehmen«, sage ich, werde jedoch nur missbilligend angeguckt. Frau gleich Kochlöffel, ich verstehe schon. Keine Witze. Tradition bleibt Tradition. Mit den Kochlöffeln hauen wir dem Bräutigam auf die Finger, während er versucht, den Schleier aus dem Haar seiner Geliebten zu entfernen. Da wäre ein Hammer wohl wirklich etwas brutal, vor allem, wenn ich mir ansehe, wie ernst einige Frauen ihre Aufgabe nehmen. Kamils Hände sind schon ganz rot von den vielen Schlägen, das wird mehr als nur *ein* blauer Fleck.

Es folgt das klassische Brautstraußwerfen. Wir entfernen uns also von dem Brautpaar und stellen uns eng nebeneinander in einer Gruppe auf. In der ersten Reihe sieht man zu schmalen Schlitzen verzogene Augenpartien, und das Parkett qualmt von scharrenden Huf…, äh, Pumps. Lauter hübsche Polinnen, deren Partner vom Rand der Tanzfläche aus den Straußwurf beobachten. In der zweiten Reihe kommen die, die ohne Partner da sind. So wie ich all die Jahre zuvor, weil ich meinen Eltern weder den Südamerikaner noch den Vegetarier vorstellen wollte. Zum Glück, es ist schließlich nichts Ernstes daraus geworden. Noch weiter hinten stehen dann die, die einfach keinen Bock auf das anschließende Theater und die Aufmerksamkeit haben, so wie ich. Marta bringt sich in Stellung und die große Frauengruppe beginnt, mit ihren schönen Hinterteilen aufgeregt von rechts nach links zu tänzeln. Ich werfe noch einen letzten Blick zu Mahmut, der das Geschehen belustigt beobachtet, weil er genau weiß, wie ich mich gerade fühle. Das ist der Moment, in dem mich der Brautstrauß am Kopf trifft und dann zu Boden fällt.

Der Moderator legt direkt los: »Die zukünftige Braut hat nicht den Strauß gefangen, der Strauß hat *sie* gefangen!« Jubelnd entreißt er die rosaroten Blüten der Hyäne, die blitzschnell reagiert, sich an den Kindern vorbeigedrückt und auf den Boden geschmissen hat, um den Strauß triumphierend in die Luft zu halten. Sie hätte ihn ruhig haben können. Nun schiele ich in Richtung von Mama und Papa. Ihnen wird von rechts und links auf die Schultern geklopft, überwiegend aus Mitleid vermutlich, immerhin bekomme ich den Schleier der Braut jetzt für einen Türken aufgesetzt. Der sie heute sicher eher an ein Kopftuch denken lässt.

Mama und Papa gucken, als hätten sie Gallensaft geschluckt, obwohl ihnen frisch gepresster Saft versprochen wurde. Mahmut hingegen guckt … *aufgeregt.* Es lässt mich schmunzeln, dass er anfängt, nervös mit den Fingern zu spielen und unablässig den Anzug geradezuziehen. Bestimmt ärgert er sich, dass dieses Ritual zu so später Stunde vollzogen wird. Jetzt muss er verschwitzt und zerknittert vor allen Leuten tanzen.

Marta gibt mir noch einen Kuss auf die Wange, bevor ich meine Pflicht tue. Ich hole Mahmut zielstrebig von seinem Platz ab: »Lass uns das schnell hinter uns bringen.«

Er lächelt und führt mich auf die Tanzfläche: »Auf unserer Hochzeit wirst du auch tanzen müssen.«

»Ja, aber da sind dann ein paar weniger der falschen Schlangen und mehr unserer Freunde dabei.«

Wir bringen uns in Tanzposition und die Musik beginnt.

»Falsche Schlangen oder schwarze Schafe – die gibt es doch in jeder Familie«, sagt Mahmut und setzt zum ersten Schritt an. Sein Blick wird sanfter mit jedem Wort: »Wichtig sind die Menschen, die wir uns aussuchen. Sie sind unser Netz, unser doppelter Boden.«

»Was hast du im Leben vor, Houdini?«

Sein lautes Lachen. Dann dreht er mich wild und schließt mich danach fest in seine Arme. Ich stolpere fast bei den nächsten Tanzschritten.

»Bist du dir sicher, dass du keine geschicktere Assistentin brauchst?«, murmle ich und funkle ihn herausfordernd an. Mahmut versucht sein charmantestes Lächeln. »Würde ich jemals einen Lottogewinn zurückgeben?«

Ich imitiere ein Kotzgeräusch: »Schleimer!«

»Willst *du* denn einen Rückzieher machen?«, fragt Mahmut. Ich hebe eine Augenbraue: »Ich hab mir mein Ja auf deinen Antrag gut überlegt. Versprochen ist versprochen und wird nicht gebrochen.«

»Die Redewendung hast du doch von deiner Mutter, oder?«

Ich nicke und mir schnürt es kurz die Kehle zu. Meine Mama ist mein Ein und Alles, weshalb ich mir ihr Einverständnis für unsere Hochzeit auch erkämpfen werde. Aber eigentlich will ich mehr. Ich will, dass sie sieht, dass ich mit Mahmut jemand wirklich Guten gefunden und gewählt habe. Ich will, dass sie sich freut. Dass sie stolz ist auf meine Wahl.

Mahmut spricht weiter: »Deine Versprechen sind immer wohlüberlegt, niemals hohl. Und immer eine große Sache.«

Ich nicke, schaue ihm tief in die warmen, dunklen Augen: »Das Versprechen, das ich dir gegeben habe, war aber keine schwere Entscheidung für mich. Obwohl ich so verkopft sein kann wie sonst kaum jemand auf der Welt … Mit dir erscheint mir alles so klar. Und ich bin ein Fan von Klarheit.«

Die Musik endet und wir geben uns einen Kuss. Nicht für die applaudierende Menge, sondern für uns. Während der Applaus nach und nach verebbt, wandern Mahmuts Augen über mein Gesicht: »Ich will dich mit und ohne verkorkste rassistische Familie. Dann heiraten wir eben ohne sie und ihre Idiotie.«

Meine Hände lösen sich aus seinen, bevor ich bewusst darüber nachdenke. Als hätte ich mich verbrannt.

Der Moderator pfeift ins Mikrofon und macht ein paar dusselige Bemerkungen. Danach füllt sich das Parkett, aber ich fühle mich so einsam wie noch nie.

•••

Als Mahmut mir die Einladung zum Kina Gecesi, *dem Henna-Abend einer seiner Cousinen, übermittelt, freue ich mich erst und bin dann so aufgeregt wie als Jugendliche vor meiner Fahrprüfung. Leider ist es unmöglich, Mahmut Informationen über den genauen Ablauf eines solchen Abends zu entlocken. »Das ist ein Ritual nur für Frauen«, entgegnet er augenrollend und beschwichtigt mich mit einem Kuss auf die Stirn. »Das heißt, du wirst mir bald etwas voraushaben und besser erklären können, was da genau passiert.«*

Es bleibt mir nur die ausführliche Googlerecherche, die der Streberin in mir aber kaum Beruhigung verschafft. Trotzdem stehe ich wenige Tage später hier, inmitten dieser wunderschönen Frauen, die ihre Kopftücher abgenommen, ihre Hände, Arme, Gesichter mit Henna kunstvoll bemalt und die Musik aufgedreht haben. Auch meine Hände zieren filigrane Muster und ich fühle mich sehr willkommen. Es ist um einiges leichter, als ich befürchtet hatte. Nur beim Versuch, die Anzahl der anwesenden Frauen zu überblicken, scheitere ich immer wieder. Es müssen mehr als hundert sein. Die jungen Mädchen witzeln mit mir über Mahmut im Besonderen und Männer im Allgemeinen. Die älteren Frauen sitzen am Rand und beobachten uns, auch sie lachen und erinnern sich wohl an alte Zeiten. Zum ersten Mal komme ich mir nicht verloren vor inmitten von Mahmuts großer Familie. Ein gewaltiger Stein fällt von meinem Herzen.

Es gibt köstliches, gut gewürztes Essen, das den Raum mit angenehmen Gerüchen erfüllt.

Dann wird getanzt, und zwar Halay, *ein ursprünglich kurdischer Volkstanz, den mir die anderen Frauen beibringen. Wir halten uns gegenseitig an unseren kleinen Fingern und tanzen in einer Reihe. Vorgegeben werden Takt und Tanzstil von der Person, die die Reihe anführt. Sie hält ein rotes Tuch in der Hand. Die Frauen jauchzen, ich jauchze mit und komme richtig ins Schwitzen. Wir wiederholen die Schritte, werden schneller und wieder langsamer. Eine der Frauen singt mit wahnsinnig klarer Stimme zu der Instrumentalmusik, die aus den Lautsprechern dringt. Ich merke, dass meine Wangen rot werden von der Anstrengung und der Wärme um mich herum.*

Es wird Zeit für eine Abkühlung. Auf der Toilette spritze ich mir Wasser ins Gesicht und genieße den kurzen Moment der Stille, als plötzlich die Tür hinter mir aufgeht. In einem ausladenden Kleid springt Anylia in den Raum. Sie ist fast fünf Jahre alt und ihre heutige Mission ist es, jedem auf die Nase zu binden, dass sie Turnierreiterin werden will. Ihre große Schwester hat mir erzählt, dass »Turnierreiterin« ein neues Wort für Anylia sei und sie es deshalb die ganze Zeit wiederhole, obwohl sie den Sinn noch gar nicht rich-

tig verstanden habe. Sie denkt, sie könnte dann auch auf einem Panda reiten.

Jetzt gerade schaut die zarte Anylia allerdings schweigend und mit aufgerissenen Knopfaugen einfach nur zu mir empor. Sie steht direkt neben mir und muss deshalb den Kopf in den Nacken legen. Ihre Augen werden schmaler, dann geht der Mund langsam auf. Die Worte purzeln unerwartet schnell heraus: »Bist du Mahmuts polnischer Fehlgriff?«

Ich kann sie nur anstarren. Mein Kiefer klappt auf und zu, aber ich weiß nicht, was ich sagen soll. Die Kleine schaut mich ungeduldig an. Kommt da noch was?, *will ihr Blick mir sagen.* Nein, da kommt nichts mehr, *denke ich. Das merkt Anylia auch und verlässt die Toilette so unerwartet schnell, wie sie gekommen ist.*

Polnischer Fehlgriff.

Willkommen habe ich mich heute Abend gefühlt und mir dabei wohl selbst in die Tasche gelogen. Ich weiß nicht, von wem Anylia diese Worte aufgeschnappt hat. Eine Cousine von Mahmut kann mich so vor ihr genannt haben oder eine Freundin, eine Nachbarin. Seine Mutter, die am Rand des Raumes mit den anderen verheirateten Frauen sitzt. Egal. Irgendjemand da drin ist der Ansicht, ich sei ein »Fehlgriff«, und dieser Jemand ist mit seiner Meinung bestimmt nicht allein.

25

Kto pyta prawdy szuka
•
Wer fragt, sucht die Wahrheit

»Die Idiotie meiner Familie ist ein spannendes Thema, lass uns mehr darüber reden!« Ich bin aus dem Saal gestürmt. Mein Kopf braucht frische Luft, mein Körper Abstand zu Mahmut. Der Sand auf dem Parkplatz staubt in riesigen Wolken unter meinen Füßen, während ich mich energischen Schrittes immer weiter vom Festsaal entferne.

Mahmut ist mir hinterhergerannt, hat aber Schwierigkeiten, Schritt zu halten. Meine Lippen beben, die Finger zittern. Kalter Schweiß benetzt meinen Rücken.

»Kinga, was ist denn plötzlich los? Du bist doch selbst von ihnen genervt!«

Ich kann nur den Kopf schütteln, während Mahmut unbeirrt fortfährt: »Sie benehmen sich sowohl dir als auch mir gegenüber wie Kindergartenkinder. Meine Familie hat dich …«

»*Was* hat deine Familie?« Ich fahre blitzartig herum und fixiere ihn. Meine Augen haben sich schnell an die Dunkelheit gewöhnt und bemerken jede Regung, jedes Zucken in seinem Gesicht.

»Meine Familie hat dich akzeptiert und gut behandelt, obwohl auch alle in traditionellen Strukturen groß geworden sind.« Mahmut sieht aus, als würde er wirklich glauben, was er da sagt.

»Deine Familie hat mich vielleicht als ansatzweise vorzeigbare Übergangslösung akzeptiert. Aber ich bin mir sicher, sie haben für dich schon eine geeignetere Wahl getroffen, und die zaubern sie bald aus dem Hut!«, höre ich mich selbst schreien.

»Jetzt wirst *du* rassistisch!«

»Ach ja? Lustig. Dir ist also nicht aufgefallen, dass deine Eltern mich ständig übergehen?«

Ich habe ja selbst ewig versucht, das auszublenden, um mir einbilden zu können, es liefe alles super. Bloß keine schmerzvollen, energieraubenden Gedanken zulassen.

»Ich bin in ihren Augen, zugegeben, nur ein kleines Übel. Immerhin nicht Deutsch und nicht wie 'ne Nutte gekleidet, könnte also schlimmer sein. Ich wirke brav. Aber *perfekt* ist anders. Ich bin nicht ausreichend für ihren großartigen Sohn.«

Mahmuts Stirn legt sich in Falten. Er kommt mir vor wie ein verwöhnter kleiner Junge, der nicht begreifen will, dass er sein Wunschgeschenk in diesem Jahr nicht bekommen wird.

»Du guckst zum Entlieben dämlich, Mahmut. Bist du wirklich so naiv oder willst du es nur sein, um dich nicht damit auseinandersetzen zu müssen? Deine Eltern akzeptieren mich genauso wenig wie meine Eltern dich. Nur versuchen meine Eltern nicht, diese Tatsache zu verstecken«, keife ich weiter. Auch wenn ich diese Gedanken bislang nie laut formuliert habe, fühlen sich die Worte auf meiner Zunge nicht neu an. Kein Wunder, denn sie warten schon eine ganze Weile in meinem Kopf auf ihren Auftritt.

Mahmut atmet tief durch: »Können wir nicht einfach wieder reingehen und das Ganze hier vergessen?«

»Was für eine schwachsinnige Idee. Such dir eine neue Schauspielgruppe!« Damit drehe ich mich um, wobei ich meine Absätze förmlich in den Boden hacke. Der Schotterboden bringt mich ins Straucheln.

Mahmut kommt mir so oft so perfekt vor, dass ich mich frage, wie ich dem gerecht werden kann. In diesem Moment erinnert er mich ausgerechnet an meinen selbstgerechten Vater. Manche Menschen sind sehr gut darin, perfekt zu erscheinen, und legen auch viel Wert auf das Bild, das sie abgeben wollen.

»Mach doch jetzt kein Drama!«, ruft er mir noch hinterher und ich bin kurz davor, meinen Schuh nach ihm zu werfen. Das Fass ist übergelaufen. *Mach doch jetzt kein Drama*. Drama. Hat er nicht echt gesagt?! Ich schnaube wie ein Büffel. Enttäuschung macht sich in meiner Brust breit und eine Erkenntnis in meinem Kopf: Ich will jemanden heiraten, den ich nicht wirklich kenne. Vielleicht nie richtig kennen werde. Die aufkommenden Tränen schlucke ich hinunter. Kinn hoch. Wenn schon Büffel, dann wenigstens stolzer Büffel.

Ich weiß nicht, wohin ich laufe, Hauptsache, ich gewinne Abstand. Mahmut ist wie angewurzelt stehen geblieben, was mich zusätzlich wütend macht. Aber es hätte mich auch wütend gemacht, wenn er mir weiter hinterhergelaufen wäre.

Alles an ihm macht mich gerade wütend. Und traurig. Ich sehe aus dem Augenwinkel, wie Mahmut gegen eine Mülltonne tritt. Es scheppert. Auch ich habe das Bedürfnis, etwas kaputtzuhauen. Ich denke eher an seine Eier.

•••

Die Vase zersplittert vor meinen Füßen in tausend Einzelteile. Ich kneife die Augen reflexartig zusammen, um mir keine Splitter einzufangen.

»Das tut mir leid! Ich wollte das nicht …« Die Worte purzeln aus meinem Mund, aber ich traue mich nicht, Mahmuts Mutter in die Augen zu sehen. Ich verfluche ihn dafür, dass er wieder mal nicht in greifbarer Nähe ist, wenn ich seine Unterstützung gebrauchen kann. Mahmuts Mutter schnalzt mit der Zunge und seufzt abfällig.

»Das waren klar …« Ihre Stimme klingt ungewohnt in meinen Ohren, weil ich sie so selten Deutsch sprechen höre. Eigentlich komisch, dass man die Stimmlage verändert, wenn man eine andere Sprache spricht. Ich spüre, wie sie mich mit strengem Blick fixiert. »Los, wegmachen!«, zetert sie dann, als ich mich nicht von allein rühre.

Ich löse mich aus meiner Erstarrung und folge ihrem Kommando wie ein braves Schulmädchen, während sie weiterspricht: »Ich könnte mich aufregen, aber du nicht wert. Bald merkt auch Mahmut, dass du nich' passt in unser Familie …«

Mein Herz sackt mir bei ihrem gehässigen Kommentar in die Hose. So viel hat sie noch nie mit mir gesprochen. Als Mahmuts Mutter geschwiegen hat, war es leichter, mir einzubilden, sie würde mich auf irgendeine verschrobene Art und Weise doch mögen und wäre einfach nur extrem zurückhaltend.

Zu allem Überfluss treten jetzt auch noch zwei von Mahmuts Tanten in den Raum. Ihr Lachen erinnert mich an Hyänen. Ich würde gern etwas sagen, das Rückgrat beweist. In diesem Moment bin ich mir leider nur nicht sicher, ob ich eines habe. Ich werfe einen verstohlenen Blick auf die Uhr. Wie oft habe ich auf Mahmuts Familientreffen schon die Stunden gezählt, bis wir endlich wieder gehen können? Bis sieben Uhr abends werden wir sicher noch bleiben, eher länger. Jetzt ist es drei Uhr.

•••

Ab drei Uhr in der Nacht zeigt sich bei vielen Gästen die alkoholisierte Version ihres Charakters. Ich bringe gerade noch so die Energie auf, das stillschweigend von der Tür aus zu beobachten. Tante Renate zum Beispiel fällt in einen hundertjährigen Schlaf. Und ich spreche leider nicht von Fliegengewicht-Tante-Renate aus unserer Familie, sondern der 130 Kilogramm schweren Tante Renate von Kamils Seite. Das kann einen als Enkel, der sie nach Hause verfrachten soll, vor eine schier unüberwindbare Herausforderung stellen. Patryk sieht aus, als würde er ernsthaft überlegen, eine Schubkarre zu besorgen. Oder einen Kran.

Sehr viele Menschen werden anhänglich, wenn sie trinken, und ich muss gestehen, dass ich mich zu dieser Gruppe zählen muss. Heute nicht. Die frische Luft und … *das Gespräch* zwischen Mahmut und mir haben mich wacher gemacht als ein Eimer Eiswasser. Immerhin gehöre ich nicht zu denen, die nach drei bis vier Bier gemein oder sogar aggressiv werden. Auch Marta und ihre Freundinnen scheinen alle aus dem gleichen ungefährlichen Suffholz geschnitzt zu sein. Sie werden albern, noch alberner als ohnehin. Sie kokettieren jetzt offensichtlich mit ihren zur Genüge vorhandenen Reizen und finden dabei alles lustig, was sie sehen, machen oder hören. In der Masse potenziert sich diese Albernheit zu einer einzigen Peinlichkeit. Zumindest aus nüchterner Perspektive. Ich bemerke, dass ein paar der Mädels sich absichtlich in Mahmuts Sichtfeld positionieren. Er sitzt mittlerweile wieder auf seinem Platz. Ich durchquere langsam den Saal und lasse mich neben ihm auf einen Stuhl fallen. Sein Blick ruht auf mir, doch ich gebe ihm mit einem kurzen Kopfschütteln zu verstehen, dass er sich zumindest emotional von mir fernhalten soll. Mahmut schaut auf seinen Teller. Ich kann nicht fassen, dass er meine Familie »Idioten« nennt und die Macken seiner eigenen nicht sehen will.

Mein Blick wandert in Mamas Richtung. Sie gehört zu den Menschen, bei denen man nicht merkt, dass sie überhaupt etwas getrunken haben, selbst wenn sie gut dabei sind. Trotzdem bin ich mir sicher, dass sie heute nüchtern geblieben ist. Sie will auf Papa aufpassen, mit allen Sinnen. Als wir begriffen hatten, dass Papa unter Alkoholsucht leidet, ist sie immer mehr zur Anti-Alkoholikerin geworden, ähnlich wie auch meine Schwester. Allein schon, damit kein Alkohol im Haus ist. Bei Familienfeiern oder bei Treffen mit Freunden dann eher aus Solidarität ihm gegenüber. Meine Schwester kommt als junge Frau in den Zwanzigern recht häufig in Situationen, in denen es nervt, Alkohol abzulehnen. Lästige Fragen kommen *immer* auf, meistens aus den Reihen derer, die am Montag dann damit prahlen, wie hart sie es sich gegeben hätten, als wäre das eine erstrebenswerte Leistung. Es gilt für einige Menschen auch heute noch als ungesellig, nichts zu trinken:

»Komm schon, wenigstens ein Weinchen! Sei kein Spielverderber! Was macht das schon?«

Zofia schüttet darum ihre Drinks auf Partys heimlich weg, gießt die Blumen damit oder macht sich ihre Mischen selbst und lässt unbemerkt den Alkohol weg. Nur die ständigen lauten Witze, die sie ausgerechnet übers Trinken macht, nerven mich manchmal. Sie hat immer eine Suffstory und einen erfundenen Absturz parat. Damit versucht Zofia, angepasst und unauffällig zu wirken.

Angepasst und unauffällig. Das konnte meine Familie schon immer gut. Ich werfe einen flüchtigen Seitenblick zu Mahmut, obwohl ich ihn ignorieren will. Seine Eltern haben ihn nie dazu angehalten, seine Herkunft zu verstecken. Im Gegenteil. Dafür haben sie ihn auch nie dazu angeregt, sich ernsthaft integrieren zu wollen. Das hat er selbst gewollt. Sofort schnürt sich mir die Kehle zu. Nicht an ihn zu denken ist schwer, wenn sich unsere Ellenbogen ständig berühren. Ich trinke ein ganzes Glas Wasser auf ex.

»Es wird Zeit für uns zu gehen«, flüstere ich gerade so laut, dass Mahmut es hören kann. Ich hätte vor ihm gern weiter so getan, als könne ich meine Gefühlslage von ihm unabhängig machen, ganz bei mir sein und weiterfeiern. Aber das ist heute nicht drin. Dafür ist keine Energie mehr da.

Mama und Papa sind vor einer halben Stunde abgehauen: Mama mit emotionalem und Papa mit alkoholischem Rausch. *Ba da dumz.* Versuche, nicht an Papas trunkenen Zustand zu denken.

Mahmut und ich verabschieden uns vom Brautpaar und bedanken uns für die schöne Feier. Es wundert mich, dass sie immer noch hier sind, anstatt ihre Hochzeitsnacht zu zweit zu genießen. Obwohl die Hochzeitsnacht vielleicht auch nur ein Mythos ist. Wer hat nach so einem Tag noch Energie für Sex?

Gemeinsam treten Mahmut und ich an die frische Luft und atmen tief durch. Gemeinsam einsam. Das Auto lassen wir stehen und rufen ein Taxi. Im Festsaal lagen Visitenkarten eines Unternehmens aus, das sämtliche Taxifahrten im Dorf übernimmt. Das steht für heute Nacht in den Startlöchern.

Teil eins der Hochzeit haben wir überlebt. Wenn auch mit Kratzern und Beulen.

26

Kefenin cebi yoktur
•
Das Leichentuch hat keine Tasche

Ich schaue nervös auf mein Handydisplay. 1:58 Uhr. Eigentlich wollte ich um ein Uhr die Party verlassen und habe deshalb auch Papa zu dieser Uhrzeit herbestellt. Jetzt wartet er mitten in der Nacht seit fast einer Stunde allein im Auto und nur mit einem Sudoku beschäftigt.

»Masha, kommst du jetzt mit oder nicht?«, frage ich eine meiner Mädels, die den privaten Fahrservice auch nutzen wollte. Großzügig biete ich den nämlich immer allen Freunden an. Vor allem, wenn ich betrunken bin.

Gern würde ich den Zeitverzug auf die Freunde schieben, die nicht zu Potte kommen, aber ehrlicherweise habe ich erst vor zehn Minuten damit angefangen, sie einzusammeln. Am Ende sind es mal wieder mehr Leute, als ins Auto passen, und wir müssen uns im Fußraum und auf den Schößen drängeln.

Papa nickt freundlich und schaut kein bisschen genervt. Manchmal habe ich das Gefühl, er will was nachholen. Bei meinen ersten Partys mit 15 war er gerade in der Klinik auf Entzug. Jetzt, wo ich 18 bin und gerade Abi mache, steht er als einziges Elternteil immer noch vor der Diskothekentür. Er dreht seine Schiebermütze zurecht und startet den Motor, während auf dem Rücksitz die Party weitergeht. Ich setze mich auf den Beifahrersitz und bin bemüht, stocknüchtern zu wirken. Mein Papa würde mir zwar keine Vorwürfe machen, wenn ich trinke, aber ich bin gern die brave Tochter. Und den Duft von Alkohol will ich ihm auch nicht direkt ins Gesicht …

»Lasse steht ja mal so hart auf dich!«, grölt Masha zu mir nach vorn und reißt mich aus meinen Gedanken. »Der hätte dich am liebsten mit nach Hause genommen. Nimm dich am Montag in der Schule in Acht!«

Die anderen lachen, tuscheln und tauschen dann all den Tratsch aus, den sie heute Nacht noch so mitbekommen haben. Ich spüre Papas neugierige Blicke auf mir und mithilfe des Rückspiegels auf meine Freunde. Wetten, er besteht aus purer Neugierde darauf, mich immer abzuholen? Selbst wenn er am Ende Kotze aus dem Auto wischen muss. Der Informationsfluss aus meinem Leben in seins ist eben selten so direkt und ununterbrochen.

Sechs Leute bringen wir heute nach Hause und Papa besteht tatsächlich darauf, jeden direkt vor der Tür abzusetzen. Mein schlechtes Gewissen wächst weiter, aber auch der Stolz. Ich hab mir das immer gewünscht. Dass er da ist, dass er sich kümmert.

Macht der Alkohol mich gerade so sentimental?

»Danke, Papa. Echt! Nächstes Mal komme ich aber mit der Bahn nach Hause«, sage ich zu ihm, als wir allein im Auto sind. Natürlich kenne ich Papas Antwort, was es mir, zugegeben, auch leichter macht, das zu sagen: »Kommst du nicht. Ich mache das gern.«

Ich muss lächeln. So gut fühlen wir uns selten miteinander. Wir haben viele schwierige Momente, viel Streit, und das auch jetzt noch, nach seiner Therapie. Die Erinnerungen bleiben und damit auch die Wut. Aber unsere gemeinsamen Autofahrten sind davon einfach losgelöst. Vor allem die Autofahrten bei Nacht haben einen ganz besonderen Charme. Diese magische Dreißig-Minuten-Heimfahrt. Als wären wir in einer anderen Sphäre unterwegs, in der die ganze Scheiße nie passiert ist. Als hätte Papa nie den Alkohol mehr geliebt als uns. Ich rede auf diesen Fahrten so offen mit ihm wie sonst nie und wir lachen auch mal wieder miteinander. Dann steigen wir aus und die Blase platzt. Am nächsten Morgen werde ich ein großes Frühstück machen, mich noch mal bedanken und dann geht der Alltag wieder los.

•••

Auf den Tag der Hochzeit folgt in Polen die *Poprawiny*. Die wird als »Resteessen« im gleichen Lokal verkauft, nur dass bei Weitem nicht nur Reste aufgetischt werden. Eine Art »Nachbesserungsfeier«, bei der es insgesamt zwar etwas weniger Spiel und Tanz gibt, aber alles andere stark dem Vortag ähnelt. Die Braut trägt kein weißes Kleid, aber schick macht sie sich natürlich trotzdem. Und jeder andere darum auch.

Für Mahmut und mich steht vorher aber noch auf dem Tagesplan: Besuche verstorbener Verwandter und Freunde auf den Friedhöfen von Oppeln. Mama hat mir gestern Nacht noch eine SMS geschickt, um mich daran zu erinnern, dass wir zur gemeinsamen Grabpflege verabredet sind. Das zeigt, wie wichtig ihr diese Besuche sind, denn eine SMS zu verschicken kostet sie viel Mühe. Es zeigt auch, wie gut Mama mich kennt, denn ich hatte unsere Verabredung bereits vergessen. Nicht, dass ich das vor ihr zugeben würde.

Um 7:30 Uhr sitzen Mahmut und ich im Bus, der so klein ist, dass er diese Bezeichnung kaum verdient. Wie zwei Schulkinder am ersten Tag nach den Sommerferien, mit Augenringen bis zum Kinn. Immerhin fährt der Bus um diese frühe Zeit schon. Wir steigen in der Nähe des Restaurants aus, um unser Auto abzuholen. Ich habe schreckliche Kopfschmerzen, wir haben nicht mal drei Stunden geschlafen.

»Kinga …« Mahmuts Stimme klingt rau, als er sich mir plötzlich zuwendet. Wir haben den ganzen Morgen noch kein Wort miteinander gewechselt. Sitzen im Bus zwar nebeneinander, aber mit einer spürbaren Distanz, als wären wir Fremde. Ich wende meinen Kopf zum Fenster hin ab, um seinem besorgten Blick zu entgehen und ihm gleichzeitig zu signalisieren, dass kein Redebedarf besteht.

»Nein«, erwidere ich nur. Fest und bestimmt. Nicht heute, nicht jetzt.

Ich brauche erst mal Kaffee. Und ein neues Leben.

Der Sand des Parkplatzes staubt unser Auto komplett ein, als wir mit dem Läuten der Kirchenglocken (wann auch sonst?) vor dem Friedhof halten. Mama und Papa warten bereits auf uns, und das mit strengem Gesichtsausdruck (wie auch sonst?). Beim Anblick ihrer bewusst dunkel gewählten Kleidung werfe ich einen Blick auf meine weißen Sneakers und das *The Flash*-Shirt. Mahmut trägt einen schwarzen Pullover und dunkelblaue Jeans. Oller Streber.

»Da seid ihr ja endlich.«

»Hallo, Mama. Schön, dich zu sehen.«

Meine Eltern warten Mahmuts Begrüßung gar nicht erst ab und hören auch mir nicht wirklich zu, stattdessen drehen sie uns ihre Rücken zu und gehen schnellen Schrittes zum

Friedhofstor. Wir haben ein straffes Pensum. Das ist erst Friedhof Nummer eins von vier für diesen Tag und um drei Uhr nachmittags müssen wir schon auf der Nachfeier sein. Die Themenkombination »Papa« und »Alkohol« vermeiden wir geübt. Mal wieder nicht der richtige Zeitpunkt, aber wann ist der schon?

»Wen besuchen wir denn hier?«, frage ich schon halb außer Puste, denn ich habe Mühe, mit Mama Schritt zu halten. Einer spontanen Eingebung folgend, scheint sie sich Forrest Gump zum Vorbild genommen zu haben. Das kann ein Sportprogramm ersetzen. Leider verstärkt jeder schnelle Schritt das Pochen in meinem Kopf.

»Rede leiser, Kind. Hier liegen Nachbarin Uta und Verona, Großonkel Marcin und Großcousine Arianna. Tante hat uns noch Grablicht für Freundin gegeben.«

Ich sehe, wie Mahmut die Augenbrauen überrascht nach oben zieht. Vielleicht, weil Mama tatsächlich Deutsch mit uns spricht, aber vermutlich vor allem in Anbetracht all der genannten Namen – und das nur auf Friedhof Nummer eins für diesen Tag. An einem anderen Tag hätte mich Mahmuts Reaktion vermutlich zum Schmunzeln gebracht.

Während wir über den Friedhof laufen, werden wir alle ganz still. Plötzlich hängt jeder von uns den eigenen Gedanken nach. Ich habe großen Respekt vor diesem Ort. Es gibt Grabsteine von 1800, die schwer und schief halb in der Erde versinken. Aber egal wie alt, jedes Grab ist ordentlich gepflegt. Als Kind habe ich mir immer vorgestellt, als Vampir zwischen den Grabmälern zu tanzen. Die Erinnerungen, die ich mit der Zeit auf Friedhöfen gesammelt habe, lassen kindliche Vorstellungen wie diese jedoch verblassen und sich falsch anfühlen.

Friedhöfe sind doch im Grunde viel mehr Orte der Lebenden als der Toten. Sie dienen unserer Trauerbewältigung. Wir nutzen unsere Zeit, um Menschen nah zu sein, denen keine Zeit mehr geblieben ist. Es *sollte* getanzt werden. Tanzen schließt trauern nicht aus.

Ein Meer aus Blumen reißt mich aus meinem Gedanken. Wir sind bei den Kindergräbern angekommen. Hier hängen bunte Windlichter an den dünnen Zweigen der Bäume rundherum. Kein Grab erscheint trist und verlassen. In Mahmuts Gesicht zeichnet sich Bewunderung ab. Er wirkt plötzlich ganz ehrfürchtig. »Jedes einzelne Grab ist so liebevoll und persönlich geschmückt …«, flüstert er, doch gerät dann ins Stocken und bricht ab. Ein hastiger Blick in meine Richtung. Vielleicht hat er Angst, dass ich wieder ein neues *Drama* beginne. Seit gestern ist einfach alles anders zwischen uns. Mahmut und ich schweigen wieder. Der Gedankenaustausch zwischen uns fühlt sich nicht mehr wie eine Selbstverständlichkeit an.

Ich bin froh, als Mama mir die Gießkanne in die Hand drückt und ich etwas zu tun habe, um mich wenigstens von einer Baustelle meines Lebens abzulenken. Mama und ich beginnen wie gewohnt, nach und nach die Gräber zu säubern, zu bewässern und mit neuen Lichtern und Blumen auszustatten. Wir beten gemeinsam und machen uns dann ans nächste Grab. Ich glaube zwar nicht daran, dass uns jemand zuhört, aber ganz sicher sein kann man sich da nie. Und weil ich weiß, dass die Menschen, die hier vergraben liegen, sich gewünscht hätten, dass wir wenigstens versuchen, für sie zu beten, tue ich das zur Sicherheit. Muss ja niemand wissen.

»Ihr seid wie emsige Bienen.« Mahmut erhebt erneut vorsichtig seine Stimme. Sein Blick ruht auf mir. Wie ein

Frühschwimmer, der sich zum ersten Mal in tiefes Gewässer begibt. Erst mal mit den Zehen vortasten: »Ihr beiden seid richtig eingespielt.«

Will Mahmut sich einschleimen? Ich könnte kotzen, dass er vor meiner Mutter so tut, als wäre nichts. Als würde er sie nicht für zurückgeblieben halten. Auf der einen Seite will ich zwar, dass Mama nichts von der dicken Luft zwischen uns bemerkt, auf der anderen Seite nervt mich seine Schauspielerei, die ich noch gestern nicht als solche erkannt habe. Mahmut weiß ganz genau, dass ich ihn vor Mama und Papa nicht komplett ignorieren kann. Vor meinen Eltern will ich mich unauffällig verhalten, um keine lästigen Fragen zu provozieren. Mahmut weiß auch, dass ich mich niemals auf dem Friedhof streiten würde.

Plötzlich greift er nach einer Schippe und versucht, Mama und mir zur Hand zu gehen. Dabei kommt er kaum hinterher, denn Mama und ich arbeiten wie gewohnt als Team. Das liegt vor allem daran, dass Mama mich und Zofia schon seit ich denken kann mit zur Grabpflege genommen hat, und das auch in Berlin. Ich wünsche mir, dass Papa und Mahmut einfach nicht da sind und ich mit Mama allein bin. Vielleicht hätte ich ihr dann sogar von meinen Sorgen erzählt.

Ich suche Mamas Blick und sehe, dass die anfängliche Härte darin verschwunden ist. Sie lächelt mir zu, wenn auch mit Melancholie im Blick. Als könnte sie meine Gedanken hören. Kurz fasst Mama mich an den Schultern an und streicht mir eine Haarsträhne aus dem Gesicht.

Gut, dass wir uns haben.

•••

»Manchmal wünschte ich, ich wäre ein Junge, dann hättest du nicht den Anspruch an mich, so zu sein wie du!« Ich schreie Mama so laut an, als wären wir auf einem Heavy-Metal-Konzert. Zwischen uns ist ein ordentlicher Streit entbrannt, weil … Na ja, eigentlich ging es nur darum, wie ich mein Bett mache. Ist irgendwie eskaliert. Ich hab aber auch einfach die Schnauze voll davon, bevormundet zu werden. Ich bin sechzehn und nicht sechs.

»Mein Zimmer ist mein Bereich. Der einzige Ort in dieser verfickten Wohnung, an dem ich mal meine Ruhe habe.«

»Wic redest du mit mir, Kinga?«

»Wie du es verdienst!«

»Werd nicht respektlos.«

»Aber du?! Du darfst machen, was du willst. Erpress mich doch damit, dass ihr hier die Miete zahlt und ich meine Füße unter euren …«

»Du weißt, dass ich dir das niemals vorhalten würde.«

Von außen betrachtet muss sich unser Streit ziemlich schräg anhören. Mama spricht Polnisch, ich kreische auf Deutsch. Mama rollt mit den Augen, ich kreische noch lauter. »Jetzt tu doch nicht so! Du sagst es nicht direkt, aber du gibst mir ständig das Gefühl, euch etwas zu schulden. Nichts mache ich richtig, für nichts bin ich gut genug. Du bist so eine falsche Schlange …«

Jetzt schaut Mama überrascht. Wir streiten uns oft, aber beleidigend werde ich selten. Ich weiß, dass das so ein Streit ist, bei dem ich mich danach verkrieche und ganz sicher bin, dass ich es verbockt habe. Aber auch, wenn es so ist, werde ich zu stolz sein, es zuzugeben. Ich könnte jetzt auch einfach die Klappe halten, anstatt es noch schlimmer zu machen. Könnte.

»Mama, du kotzt mich an, echt!«

»Kinga, so langsam reicht es. Wir reden weiter, wenn du dich beruhigt hast.«

»Da! Schon wieder! Du bestimmst, und ich soll kuschen. Würde dir gefallen, oder? Nicht heute! Nicht mit mir!« Ich hebe mein Kinn und rausche aus der Küche in den Eingangsbereich unserer Wohnung. Mama kommt mir langsam nach, während ich schon dabei bin, mir die Schuhe zuzubinden. Sie schaut mich kopfschüttelnd an, was mich noch wütender macht.

»Blöde Kuh …«, brabble ich in meinen nicht vorhandenen Bart und komme mir eigentlich ziemlich dämlich und kindisch dabei vor. Aber irgendwie bin ich auch schon zu weit rausgerudert, um einfach zurückzukommen. Ich schnappe mir meine Jacke.

»Wo willst du hin?«, fragt Mama. Ich gebe mir große Mühe, die Sorge in ihrer Stimme zu überhören. Meine Wut ist voll aufgedreht und will liebevolle Gefühle nicht zulassen. Ich stoße meine Arme durch die Ärmel, als wollte ich eigentlich einen Boxsack treffen. Aber wohin will ich eigentlich? Vermutlich werde ich jetzt wie eine planlose Uschi von einem Block zum anderen ziehen oder ins Einkaufszentrum schlendern, ein paar Stunden totschlagen und wieder zurückkommen, wenn genügend Zeit verstrichen ist. Dann werde ich so tun, als wäre nichts passiert, und hoffen, dass Mama einfach mitspielt. Meistens klappt das.

»Wo willst du hin?«, fragt sie jetzt noch mal besorgter, als ich schon fast im Türrahmen stehe.

Für einen kurzen Moment denke ich darüber nach, mich bis morgen in mein Zimmer zu verkrümeln und dann einfach alles beim Alten zu belassen. Dann wäre für den nächsten Streit genügend unausgesprochene Wut übrig, die man neu aufkochen kann. Um der Ruhe willen würde Mama das bestimmt hinnehmen. Sie hasst Konflikte, vor allem, wenn die Nachbarn sie mitbekommen. Immer schön den einfachen Weg nehmen, das liebt Mama.

Und Mama liebt auch mich, wird mir wieder einmal bewusst, als ich aus dem Augenwinkel sehe, wie sie zaghaft Schritte auf mich zumacht. In den Minuten, in denen ich frei vom Gefühlschaos bin, weiß ich es sehr an Mama zu schätzen, dass sie mir meine Zickereien nicht vorhält. Aber jetzt gerade will ich das nicht als Zickerei sehen. Ich hab ja schließlich auch Recht. Irgendwo. Wenn ich jetzt aber ehrlich zu mir bin, müsste ich mir wohl selbst eine kleben. Es ist leichter, Mama zu beleidigen als mich selbst.

»Versauer hier doch allein mit deiner Spaßlosigkeit, du Drache!«, schreie ich und bin schon dabei, die Tür zuzuziehen, da höre ich noch ein leises: »Ich liebe dich, Kinga.«

Die Tür knallt ins Schloss. Ich stürme in den Flur und haue gegen den Fahrstuhlknopf, aber der Fahrstuhl braucht so lange, dass ich einfach die Treppe aus dem elften Stock bis ins Erdgeschoss nehme. Ich bin so wahnsinnig wütend! Mama muss natürlich mal wieder die Heilige Maria spielen und eine rührende Liebeserklärung ins Spiel bringen. Was hat das Wort »Liebe« in einem Streit überhaupt verloren? Meine lauten Schritte hallen durch das ganze Treppenhaus, das in seinen verschliffenen Grautönen und mit all dem Beton an mir vorbeizieht. Ein Wunder, dass ich nicht stolpere und mir beide Beine breche, so, wie ich die Stufen hinunterrase.

Mama wollte mal wieder das Richtige tun und die Vernünftige sein, die sich nicht im Schlechten trennt. Nur um mir dann das Gefühl geben zu können, die Dumme und Unvernünftige zu sein, während sie ja sooo ein Engel *ist. Ich schnaube erneut vor Wut und drücke erleichtert die Tür im Erdgeschoss auf, die mich ins Freie bringt. Ich laufe an dem Schild vorbei, das uns Kinder daran erinnern soll, nicht in der Nähe der Parkplätze Ball zu spielen, und bleibe am Fahrradständer stehen. Zum Glück ist der Schlüssel für mein altes Klapperteil in meiner Jackentasche. Ich springe auf und presche los. So schnell wie möglich, so weit weg wie möglich. Denke ich genau zwei Minuten lang, doch komme dann aus der Puste und drehe erst mal eine Runde um den Block. Komplette Planlosigkeit ist selbst im aufgeregten Zustand nicht meine Art. Je länger ich in die Pedale trete, umso mehr klingt meine Wut ab, und plötzlich muss ich daran denken, dass ich nicht mal einen Blick in Mamas Gesicht geworfen habe. Traurigkeit und Enttäuschung habe ich erwartet, mich aber nicht getraut, ihr in die Augen zu sehen. Ich schlucke und schlage mit der flachen Hand auf den Lenker.*

Ausgerechnet in diesem Moment läuft Emma mit Badmintonschlägern an mir vorbei und winkt, als würde sie mich zum Spielen anhalten wollen. Doch ich schenke ihr keine Beachtung. Ich muss nur daran denken, dass sie heute zu einer Mutter nach Hause geht, die weder die Toilette putzt noch ihre eigenen Zähne. Und deren Tagesinhalt aus Gerichtssendungen und dem Sprießenlassen ihres Damenbarts besteht.

Noch bevor mir meine Entscheidung richtig bewusst geworden ist, schließe ich mein Fahrrad wieder an. Hoch in den Elften nehme ich aber den Fahrstuhl, nicht die Treppen. Die zwei Minuten Wartezeit sind mir dann doch egal.

Ich schließe unsere Wohnungstür nach kurzem Zögern auf, da erscheint Mama schon im Flur und sieht mir direkt in die Augen. Da ist echt ein kleines Lächeln auf ihren Lippen. Kein »Ich wusste es doch«-Lächeln, sondern ein ehrliches, voller Erleichterung. Noch in Jacke und Schuhen werfe ich mich in ihre Arme: »Ich bin sauer, Mama. Und ich bin umso mehr sauer, weil du schon wieder alles richtig machst und ich alles falsch. Aber ich lieb dich auch, okay?«

Mama macht es mir leicht und nickt einfach nur in unsere Um-

armung hinein. Heute machen wir uns heiße Schokolade mit Sahne und schauen zusammen Gilmore Girls *im Bett meiner Eltern. Papa muss in meinem Bett schlafen.*

•••

Ich hoffe, dass meine müde Traurigkeit auf Martas Gäste wie ein Kater wirkt. Scheinheilig besorgte Nachfragen kann ich gerade nicht vertragen. Meine Antworten würden ohnehin nur als Tratschmaterial ausgenutzt werden. Deshalb habe ich zur Abwechslung mal Make-up aufgetragen.

Manch einer hat es da schwerer, die Spuren des gestrigen Abends zu verstecken. Eine von Martas Freundinnen trägt ein Tuch à la Grace Kelly. Sie hat es um ihre Schultern geschlungen, sodass es die untere Hälfte ihres Gesichts verbirgt und eine große, dunkle Sonnenbrille die obere Gesichtshälfte übernehmen kann.

Auch wenn für die *Poprawiny* heute dezentere Outfits gewählt wurden, erfüllen alle das Klischee der aufgestylten, sehr gepflegten polnischen Frauen. Mama sagt immer, es wäre ein Zeichen des Respekts gegenüber dem Brautpaar, ich erkenne vor allem Zeichen der bevorstehenden Paarungszeit.

Böse Zungen könnten behaupten, das ein oder andere Kleid säße zu eng. So auch die Hose von Antonina, die gestern so interessiert an den Berliner *Südländern* war. Aber sie trägt die Hose so selbstbewusst, dass sich niemand trauen wird zu lästern. Im Gegenteil. Das Mädchen ihr gegenüber mustert sie so eingehend, als würde sie ihre eigene Hose noch heute zu heiß waschen wollen, um den Look nachzuahmen.

Auch die Braut erntet wieder viele schmachtende Blicke. Heute in einem eng anliegenden, weißen Cocktailkleid, das schulterfrei ist und ihr bis knapp übers Knie reicht. Durch einen leicht seitlich versetzten Schlitz kann Marta aber noch mehr Bein zeigen, wenn sie will. Ihre Schuhe sind an den feinen Riemchen mit kleinen Perlen besetzt. Insgesamt ist Marta weiterhin edel unterwegs. Mit weniger Stoff, ohne Tüll, dafür immer noch ganz in Weiß.

Ich selbst habe mich für ein leichtes Blumenkleid mit Lederjacke entschieden und stelle fest, dass es zu Mahmuts dunkelblauem Pullover und Hemd passt. Auch wenn wir uns gerade nicht wie ein Paar fühlen, sehen wir zumindest noch wie eines aus. *Toll.*

Plötzlich höre ich ein Grummeln. Langgezogen, tief, fast unmenschlich.

»Mahmut? War das dein Magen?« Die Frage ist raus, bevor ich daran denke, dass ich eigentlich gerade nicht mit ihm rede. Er schaut mich überrascht an und versucht dann ein schmales Lächeln.

Ich wende mein Gesicht ab, um die Distanz schnell und unmissverständlich wiederaufzubauen. Stattdessen antwortet ihm ausgerechnet Mama, die sich direkt neben uns gestellt hat. »Gesundes Appetit, das du hast«, sagt sie verschmitzt und ich schaue sie verwundert an. Nicht wegen der fragwürdigen Grammatik, sondern weil sie Mahmut zulächelt und schon wieder Deutsch spricht. Ich kann nicht anders, ich muss auch grinsen. Die Wahl zwischen drei Artikeln hat Mama schon immer verwirrt, weshalb sie dazu übergegangen ist, sich für einen zu entscheiden: Konsequent wird vor jedes Substantiv ein »das« gesetzt, ohne mit der Wimper zu zucken. Das Stuhl, das Jacke, das Baum, das Mann, das Fehler. Sie hasst ihre Versprecher, während ich sie liebe.

»Ich habe gelernt Deutsch mit ›Gute Zeiten, schlechte Zeiten‹. Was willst man da erwarten?«, echauffiert sie sich immer, wenn Zofia oder ich uns lustig machen, weil sie aus Norwegen »Norwegien« macht oder »Mazorella« aus Mozzarella und den Champignon mit dem Champion verwechselt. Eine meiner jüngeren Cousinen hat unsere Eltern mal mit einer kaputten Handyautokorrektur verglichen.

Mama hält heute *noch* einen amüsanten Versprecher für mich bereit. Kamils Mama ist unheimlich sentimental und betrachtet ihre heutige Hochzeitsansprache, nachdem sie gestern schon zwei gehalten hat, als den größten Auftritt ihres Lebens. Sie formuliert deshalb äußerst ausschweifend und pseudosentimental. Mama ist davon sichtlich genervt und versucht zur Abwechslung mal nicht, es zu verbergen.

»Sie soll Katze in das Kirche lassen«, flüstert sie mit genervtem Unterton, während sie sich zu Mahmut und mir herüberbeugt und die Augen verdreht.

»›Die Kirche im Dorf lassen‹, Mama. Das mit der ›Katze im Sack‹ ist noch mal was anderes.«

»Scheiß doch auf Kirche in Sack …« Mama ist wirklich sehr genervt. Mahmut bringt das zum Lachen. Immer noch spricht sie Deutsch mit uns. Ein Versehen? Zufall?

•••

Mama schreibt langsam Buchstabe für Buchstabe von dem abgekauten Zettel ab, den ich ihr auf dem Esstisch bereitgelegt habe. Sie versucht, sich nicht davon stressen zu lassen, dass Zofia in der Tür ungeduldig von einem Fuß auf den anderen tritt: »Wenn ich Kingas Entschuldigungszettel heute im Sekretariat abgeben soll, musst du dich beeilen. Ich will nicht zu spät zum Sport kommen, dann meckert Herr Wessel!«

Zur Antwort flucht Mama.

»Mama! Das sagt man nicht!«, ruft Zofia empört. Ich rolle mit den Augen und zupfe das feuchte Tuch auf meiner Stirn zurecht. Mittlerweile habe ich es mir auf meinem Krankenlager wieder gemütlich gemacht. Ich freue mich schon darauf, das Vormittagsprogramm im Fernsehen zu schauen, das ich sonst nie sehe, weil ich in der Schule bin. Eigentlich bin ich schon etwas zu alt für Serien wie Caillou und Micky Maus, aber wenn man krank ist, sind sie Balsam für die Seele. Überhaupt darf ich den ganzen Tag faul herumliegen, höchstens vom Sofa ins Bett und wieder zurückwechseln, und Mama wird mir Apfelschnitze und selbst gemachte Brühe mit Hochzeits- oder noch besser Buchstabennudeln bringen. Erst mal schnaubt Mama aber wütend und schmeißt den Stift hin: »Dann schreibe ich die Entschuldigung eben morgen. Kingas Klassenlehrerin kann ja wohl einen Tag warten.«

»Nein, kann sie nicht!«, rufe ich erschrocken. Bei dem Gedanken an das wütende Gesicht der ollen Weinberger kehren ein paar Lebensgeister zurück und lassen mich hochfahren. »Frau Weinberger will, dass man Entschuldigungen so früh wie möglich abgibt!«

»Ich muss jetzt aber los!«, ruft Zofia aus der Tür.

Mama sieht leidend zwischen Zofia und mir hinterher. Sie will ja auch, dass ihre Töchter jeweils den bestmöglichen Eindruck hinterlassen. Es fällt ihr aber immer noch sehr schwer, deutsche Texte zu schreiben, weshalb ich ihr meine eigenen Entschuldigungen für die Schule vorschreibe. Sie könnte auch einfach meine Vorschrift *unterschreiben, dann würde ich mir natürlich mehr Mühe damit geben und die Texte nicht auf zerknitterte Rotzfahnen schreiben, aber dafür ist Mama zu stolz. Ihrer Meinung nach sähe das vor Lehrern nicht gut aus.*

»Okay, ich gehe jetzt.« Zofia drückt die Türklinke hinunter. Ich schnaube wütend und lasse mich zurück auf mein Kissen fallen. »Blöde Kuh …«, flüstere ich. Mama atmet erschöpft aus.

Sie gibt Zofia noch einen Abschiedskuss auf die Stirn und beschwichtigt mich, als die Tür ins Schloss gefallen ist, damit, dass wir jetzt erst mal was Leckeres frühstücken und sie sich direkt danach an das Abschreiben der Entschuldigung setzt: »Dann kann Zofia sie morgen mitnehmen und noch vor dem Unterricht direkt zu Frau Weinberger bringen, nicht erst ins Sekretariat.« Dann kriege auch ich einen Kuss auf die Stirn. »Arme Maus, du glühst ja förmlich …«, sagt Mama mitleidig. Ich nicke nur schwach. Vielleicht etwas schwächer, als ich mich tatsächlich fühle. Ich genieße es, Mamas volle Aufmerksamkeit für mich allein zu haben. Den ganzen Tag!

27

Komşunun tavuğu komşuya kaz görünürmüş

•

Das Huhn des Nachbarn sieht für den Nachbarn wie eine Gans aus

Da das Programm heute vorsieht, dass wir etwas mehr am Tisch sitzen als gestern, fallen auch die Unterhaltungen tiefergehend aus: Schon bei der Suppe wird über Rückenprobleme, des Pfarrers neue Gewänder und die hässlichen Nägel der Verkäuferin im Dorfkiosk gesprochen. Besonders aktuell: Der Nachbar von Kamils Oma hat seine Frau neun Jahre lang betrogen, mit jeder Dame, die sich angeboten hat: Kolleginnen, Nachbarinnen und eben auch die Verkäuferin mit den hässlichen Nägeln.

»Was für Schlampen!« Kamils Oma macht ihre Fremdscham deutlich. Fünfzehn Minuten lang verliert sie nicht gerade schmeichelnde Worte über die betreffenden Frauen und darüber, wie sie sich bloß einem verheirateten Vater dreier Kinder hingeben könnten. Ich kann auch nicht verstehen, wie man so wenig Frauensolidarität empfinden und der Ehefrau noch ins Gesicht lächeln kann, während sie wahrscheinlich eines der Kinder an der Hand hat und nett grüßt. Ehrlich gesagt, würde ich mich in dieser Situation vor meinem inneren Auge noch beim Sex mit dem Ranzsack sehen. Und dabei würde mich vor mir selbst ekeln. Ich bin mir mehr wert als einen reuelosen Wiederholungstäter.

»Was will man überhaupt von einem Typen, der so was Schäbiges macht?«, frage ich deshalb kopfschüttelnd in die Runde. Um mich herum entsteht kurzes Schweigen. Natürlich ist es Kamils Oma, die erneut das Wort ergreift, wenn auch nicht so, wie ich erwartet habe. »Na ja … Er ist eben auch nur ein Mann«, entschuldigt sie ihn frei von Ironie und mit einer Selbstverständlichkeit, die sich mir nicht erschließen will.

»Wie bitte?«, frage ich. Sagt das ernsthaft die Frau, die sich gerade ausführlichst über die dazugehörigen Frauen aufgeregt hat? Bei Männern liegt mehrfacher Ehebruch nun mal in der Natur, und als Frau, die das Spiel mitspielt, ist man automatisch eine Teufelstochter? Das ist doch wohl kränkend für *beide* Geschlechter. Als Mann würde ich mir schließlich auch wünschen, dass die Erwartungen an mich etwas höher liegen. Mir klappt die Kinnlade herunter: »Das ist kein Mann, das ist ein Arschloch.«

»Kinga!«, kommt von meinen Eltern wie aus einem Mund.

»Entschuldigt mal, bitte, aber Testosteron ist doch keine Ausrede dafür, ein ehrloses Schwein zu sein«, erwidere ich bestimmt.

Mahmut grinst. Alle anderen reißen die Augen auf. Jetzt haften endgültig die Blicke aller Gäste auf mir. Und das schon zur Suppe …

Die Tanzfläche füllt sich, womit sich die Sitzplätze direkt neben Mahmut und mir leeren. Das ist die Chance für Antonina, sich zu uns zu setzen.

»Mahmut, hast du eigentlich einen Bruder?«, fragt sie ohne Umschweife.

Mahmut muss lachen. Ein kehliges Lachen, das ich normalerweise sehr an ihm liebe. Jetzt nervt es mich.

»Nein, aber viele Cousins«, antwortet er, woraufhin Antonina große Augen macht und sagt: »Bring die doch auch mal mit!«

Papa und Mama tauschen einen starren Blick. Ich verschlucke mich fast an meinen *Pierogi*. Doch Antonina kriegt davon nichts mit und lässt nicht locker: »Erzähl mal: Wie feiert *ihr* denn Hochzeiten?«

Sie wirkt wie ein Kind, das gerade in der Phase ist, die ganze Welt erklärt bekommen zu wollen. Aber so schätzt Mahmut ja ohnehin meine komplette Familie ein: als lästige, dumme Kinder. Dementsprechend nutzt er Antoninas Vorlage, um sie ein wenig aufzuziehen: »Ihr? Wen meinst du damit?«

»Na, *euch* eben«, antwortet Antonina stirnrunzelnd. Sie versteht Mahmuts Frage nicht.

»Uns?«, fragt er erneut, scheinbar irritiert. »Du meinst, bei *uns* in Deutschland?«

Kurz ist Antonina still und ich habe schon fast die Hoffnung, dass sie versteht, was Mahmut an ihrer Fragestellung genervt hat. Dass sie schlau genug ist, um selbst ihren unbewussten Rassismus zu enttarnen. Leider Fehlanzeige.

»Ich meine bei *euch* in der Türkei«, erklärt sie, ohne ein Anzeichen von Scham oder Einsicht.

»Ach so, jetzt verstehe ich«, lenkt Mahmut selbstgefällig

grinsend ein. »Also, im Heimatland meiner Eltern gibt es sehr viele Traditionen und Rituale. Und die Älteren sorgen dafür, dass die Jüngeren die Traditionen bewahren.«

Ach ja, diese Hochzeit macht mir noch immer Kopfzerbrechen, weil ich Sorge habe, wieder einmal Mahmuts Familie begegnen zu müssen. *Das wäre wirklich das einzig Positive daran, wenn wir uns trennen würden: Keine – einzige – Familienfeier – mehr!,* denke ich mit einem Anflug von Galgenhumor. An Mahmuts leierndem Tonfall höre ich, dass er keine echte Lust hat, diese Informationen wiederzugeben. »Der Mann hält zum Beispiel ganz klassisch bei dem Vater der Braut um ihre Hand an. Wenn das alles klappt, gibt es einen Abend vor der Hochzeit das Hennafest. Das ist nur für Frauen: Es wird dort der Abschied der Braut vom Junggesellinnendasein gefeiert. Wobei die Braut traditionell melancholisch wirken muss, weil sie ja ursprünglich mit der Heirat ihre eigene Familie und ihr Elternhaus verlassen muss. In Deutschland soll der Bräutigam die Braut ja erst vor dem Altar zum ersten Mal im Hochzeitskleid sehen. Vorher soll das sogar Unglück bringen. Aber bei vielen Türken beginnt der Tag der Hochzeit damit, dass der Bräutigam seine Braut im Haus der Eltern abholt.«

Ich werfe einen Blick zu Marta am anderen Ende des Tisches und denke daran, wie sie gestern die Treppe herunterkam. Ich kann mich in einem solchen Szenario überhaupt nicht wiederfinden. Ich wollte immer viel kleiner heiraten. Wollte. Will. Was jetzt, Kinga? Was willst du noch?

Mahmuts Stimme bringt mein Gedankenkarussell zum Stehen: »Gefeiert wird nach der Trauung in einem großen Festsaal mit mehreren hundert Leuten. Und es gibt keinen Alkohol.«

»Warte, warte – *kein* Alkohol auf der Hochzeitsfeier?« Antonina ist sichtlich schockiert. Mahmut schüttelt den Kopf und fährt unbeirrt fort: »Natürlich halten sich nicht alle an das Trinkverbot. Aber vor allem die Älteren sehen das schon eng. Aber ich sag mal so: Es gibt schon den ein oder anderen heimlichen Trinkabend im kleinen Familien- und Freundeskreis …« Mahmut schmunzelt und gönnt sich mit einem Schluck Cola eine kurze Sprechpause, bevor er seinen Gedanken abschließt: »Und es gibt auf der Feier unglaublich viel zu essen. Da sind wir uns gar nicht so unähnlich …«

Antonina nickt nachdenklich. »Stimmt. Eigentlich … klingt das alles ganz ähnlich wie bei einer polnischen Hochzeit.« Betretenes Schweigen, irgendwie.

Mama und Papa verlassen wortlos den Tisch.

Das Beste an unserem Wohnhaus ist der Flur. Ewig lang, mit Kurven, und der Boden ist ein Traum für Räder aller Art. Der Linoleumboden hat eine perfekte glatte Beschaffenheit, die uns so richtig Tempo aufnehmen lässt. Hier habe ich gelernt, Rollschuh zu fahren. Außerdem ist der Flur wetterunabhängig nutzbar. Gerade regnet es und wir bevölkern die Flure der oberen drei Stockwerke. Wir, das sind Matze, Mona, Kerem, Armind, Paulina, Tamara, Aylin und ich. Die Erwachsenen lassen uns machen und laut sein, weil heute eigentlich Sommerfest gewesen wäre und sie Mitleid mit uns haben. Es regnet schon die ganzen Sommerferien wie aus Eimern. Außerdem planen sie, morgen selbst einen geselligen Abend im Flur zu verbringen, deshalb ist es nur fair, dass wir auch mal dürfen.

Die Hausbewohner nutzen den Flur häufiger als Treffpunkt, dann muss niemand sein Zuhause hergeben, und Toilette, Küche und andere private Rückzugsmöglichkeiten sind nur wenige Schritte entfernt. Dann stellen die Nachbarn Tische und Stühle vor die Wohnungstüren und verbringen einfach Zeit miteinander. Klarer Vorteil der Platte also, die langen, breiten Flure.

Aylin und Kerem sind gerade Döner für alle holen. Wir schicken immer die los, die am offensichtlichsten wie Türken aussehen, dann gibt es mindestens eine große Pommes gratis und meistens ordentlich Rabatt. Solidarität, versteht sich. Der Rest von uns lästert gerade über die Bauarbeiten auf dem Basketballplatz.

»Mein Papa sagt, dass das nie fertig wird«, ereifert sich Matze gerade. »Weil wir kaum noch vernünftige Bauarbeiter haben, die aus Deu…« Schlagartig kommt er ins Stocken.

»Die aus Deutschland kommen, wolltest du sagen?«, frage ich und füge dann lachend hinzu, um die Situation schnell zu entspannen: »Also, ich hätte nichts dagegen, wenn ein paar meiner Onkel Jobs hätten, bei denen sie besser verdienen als aufm Bau. Dann bekomme ich zum Geburtstag vielleicht auch mal was Besseres als Schmuck von New Yorker.« Alle lachen mit. Hauptsache, niemand fühlt sich angegriffen. Ich schaue Matze grinsend an und hebe neckend eine Augenbraue (ein Skill, den ich mir vor dem Spiegel antrainiert habe).

Es ist kein Geheimnis, dass Matzes Papa die NPD wählt. Aber Matze mögen wir trotzdem. Also, wenn er uns nicht gerade wieder Schulbrote klaut. Dafür kann er nämlich was, aber er kann nichts für seinen behämmerten Papa. Alle unsere Eltern sind auf irgendeine Art und Weise denkbeschränkt. Allerdings trotzdem liebenswert und trotzdem unsere Eltern. Darum fühlt sich jeder von uns in der Pflicht, sie in Schutz zu nehmen oder ihre Unzulänglichkeiten zu verheimlichen. Das hat in der Vergangenheit öfter für Streit bis hin zu blauen Augen zwischen uns jungen Leuten gesorgt. Wir ha-

ben daraus gelernt und uns versprochen, das Thema »Eltern« einfach zu meiden. Genauso, wie wir das damals in der ersten Klasse mit der Diskussion »Playmobil versus Lego« gehandhabt haben. Da hatten sich echt zwei Lager gebildet, von Diplomatie keine Spur. Die Hells Angels gegen die Bandidos, in Kinderschuhen. Frau Szur und Herr Lublin haben sich dann vehement dafür eingesetzt, die Worte »Playmobil« und »Lego« aus dem Schulgebäude zu verbannen. Das Verbot haben wir mit nach Hause getragen, auf unsere Kinderzimmer ausgeweitet und ziemlich schnell gemerkt, dass die Figuren beider Lager gar nicht so schlecht zusammenpassen. Zumindest, wenn man sich ein bisschen Mühe gibt und auch mal ein Auge zudrückt.

So ganz heimlich für mich denke ich manchmal, dass unsere Eltern Playmobil- und Legofiguren gar nicht so unähnlich sind. Im Grunde genommen mit den gleichen Macken: zu steif und ab und an ganz schön hohlköpfig unterwegs.

Eine *Gemeinsamkeit haben alle unsere Eltern auf jeden Fall, egal, wo sie herkommen, egal, wie sehr sich kulturell bedingt bestimmte Einstellungen in ihren Köpfen festgesetzt haben: Sie haben Kinder, die Fragen stellen, Dinge infrage stellen und die neugierig sind. Zumindest so lange, bis Eltern ihre Vorbildfunktion unterschätzen oder mit ihr überfordert sind und so ihre eigenen Kinder verziehen.*

•••

Ich schiebe mir noch eine letzte Teigtasche in den Mund. Jetzt, wo ich mit dem Essen fertig bin, muss ich mir schleunigst eine neue Aufgabe suchen, um nicht mit Mahmut reden zu müssen. Mittlerweile haben sich die Plätze um uns herum wieder etwas gefüllt.

Ich schaue meiner Cousine Liliana, die drei Plätze weiter sitzt, direkt ins Gesicht und plappere mit vollem Mund:

»In Berlin gibt es auch *Pierogi* und *Bigos.*«

»Es wäre eine Schande, wenn nicht«, antwortet Liliana milde lächelnd. Ihr Blick wechselt kurz zwischen mir und Mahmut hin und her. Oder bilde ich mir das ein?

»Ja, das wäre wirklich eine Schande, wenn es schließlich auch an jeder Ecke Pizza, Asianudeln und Döner zu essen gibt«, stimme ich zu und rede dabei hastiger als sonst. Um die Situation nicht auszureizen, füge ich schnell gequält lachend hinzu: »Aber wenn ich Oma erzähle, dass es auch vegane Varianten gibt, fährt sie persönlich vorbei und randaliert.«

»Ich kann mir zwar nur schwer vorstellen, wie sie *irgendwas* energiegeladen macht, aber wenn, dann ist das sicher der beste Grund«, erwidert Liliana schmunzelnd und zwinkert mir dabei zu. Wenn es um Lästereien über Oma geht, sind wir Verbündete. Ihre Mama hatte es auch nicht immer leicht mit Oma als Schwiegermutter. Ihre Söhne sind ihr nun mal heilig und es kann nur *eine* Frau in ihrem Leben geben. Sie selbst, natürlich.

Glücklicherweise wurde Oma am anderen Tischende platziert. Dort sitzt sie auch schon die ganzen Feierlichkeiten lang, ohne den Arsch zu bewegen. Sie wirft abschätzige Blicke in jede Ecke, besonders in die von Mahmut und mir, und schläft ansonsten fast ein, weil sie sich so viel schweres Essen in den Magen geschaufelt hat wie möglich.

•••

Es vergeht Stunde um Stunde und draußen wird es schon wieder dunkel. Mahmut und ich sparen uns heute den Alkohol. Bin nicht in Stimmung. Beruhigt stelle ich fest, dass auch Papas Schnapsglas immer noch umgedreht auf dem Tisch steht.

Die Nachbarin von Oma hingegen, die alte Frau Wieczorek, tanzt immer ausgelassener, und sogar von den Eltern des Brautpaares scheint die Anspannung nach und nach abzufallen. Bald ist die Hochzeit geschafft und kann wohl als Erfolg verbucht werden. Nur zwischen Mahmut und mir herrscht weiterhin Eiszeit. Mehr aus Langeweile anstatt aufgrund tatsächlicher Notwendigkeit beschließe ich, auf die Toilette zu gehen.

Altmodische Fliesen wie aus den 80ern säumen das komplette WC. Man fühlt sich wie in der Zeit zurückkatapultiert. Aber wenigstens ist es hier verhältnismäßig ruhig. Weniger Bass ist gut für meine Kopfschmerzen. Ich bin so in Gedanken versunken, dass ich doch tatsächlich kurz denke, das Schniefen gehöre zu dem schrecklichen ABBA-Remix, der aus dem Festsaal gedämpft herüberdröhnt. Doch dann sehe ich eine weiße Riemchensandalette unter der Tür hervorlugen. Die schluchzende Besitzerin hat sich wohl ihres Schuhwerks entledigt. Ich stocke, weiße Riemchen, besetzt mit feinen Perlen.

»Marta?«

Ich schaue mich kurz um und stelle beruhigt fest, dass wir allein sind. Noch.

Ich schließe die Tür zur Frauentoilette ab, sodass niemand unbemerkt den Vorraum mit den Waschbecken betreten kann. Niemand soll Marta während ihres Hochzeitsmarathons verweint sehen. Außer es handelt sich um Freudentränen.

Ich klopfe an ihrer Kabinentür. »Marta. Hey. Kann ich reinkommen?«

Es klackt, sie hat das Schloss geöffnet. Marta hockt wie ein Häufchen Elend auf der Toilette, ihre Wimperntusche ist verlaufen, ihre Wangen sind vor Aufregung gerötet.

Ich knie mich so gut es geht neben ihre verrenkten Beine und versuche ihren Blick zu treffen, doch Marta weicht mir aus. Ihre Lider sind ganz schwer, jede Regung in ihrem Gesicht geht in Zeitlupe vonstatten. Die Worte kullern dafür viel zu schnell aus ihrem Mund: »Was, wenn Kamil mich irgendwann jahrelang betrügt und *mir* alle mitleidig hinterhergucken?«

Martas Dämme brechen. Es wirkt, als könnte sie ihren Kopf kaum hochhalten, als wäre jede Anstrengung zu viel. Selbstzweifel und Sorgen lasten schwer auf den Schultern, die ich immer bewundert habe für ihre aufrechte Spannung.

»Marta, was redest du da?«

»Oma hat ständig gefragt, wann es so weit ist. Wann heiratet ihr endlich? Wann sind die Kinder da? Wird es nicht langsam Zeit? Das höre ich, seit ich zwanzig bin!«

»Gib mir deine Hände«, sage ich und will Marta am liebsten ganz in meine Arme schließen. Meine Cousine lässt es zu, dass ich nach ihren Händen greife, doch nur einen verlaufenen Wimpernschlag später entzieht sie mir ihre eiskalten Finger wieder.

»Irgendwann habe ich sogar *unsere Nachbarin* Mama danach fragen hören, wie es bei mir mit der Zukunftsplanung denn nun steht. Dabei hatte die blöde Kuh gerade erfahren, dass Kamil und ich uns getrennt hatten. Mama sah so peinlich berührt aus. Und das meinetwegen …«

Ich kann sie nur mitfühlend ansehen. Leider fällt es mir nicht schwer, das zu glauben. Marta fährt fort: *»Die Uhr tickt,* hat Tante Gozia dann mal beiläufig erwähnt.«

»Ich höre da nichts ticken, Marta ...«

»Aber ich! Ich habe irgendwann überall was ticken gehört und gedacht, jetzt oder nie. Entweder ich nehme Kamil oder ich kriege niemanden mehr ab ...«

»Aber ihr habt heute und gestern beide so glücklich miteinander ausgesehen ...« Die Szene macht mich fassungslos. Keine Braut sollte auf ihrer eigenen Hochzeitsfeier einen solchen Ausbruch durchleben müssen. Ich habe wirklich gedacht, dass das vorgestern nur so ein Moment gewesen ist. Die berüchtigten kalten Füßen eben. Oder ich habe mir das zumindest erfolgreich eingeredet, um mich ausschließlich mit meinen eigenen Problemen beschäftigen zu können.

»Habe ich deine Gefühle nicht ernst genommen, Marta?«, frage ich vorsichtig. »Hätte ich dir helfen können? Ich wollte dich nicht allein lassen, aber ich, ich ...«

Marta fällt mir ins Wort, indem sie schreit: »Es geht hier nicht um dich und irgendwelche Schuldfragen! Es geht um mich! Mich interessiert nicht, wie es *deinem* Gewissen geht, sondern was *ich* machen soll. Wie ich klarkommen soll!« Plötzlich wird sie sarkastisch und umso giftiger: »Aber wenn es dich beruhigt: *Dich* trifft keine Schuld. Sei unbesorgt!«

Ich schlucke. Wenn Marta das Schreien hilft, soll sie schreien. Zumal ich ihren Vorwurf verstehen kann. Ich bin eine Idiotin. Sie hat recht damit, dass ich aus egoistischen Gründen erst mal mein eigenes Gewissen beruhigen wollte. Was ihr so gar nicht weiterhilft. Ein Vorwurf, den ich selbst schon oft an Mama gerichtet habe, wenn ich mit Sorgen zu ihr kam.

»Es tut mir leid«, sage ich.

»Schon okay!«, schreit Marta und sieht dabei so gar nicht aus, als wäre irgendetwas okay. Sie haut plötzlich mit überraschender Kraft gegen die Wand der Toilettenkabine. »Ich weiß gar nichts mehr! Ich habe mir einreden lassen, dass ich *jetzt* heiraten und Kinder kriegen muss. Aber will ich das überhaupt wirklich? Oder sind das alles nur Erwartungen von anderen?«

Das Fass, das Marta da gerade öffnet, ist so groß, dass ich Angst habe, darin zu ertrinken. Ich bin überfordert. Während ich schweigend nach Worten suche, sprudeln sie aus ihr nur so heraus: »Alle gucken uns an und wollen dies und das von uns. Ich muss spätestens in einem Jahr einen Babybauch vorweisen. Würde mich nicht wundern, wenn die Nachbarn heimlich durch das Fenster klettern, um unsere Bettlaken zu kontrollieren. Und du reist mit Mahmut durch die Welt und scheißt drauf, was die Leute hier lästern.«

Ich hätte gern gefragt, was so explizit über mich gelästert wird. Und merke, dass mir die Worte der anderen nicht ganz so egal sind, wie Marta denkt. Wenn ich hier bin, spüre ich den Druck nämlich auch, den Marta da schildert. Er hat mich sogar in Deutschland eine Zeit lang ungesund begleitet, weil ich mich zwanghaft in Beziehungen begeben habe, die nicht gut für mich waren. In einer Beziehung sein, um nicht allein zu sein – der schlechteste Grund, den es gibt. Irgendwann habe ich mich selbst nicht mehr gemocht, weil es sich so schwach angefühlt hat.

»Ich hätte Kamil gern mein Ja gegeben aus dem Selbstbewusstsein heraus, dass ich ihn eigentlich gar nicht brauche und ihn trotzdem nehme. Weil ich ihn eben wirklich will. *Das* hätte er verdient.«

So wütend ich auch auf Mahmut bin, ich muss an ihn und unsere ersten gemeinsamen Wochen denken. Bei uns war es genau das. Wir *wollten* uns, anstatt uns zu *brauchen*. Und dieses Gefühl verstärkte sich mit den vergangenen Jahren nur.

Mittlerweile trocknen die Tränen auf Martas Wangen, und sie kann mir wieder in die Augen sehen. Ihre Stimme klingt nüchterner, aber ich spüre da trotzdem etwas Fragiles. Sie spricht Kamils Namen mit so viel Liebe aus, dass es mich nur umso mehr verwirrt. »Was ist dein Problem?«, hätte ich gern gefragt, aber sensibel wäre das wohl nicht. »Warum hast du vorhin davon gesprochen, dass Kamil dich betrügen würde? Ist da was … Also, hast du denn einen konkreten Anlass, das zu glauben?«

»Ach, Kamil doch nicht. Er ist ein Schatz. Ein Langweiler, aber ein Schatz.«

»Wieso hast du dann …?«

»Na, wegen der Geschichte, die seine Oma erzählt hat. Von der Frau, die betrogen wurde und nichts gemerkt hat. Sie hat sich auf einen Mann eingelassen, ohne ihn so richtig zu kennen, und sich in dem Leben eingerichtet, das hier nun mal gang und gäbe ist. Ehefrau, Mutter, Hausfrau werden. Und die Geschichte höre ich, während ich dabei bin, mich mit dir zu vergleichen.«

»Mit mir?«, frage ich verdutzt. Selbst jetzt, wo Marta völlig ehrlich und verletzlich vor mir sitzt, bleibt sie die Starke, die Perfekte in meinem Kopf. Die Perfekte, mit der *ich* ein Leben lang verglichen wurde und an der ich mich selbst immer gemessen habe, ohne jemals gut dabei wegzukommen.

»Jetzt tu doch nicht so!«, zischt Marta. »Du fliegst hier rein und alle gucken dich an. Mit deinem Mahmut und deinem Studium und deinen Reisen. Im Gegensatz zu der Ehefrau von diesem Betrüger strebst du nach mehr. Dir würde das alles so nicht passieren.«

»Du strebst doch aber auch nach mehr! Du studierst und kannst reisen, wenn du willst. Das ist nicht mehr wie früher.«

»Was weißt *du* schon? Wo sollen Mama und Papa denn hin, wenn sie alt sind?«

»Deshalb müsst ihr aus eurem Zuhause jetzt schon ein Altenheim machen und euch mit darin einsperren?«

»Wenn Kamil und ich ständig weg wären, wer kümmert sich dann in der Gemeinde um …?«

»Marta, wenn du das Geläster der Menschen hier nicht erträgst, dann musst du lernen, darauf zu scheißen. Du weißt doch, wie das ist. Alle hier wollen sich von ihrer eigenen Unzufriedenheit und der Eintönigkeit ihres Lebens ablenken. Mach sie so richtig eifersüchtig, indem du beides kannst: Familie und ein Leben als Rumtreiberin! Ich bewundere Kamil und dich dafür, dass ihr nicht meint, dass es immer noch was Besseres gibt. Ihr könnt euch entscheiden, ihr *habt* euch entschieden. Oder bereust du etwa …?«

»Nein.« Marta antwortet schnell. Senkt ihren Blick, denkt nach. »Nein«, sagt sie, jetzt bestimmter. »Ich liebe Kamil. Das ist das Einzige, was ich weiß. Aber was ist, wenn wir zu früh –«

»Zu früh, zu spät, zu laut, zu leise – wer bestimmt denn den Maßstab? Ganz ehrlich, selbst wenn sich die Hochzeit am

Ende als zu früh für euch herausstellt: Fehler passieren eben im Leben. Das Beste draus machen und – drauf scheißen.«

Marta beißt die Zähne so stark zusammen, dass ich sehe, wie ihre Kiefermuskeln hervortreten. Für einen kurzen Moment denke ich, sie kämpfe gegen ein Schluchzen an, doch dann zeichnet sich ein schmales Lächeln auf ihrem Gesicht ab: »So viel und oft, wie du hier auf Dinge scheißen willst, müssen wir aber ganz schön reinhauen.«

Das Lachen braucht ein paar Sekunden, bis es sich durch meine Kehle hochgearbeitet hat. Mit einem Witz von Marta habe ich jetzt überhaupt nicht gerechnet.

»Wollen wir wieder zu den anderen zurück?«, frage ich Marta dann vorsichtig.

»Die fragen sich bestimmt schon …«

»Ah, ah, ah!« Ich schaue Marta mit hochgezogenen Brauen an, wie ein Kind, das gerade etwas Verbotenes tun wollte, und hebe einen Zeigefinger. »Es geht nicht darum, was *die* sich fragen, denn wir …«

»… scheißen auf ihre Meinung«, beendet Marta meinen Satz. »Du hast recht, ich fang ja schon mit dem Scheißen an.«

»*Number two*«, sage ich lässig mit einem Zwinkern, um die Lektion zu vollenden.

Marta guckt mich verdutzt an. »Was?«

»Pass auf: *Number one* ist Pinkeln, *number two* ist Scheißen und *number three* – na ja, reden wir jetzt besser nicht drüber. Dünnschiss ist ein schlechtes Thema vor einer weiteren Runde Nachtisch. Und die haben wir uns jetzt verdient, oder?«

»Schon verstanden«, winkt Marta mit gespielt angeekelter Miene ab. Sie streckt mir ihre beiden Hände entgegen und ich ziehe sie vom Toilettendeckel hoch. Der Ehering funkelt an ihrem Ringfinger. Kurz schaut sie ihn mit einem zaghaften Lächeln an und sieht dabei fast verträumt aus. Sie verlässt die Kabine und schreitet an mir vorbei zu den Waschbecken, um ihr Gesicht in Ordnung zu bringen.

»Marta?« Meine Absätze klackern mit jedem Schritt auf dem Fliesenboden, als ich mich ihr langsam nähere. »Ich muss dir etwas zeigen.« Ich folge einer spontanen Eingebung und fummle die Kette hervor, die ich unter meinem Kleid versteckt habe. Daran baumelt der Verlobungsring, den Mahmut mir geschenkt hat. Ich trage ihn immer bei mir, auch hier, *undercover*, in Polen.

Marta kreischt auf und hüpft aufgeregt auf und ab. Sie fällt mir so stürmisch um den Hals, dass ich fast nach hinten umkippe.

»Zeig, zeig, zeig, zeig!«

Der Ring ist aus Gold gefertigt, und in seiner Mitte ist ein kleiner Rubin eingefasst. Unauffällig, klassisch, sicher viel zu teuer. Aber könnte optisch auch ein Schnapper von einem Stand vom Flohmarkt im Mauerpark sein. Mahmut hat in jedem Fall genau meinen Geschmack getroffen.

»Ich fasse es nicht, du bist verlobt!«

»Nicht so laut!«

»Wieso nicht? Das muss doch jeder …«

»Eben nicht. Es wissen nicht mal unsere Familien.«

Marta stockt. Ihr Grinsen wird etwas kleiner, dann schaut sie mich mit erhobenem Kinn an und verschränkt die Arme vor der Brust.

»Wir haben einen Pakt. Drauf geschissen wird gemeinsam. Du erzählst mir was davon, dass ich mein Leben nach meinen eigenen Regeln und nach meiner Lust und Laune leben soll, traust dich aber nicht mal vor deinen Eltern, zu Mahmut zu stehen?«

»Ich …«

»Keine Ausreden mehr. Jetzt bin ich mal dran mit meckern. Es ist nämlich viel einfacher, klug für andere zu sein.«

»Ich glaube, ich habe es verstanden«, sage ich und meine damit auch, dass ich meine Gefühle jetzt wieder sortiert habe. So gut das mit Gefühlen eben geht.

»Sicher?« Marta runzelt skeptisch die Stirn und kommt mir ganz nah. Wenn ich eine Lehrerin wie sie gehabt hätte, hätte ich mich wohl wesentlich seltener getraut, die Schule zu schwänzen.

Es klopft an der Toilettentür, und zwar ganz schön stürmisch. Marta und ich schauen uns erst erschrocken an, müssen dann aber laut lachen.

»Tut mir leid, ich musste die Braut mal kurz für mich ganz allein haben!«, rufe ich laut.

28

Kusursuz dost arayan dostsuz kalir

•

Wer einen Freund ohne Fehler sucht, der bleibt ohne Freund

Nach dem guten Gespräch mit Marta beobachte ich meine Eltern umso genauer. Sie tanzen. Immerhin. Meine Sorge um Papas Alkoholproblem hat dafür gesorgt, dass ich mich erfolgreich von meinem eigenen Problem abgelenkt habe. Aber hier ist nicht der richtige Ort, um ihnen die komplette Wahrheit über Mahmut und mich zu erzählen. Ich muss allein mit ihnen reden und in Ruhe. Oder ist das nur wieder eine Ausrede, um die Beichte vor mir herzuschieben?

Marta lächelt mich von der Tanzfläche aus an. Der gemeinsame Toilettenbesuch hat uns wieder enger zusammengeschweißt, das spüre ich ganz deutlich. Als könnte sie mich jetzt denken hören.

In dem Moment wechselt das Lied und Mama und Papa verlassen die Tanzfläche. Ich fühle sofort Papas eindringlichen Blick auf mir. Und Mahmut. Er lässt uns gar nicht mehr los. Ein ungutes Gefühl steigt in mir auf. Mein erster

Gedanke ist Alkohol, doch ich merke schnell, dass es das nicht ist. Ich kenne ihn, wenn er getrunken hat.

Für die Szene, die er jetzt liefert, gibt es keine Ausrede. Weder eine gute noch eine schlechte. Papa guckt Mahmut an wie Flohmarktware, deren Preis er herunterhandeln will, und setzt sich dabei ganz langsam auf seinen Stuhl: »Gefällt dir Musik? Nicht ganz, oder? Wir haben auch einen Nachbarn, der auch von da herkommt, wo du her bist. Hört gerne Musik, aber anders. Laut, nachts, alle schreien und beten so sonst wohin. Das ist auch Mann von Frau, die wirft Windeln aus Fenster. Verrückte Kultur, die ihr habt da.«

Mahmut schaut Papa verdutzt an. Diesen Schuss hat er nicht kommen hören.

»Wir waren anders, als nach Deutschland gekommen. Wenn man neu ist in Land, man muss sich auch benehmen. Sprache lernen und alles. Sauber sein, nicht nur Hartz IV nehmen und wieder zurück ins Heimat. Auch wenn ich wäre froh, wenn einige Türken das machen tun würden. Dann wir kriegen wenigstens wieder Ordnung in Land.«

Wo hat Papa diese Floskeln her? Er kommt mir vor wie ein Kind, das in der Schule die Sätze der Eltern nachplappert. So langsam wird es still auf den Plätzen um uns herum. Selbst die, die kein Deutsch sprechen, fühlen die dicke Luft. Zum ersten Mal bin ich froh über die dröhnenden Boxen.

»Deutschland ist zu nett, oder? Polnische Politik macht besser momentan. Nicht alle reinlassen, die wollen und nicht benehmen können. Deutschland ausnutzen, haben *wir* nie gemacht.«

Es klingt, als würde Papa um seinen Platz in Deutschland kämpfen. Gegen Mahmut. Die Polen gegen die Türken, wer darf bleiben? Ich suche Mahmuts Blick, aber kann ihn nicht deuten. Mit seinem immer noch sichtbaren Brillenhämatom unter den Augen und den eingefallenen Schultern wirkt er plötzlich völlig wehrlos. Entwaffnet. Ich will etwas sagen, ich als seine Freundin sollte ihn verteidigen. Als seine Verlobte. Aber Papa macht mich sprachlos, wie er nach und nach Vorurteile so völlig undifferenziert auf den Tisch haut.

Da ergreift plötzlich Mama Partei und ermahnt Papa dazu, die Klappe zu halten. Ich spüre Mahmuts Unruhe. Wie er nervös auf dem Stuhl hin und her rutscht und abwägt, was das Richtige ist. Er senkt seinen Blick, lächelt leicht, wenn auch verletzt, und entscheidet sich dazu, mich zum Tanzen aufzufordern. Flucht ist manchmal die beste Verteidigung. Ich stehe mit ihm auf und wir verlassen die Arena.

Die Band spielt gerade einen ruhigen Song und Mahmut und ich tanzen einen Moment lang nur schweigend nebeneinander her. Zwar berühren sich unsere Körper, aber sie arbeiten nicht zusammen und fühlen auch nichts dabei. Weder die Musik noch das Gegenüber. Mahmut hat die perfekte Vorlage geboten bekommen, um mir noch mal die Idiotie meiner Familie vorzuhalten. Aber er tut es nicht. Ich sehe nur Sorge in seinem Gesicht und spüre, dass er meinen Blick meidet.

Ich halte es nicht aus: »Es tut mir leid, dass mein Vater so ein Arschloch ist.«

»Dein Vater ist kein Arschloch.«

»Ein Vollidiot.«

»Auch kein Vollidiot.«

Ich atme tief durch: »Hör auf, Gandhi zu spielen. Das steht meiner Schwester, aber nicht dir.«

Versuche ich abzulenken? Das Thema zu wechseln? Warum rede ich über meine Schwester? Weil sie die Einzige aus meiner Familie ist, die mir im Moment nicht peinlich ist?

»Wir sollten uns nicht streiten«, erwidert Mahmut. Zu erwachsen. Ich schlucke meinen verletzten Stolz hinunter und versuche, mich nicht allzu kindisch und trotzig zu fühlen.

»Du hast recht«, sage ich. »Wir sollten nicht streiten. Nicht wegen unserer Eltern. Wir sollten nicht zulassen, dass sie uns dazu bringen, wütend aufeinander zu sein.«

Mahmut guckt mir endlich wieder in die Augen. Nur für einen Moment, aber ich hatte noch nie das Gefühl, so tief blicken zu können. Ich spüre, dass da wieder etwas zwischen uns zusammenwächst. Mahmut spürt es auch. Er lächelt.

Für einen Moment werden wir unterbrochen, weil wir von Kamils Cousine und ihrer Begleitung zum Tanzpartnertausch aufgefordert werden. Es ist mir selten so schwergefallen, ein Lächeln aufzusetzen. Mein Gegenüber steht mehr, als dass er tanzt. Ein magerer Piotr mit schütterem Haar. Die Schuhe zu geputzt, das Hemd zu gebügelt, die Uhr zu groß. Schnell hole ich mir Mahmut zurück und akzeptiere gern die pikiert verzogenen Lippen von Kamils Cousine und ihr genervtes Ausatmen. Es kommt mir ein wenig so vor, als würden viele der anwesenden Damen Mahmut als Spielzeug ansehen, das sie sich mal eben ausleihen können. Vor ihren Eltern werden sie über mich und meinen Südländer lästern, aber in ihren Mädelsrunden heimlich von seinen starken Schultern schwärmen. Kaum dass sich unsere Körper wiedergefunden haben – und diesmal *wirklich* gefunden –, spricht Mahmut weiter: »Weißt du, es ist doch eigentlich ein Privileg, dass wir nicht so denken müssen wie unsere Eltern.«

Der Ton zwischen uns ist wieder der alte. Funktioniert Verzeihen wirklich so schnell? Kann es, wenn man will.

»Du musst mir auf die Sprünge helfen, Mahmut. Ich verstehe nicht, worauf du hinauswillst.«

»Als unsere Eltern so alt waren wie wir, hatten sie wirkliche Sorgen. Existenzielle Sorgen. Scheiß Bildungs- und Gesundheitssystem, keine Perspektiven. Am Anfang und Ende dieser Kette stand Armut. Da ist sich doch jeder schnell der Nächste.«

Ich nicke und schaue zu ihm hoch. »Es tut mir leid, dass ich gestern so hart und unfair geurteilt habe«, sagt er dann noch.

»Es muss dir nicht leidtun.« Ich kann kaum glauben, dass Mahmut sich in der Rolle des Schuldigen sieht. Dass er sich tatsächlich entschuldigt nach der Szene, die Papa gerade gemacht hat. »Das, was mein Vater da von sich gegeben hat, war übelster Rassismus, und dafür gibt es keine Ausrede.« Ich schüttle den Kopf und bin fassungslos, dass Mahmut sogar versucht, meinen Vater zu verteidigen.

»Wie sollen unsere Eltern verstehen, dass es rassistisch ist, was sie denken und sagen, wenn sie gar nicht gelernt haben, was Rassismus ist?« Ich fixiere Mahmut, während er spricht. Er hat »unsere Eltern« gesagt. »Sie haben so viel Schlechtes erlebt und sind groß geworden mit den Ansichten ihrer Eltern und Großeltern. Sie kennen es eben nur so, in erster Linie an die eigenen Leute zu denken. Da unterscheiden sich die Türken nicht von den Polen und auch nicht von den Deutschen. Da ist jede Nation gleich, fast jeder Mensch.«

Ich denke nach über das, was Mahmut da sagt, und füge hinzu: »Und Wut rauszulassen tut natürlich gut, vor allem, wenn man im Leben selbst viel davon abbekommen hat. Unsere Eltern mussten ja immer irgendwie demütig gegenüber dem vermeintlich schlauen Westen sein«, sage ich und weiß gleichzeitig, während wir hier krampfhaft versuchen, unsere Eltern zu analysieren: Ich selbst bin nicht besser. Ich bin auch froh, zum fortschrittlichen Westen zu gehören. Zu dem Teil der Welt, der gönnerhaft meint, die eigene Glücksdefinition sei allgemeingültig und »weniger fortschrittliche Länder« müssten davon etwas eingeimpft bekommen.

»Der Staat macht es vor«, sage ich nachdenklich. »Unsere Eltern wurden von der Regierung nicht als gleichwertige Bürger wahrgenommen, sondern als Gastarbeiter. Sie wurden gerade so geduldet, in unpopuläre Viertel gepfercht und im Grunde wieder ohne Perspektiven allein gelassen.«

Mahmut nickt langsam: »Und uns, als ihren Kindern, ging es nicht anders. Das Schulsystem ist in Deutschland zwar bestimmt besser als in Teilen der Türkei und Polen, aber gleichzeitig werden Kinder aus migrantischen Familien systematisch benachteiligt.«

»Und wie kriegt man dann die Stereotype aus den Köpfen der Menschen?«, frage ich seufzend.

»Vielleicht täusche ich mich, aber ich hab das Gefühl, dass mich einige aus deiner Familie heute schon mehr akzeptieren als noch gestern Morgen. Was vor allem daran liegen dürfte, dass sie dich lieben und schätzen. Und weil du zu mir stehst, geben sie mir eine Chance. Oder weil ich so gut gesungen habe.«

Ich stoße Mahmut lachend mit dem Ellenbogen an, muss aber gleichzeitig schlucken. Ich will zu Mahmut stehen. Ich werde das wieder tun und diesmal nicht damit aufhören.

»Du bist ihr Ausnahmetürke«, erwidere ich ernüchtert, aber Mahmut lässt seine Hoffnung nicht los: »Dann müssen sie eben noch ein paar Ausnahmetürken mehr kennenlernen.«

•••

Als wir uns wieder setzen, bemerke ich, dass Mamas und Papas Jacken und Taschen nicht mehr über ihren Stuhllehnen hängen. Liliana sieht meinen Blick und erklärt, dass meine Eltern sich gerade vom Brautpaar verabschiedet hätten. Sie seien wohl müde gewesen. Liliana lächelt mich an und versucht zu verbergen, dass sie weiß, dass mehr dahintersteckt. Dass Müdigkeit nicht der Grund ist. Ein dumpfes Gefühl von Scham steigt in mir auf, das mich über mich selbst den Kopf schütteln lässt. Ich sehe zu Marta. Sie hat ihre Hochsteckfrisur gelöst und wirft die glänzenden Locken in den Nacken. Marta wirkt befreit und gelöst. *Denk an euren Vorsatz und scheiß auf die anderen.* Ich muss lächeln, so lange, bis mein Blick wieder zu den nun leeren Plätzen meiner Eltern zurückschweift. Vielleicht kann ich auf Fremde und entfernte Verwandte scheißen, aber ganz bestimmt nicht auf die Gefühle derer, die ich liebe. Sonst wären sie ja nicht die, die ich liebe, und ich liebe gern. Lieben fühlt sich gut an. Meistens.

Mamas und Papas Gläser sind unbenutzt, aber vielleicht hat Papa ja seinen Flachmann wieder aktiviert. In dem Moment sehe ich, dass etwas auf meine Serviette gekritzelt ist. Mamas Handschrift, wenige deutsche Wörter, vermutlich, damit nicht jeder sofort versteht: »Nicht dich sorgen. Papa möhte gehn, gerade weil nischt trinken will. Habt noch schönes Abend.«

Mein Onkel tritt von hinten an meine Seite, um mich zum Tanzen aufzufordern. Schnell stopfe ich die Serviette in meine Tasche und versuche zu lächeln, obwohl mir nicht danach ist. Mal wieder in den letzten Tagen. Leider bringt Onkel seinen aufdringlichen Mundgeruch mit, den alte Herren manchmal so an sich haben. Vermischt mit dem Duft von Bier und Schnaps wird er nicht angenehmer. Deshalb bin ich froh, als der Moderator einen Gruppentanz einleitet. Noch während ich mit den anderen im Kreis tanze und dabei abwechselnd Nase, Ohren und Knie derer, die neben mir tanzen, anfassen muss, fällt meine Entscheidung: Auch Mahmut und ich müssen schnellstmöglich hier weg.

•••

»Wo fahren wir hin?«

»Auf den Spielplatz meiner Kindheit.« Ich lächle Mahmut an und trete aufs Gaspedal. Die Lichter des Stadtkerns verschwimmen in der Ferne zu einem leuchtenden Flickenteppich.

Marta hat so glücklich ausgesehen, als wir uns verabschiedet haben, dass ich beruhigt gehen konnte. Sie hat mir sogar verschmitzt zugezwinkert und mit den Lippen die Worte *»Number two«* geformt. Eine sanfte Erinnerung an unser neues gemeinsames Mantra.

Aus dem Radio kommt nur ein nerviges Rauschen. Ich stelle es aus und will am liebsten noch schneller fahren. Aber plötzlich sehe ich etwas aus dem Augenwinkel. Einen Schatten. Auf der Straße direkt vor uns. *Fuck*!

»Kinga! Vorsicht!«

Vollbremsung. Mit beiden Händen packe ich das Lenkrad so fest, dass ich meine Gelenke seltsam laut knacken höre. *Lass es bitte meine Finger gewesen sein!* Ich schließe die Augen und konzentriere mich darauf, das Lenkrad nicht herumzureißen, um das Auto nicht gegen einen Baum zu jagen. Hat geklappt. Oder?

Wir stehen.

Wir … stehen.

Mitten auf der Straße, nicht ganz gerade, aber auf der Straße. Kein Graben. Kein Baumstamm. Keine zersprungene Windschutzscheibe. Auch kein Blut.

»War das knapp!« Mahmut klingt wie ein kleines Kind. Ich fühle mich wie eins. Eins, das noch nicht Auto fahren darf.

»War das ein Reh?«, fragt Mahmut.

»Ich … Ich glaube schon.« Langsam komme ich zu mir. Hastig steigen wir aus und ich sacke fast zusammen vor Erleichterung, als ich sehe, dass da kein Tier auf der Fahrbahn liegt und auch nirgendwo Blutspuren zu sehen sind.

Niemand wurde verletzt. Ich wiederhole die Worte in meinem Kopf wieder und wieder, bis Mahmut mich zurück ins Auto schiebt.

»Soll ich fahren?«, fragt er, doch ich schüttle den Kopf. Es muss die schiere Freude sein, die sich in meiner Magengegend zu einem seltsamen Kribbeln steigert, darüber, an diesem Wochenende nicht auch noch ein unschuldiges Leben beendet zu haben. Wenn es doch so viele andere mehr verdient gehabt hätten. Das Kribbeln in meinem Magen wird zu einem Lachen.

»Ist alles in Ordnung?« Mahmut guckt mich ernsthaft besorgt an. Ich kann nicht antworten, bevor ich mich beruhigt habe. Er wird immer nervöser. Dabei entkrampfe ich endlich und lasse mich auf meinen Autositz gleiten.

»Ach, weißt du, Mahmut …« Ich versuche wie eine lässige Dorfgöre zu klingen, eine polnische Pippi Langstrumpf, die vor nichts Angst hat. »Mein Vater sagt immer, dass das erste überfahrene Tier die Taufe ist. Meine Tante hat mal ein Reh totgefahren und es zum Grillen abends mit nach Hause gebracht.« Früher oder später passiert das jedem auf dem Land, dafür gibt es hier zu viele Landstraßen, die von dichten Wäldern umgeben sind.

Mahmut schüttelt verständnislos den Kopf, genauso schlau wie vor meinen Worten. Ich nehme sein Gesicht in beide Hände, beuge mich zu ihm rüber und gebe ihm einen Kuss. Ich will jetzt Pippi sein, was gut zu dem Ziel passt, das ich nun wieder ansteuere.

»Darauf haben Zofia und ich unsere halbe Kindheit verbracht. Wir hätten Medaillen und Pokale verdient für die Tricks, die wir darauf einstudiert haben.«

Ich klettere auf die alte, rostige Teppichstange, die eigentlich zum Ausklopfen von Bettvorlegern und Vorhängen gedacht ist. Aber macht das wirklich noch jemand? Staubige Teppiche darauf ausklopfen? »Es wundert mich, dass die Dinger nicht schon längst umbenannt worden sind in ›Kletter- oder Turnstangen‹«, philosophiere ich. Ergibt schließlich viel mehr Sinn. Das ist die wahre Bestimmung der Teppichstangen. Sie haben eine offizielle Beförderung zum Turngerät verdient.

Ich bin so aufgekratzt wie mit zehn Jahren. Nur nicht mehr so geschickt und beweglich wie früher. Oder wie die flinke

Amsel, die neben mir landet und mich so verdutzt ansieht, als würde sie sich fragen, was ich komischer nackter Vogel hier auf ihrer Teppichstange zu suchen habe. Eigentlich eine gute Frage.

Würde ich heute eine Rolle nach der anderen machen, während sich nur meine Beine um die Stange schlingen, würden mein Kopf und der Beton ein paar unangenehme Begegnungen haben. Außerdem merke ich ein Ziehen und Dehnen an allen Ecken und Enden meines Körpers.

»Komm schon!«, rufe ich Mahmut zu, der noch etwas verunsichert einige Meter entfernt steht.

»Das sind die besten Teppichstangen in ganz Oppeln. Ach, was sage ich, in ganz Polen! Und weißt du, warum?«

»Warum?« Mahmut sieht etwas steif aus, wie er sich mit Lackschuhen und schicker Hose an der Teppichstange hochzieht.

»Weil sie genau die richtige Mischung aus Haftung und Glätte bieten und noch nicht so rostig sind, dass man sich Splitter einfängt … Also, zumindest war das früher so.«

»Ich … verstehe?«

»Und direkt da drüben kannst du die Ruinen einer alten Arena sehen. Das war unsere Arena. Die Arena für unsere Olympischen Spiele.«

Zugegeben, ein Blick in die Richtung der »Arena« verrät, dass es sich dabei nur um einige Steinbrocken handelt, die zufällig nah beieinanderliegen. Die hatte ich durch den Blick meiner Kinderaugen etwas imposanter in Erinnerung. Trotzdem erzähle ich Mahmut mit vor Erinnerungen verschleiertem Blick von all den Abenteuern, die ich hier mit meinen zwei dicken, von Mama geflochtenen Zöpfen erlebt habe. Ich bin unendlich froh, als Mahmut mit mir lacht. Er lacht wie ein unbeschwertes Kind. Wie Zofia und ich, wenn wir heimlich die Selbstauslöser-Nacktbildseiten in der *Bravo* angeschaut haben. Danach haben wir sie mit Klebestift zugeklebt, weil wir Angst hatten, unsere Eltern würden sie zu obszön finden und uns die *Bravo* verbieten.

•••

»Kinga?« Ich bleibe abrupt stehen. War das gerade nicht Zofias Stimme? Vom Klo?

»Kiiiingaaa?« Immer noch mit gepresster Stimme, aber wesentlich deutlicher wiederholt sie meinen Namen. Ich presse mein Ohr an die Tür: »Zofia?«

In diesem Moment klackt das Türschloss und die Tür schwingt langsam auf. Ich sehe gerade noch, wie meine Schwester sich halb hockend zum Klo zurückschiebt und dabei die Unterhose zwischen den Beinen festhält. Sie setzt sich und schaut mich aus großen Augen an. Ich schaue sie an. Wir schweigen.

»Ehm … Was ist los?«, frage ich vorsichtig. Zofia wird rot und kratzt sich aufgeregt am Hinterkopf: »Ich glaube, es ist so weit.«

»Was?«

»Na, das«, zischt sie und schielt an sich herunter. »Du weißt schon …« Sie deutet auf ihre Unterhose, auf der ich jetzt zwischen dem Rosenmuster rote Flecken erkennen kann. Mir klappt die Kinnlade herunter.

»Du bist sicher, dass du nicht einfach zu viel Rote Bete gegessen hast? Als ich das erste Mal Rote-Bete-Saft getrunken habe, dachte ich am Abend auch …«

»Ich hasse Rote Bete!«

Ich schlucke und schaue meiner Schwester direkt in die Augen. Meine kleine Zofia …

»Okay, pass auf.« Ich klinge plötzlich routiniert, als würde ich ständig jungen Mädchen ihre Periode erklären und nicht nur mit meiner eigenen gerade so klarkommen. Zielsicher gehe ich zum Schrank mit den Binden: »Fang damit an. Wenn du dich irgendwann wohler fühlst, kannst du auch Tampons ausprobieren. Aber Binden sind für die ersten Male entspannter.«

Zofia nickt aufgeregt. Ich bin, zugegebenermaßen, auch etwas stolz, ihr alles erklären zu können. Schon im Club der Frauen *zu sein und einfach … älter. Außerdem hat sie* mich *gerufen, nicht Mama. Ich hatte damals niemanden, den ich fragen konnte. Mama ist bei solchen Themen eher still. Von ihr ausgehend kam da noch nie was. Ich hab mir all mein Wissen aus der* Bravo *geholt.*

Zofia und ich lächeln uns an. Sie wirkt immer noch verunsichert, aber da blitzt auch Stolz in ihren Augen auf.

•••

»Wie wurdest du eigentlich aufgeklärt?«, frage ich Mahmut, während wir beide so nebeneinander auf den Teppichstangen sitzen und den Blick schweifen lassen. Ich vergesse manchmal, dass niemand meine Gedankengänge mithören kann. Für ihn kommt die Frage völlig aus dem Nichts.

»Huch, wo kommt das denn jetzt her?«, fragt er deshalb verdutzt, und seine eben noch baumelnden Beine hält er vor Überraschung plötzlich still.

»Ach, ich musste gerade daran denken, wie schwer es meinen Eltern gefallen ist, mit uns darüber zu sprechen. Der Stock im Arsch sitzt tief, dank katholischer Erziehung.«

Mahmut überlegt kurz: »Ehrlich gesagt, erinnere ich mich gar nicht daran, dass meine Eltern jemals mit mir darüber gesprochen haben. Wir hatten ein ›Warum wir kein Weihnachten feiern‹-Gespräch, das war Aufklärung genug. Aber das gilt wohl nicht als klassisches Aufklärungsgespräch, was?«

Wir müssen beide lachen.

•••

Mahmuts Cousin Baranalb hat Geburtstag und wir sind eingeladen. Er wird zwölf Jahre alt. Wie gewohnt werden Mahmut und ich durch Menschenmassen voneinander getrennt und ich irre verloren durch das ganze Haus. Diesmal aber auf der Suche nach einer Toilette und nicht nach Mahmut. Die meisten Türen sind sperrangelweit offen, doch am Ende des Flurs ist eine verschlossen. Das könnte die Toilette sein. Ich öffne sie stürmisch (es ist wirklich dringend!) – und blicke in ein entsetztes Augenpaar. Baranalb sitzt vor seinem Computer und … dann sehe ich Nippel. Viele Nippel. Auch die dazugehörigen Brüste.

»Ehm …«, meine Augenbrauen berühren fast meinen Haaransatz. Baranalb beginnt, hastig auf der Tastatur herumzuhämmern. Doch die vielen kleinen Bilder von nackten Frauen mit monströsen, melonenartigen Brüsten verschwinden nicht. Es wird nur mal eins herangezoomt. Und dann noch eines.

Baranalb kommt ins Stammeln und seine offenkundige Scham erregt mein Mitgefühl: »Ich … ich … ehm …«

»Alles okay, ich schweige«, sage ich mit einem Augenzwinkern und muss mir ein Schmunzeln verkneifen.

»Es ist nicht, wonach es aussieht.« Der Computer macht ein lautes Geräusch beim Herunterfahren. Baranalb dreht sich zu mir und

guckt mich aus großen Augen an: »Ich habe ›Möpse‹ gegoogelt, weil ich mir die Hunde angucken wollte. Die Hunde! Ich schwöre! Das war leider, was Google angezeigt hat.«

»Okay?« Ich bin skeptisch. Doch bevor ich noch etwas erwidern kann, hat Baranalb sich schon mit einem kleinlauten »Tschüs« an mir vorbeigeschoben und flieht. Kann ja sein, dass es stimmt, was er erzählt hat, aber mein Gefühl sagt mir …

Ich ziehe mein Handy aus der Hosentasche und gebe »Möpse« bei Google ein. Auf meinem Display erscheinen lauter niedliche Hundeaugen, keine Nippel.

Ich lache still in mich hinein. Kreativ ist der Junge ja, das muss man ihm lassen. Das war eine verdammt gute Ausrede. Außerdem scheint er sich selbst zu helfen zu wissen, wenn schon niemand mit ihm darüber spricht, warum sein Körper plötzlich komische Sachen macht. Die erklärenden Worte eines Erwachsenen wird Google aber kaum ersetzen können. Hoffentlich schaut er sich noch keine Pornos an. Die finde ich teilweise jetzt noch verstörend und ich googele schon ein paar Jahre länger.

29

Mądry Polak po szkodzie
•
Schlau ist der Pole nach angerichtetem Schaden

Beim Film nennt man es einen *Jump Cut*, wenn der Zuschauende ohne Vorwarnung von einer Szene in eine komplett gegensätzliche geschmissen wird. Das Schöne bei Filmen ist, dass man sich normalerweise der Fiktionalität bewusst ist. Dass man sich in den eigenen vier Wänden und eingekuschelt auf dem Sofa völlig sicher fühlen kann, während auf dem Bildschirm ein Mensch, der gerade eben noch friedlich geschlafen hat, plötzlich auf einem sinkenden Schiff steht.

Irgendwer hat einen Jump Cut in mein Leben eingefügt. Nein, nicht *irgendwer.*

»Schh!« Ich kichere und kneife Mahmut mit kindlicher Freude in die Seite. Die Stunde, die wir auf der Teppichstange verbracht haben, ist bislang die schönste des ganzen Wochenendes gewesen. Wir sind letztlich trotzdem zurück zu meiner Oma gefahren.

Aber so langsam sehnen wir uns wirklich wieder nach unserem Bett, daheim in Berlin. Mahmut umgreift mich von hinten, hebt mich hoch und neckt mich damit, dass er mich nicht aus meiner Jacke lässt. Wir kichern beide nur noch lauter. Wie Teenies, die heimlich durch das Haus der Eltern schleichen. Mahmut und ich wirken schon fast beschwipst, bis plötzlich Glas direkt neben uns klirrend zu Boden geht. Ich mache das Licht an und sehe mehrere Bierflaschen, alle mindestens angebrochen, die meisten leer. Bier ist in die Fugen zwischen den Fliesen gelaufen und glänzt klebrig in dem gelben Licht der Deckenlampe. Oma gehören die Flaschen wohl nicht. Ich schlucke und bin auf einen Schlag alles andere als kindlich belustigt. Schlagartig nüchtern. Zielstrebig stoße ich die Tür zum Schlafzimmer meiner Eltern auf. Was ich sehe, lässt mich fast kotzen. Papa liegt allein und noch angezogen auf dem Bett. Das eine Bein hängt über die Bettkante, das andere liegt verdreht unter der Bettdecke, die sich ebenfalls nur halb um seinen Oberkörper schlängelt. Papa ist blass und hat tief liegende Augenringe. Er schnarcht röchelnd, mit offenem Mund, und stinkt bis zur offenen Zimmertür nach Alkohol. Direkt neben seinem Bett sehe ich eine halb leere Schnapsflasche. Die Marke, die auch auf der Hochzeit herumstand. Da hat sich der Sparfuchs wohl ein wenig Proviant für den Heimweg eingepackt.

•••

Ich starre die blutunterlaufenen Augen meiner Mutter an.

Dann wieder auf meinen Teller.

Ich rolle eine Erbse von links nach rechts, doch der Hunger will sich nicht einstellen.

Wieder ein Blick zu Mama. Sie hat geweint.

Ich wünsche mir zum ersten Mal, dass Papa einfach nicht mehr von der Arbeit wiederkommt. Meinetwegen soll er tot umfallen. Dann sind wir das Problem los und ich muss nie wieder Mamas trauriges Gesicht ertragen.

»Mama? Was ist denn, wenn wir einfach abhauen und irgendwo neu anfangen?«

Mama schluckt sichtbar. Zofia hörbar.

Wir sind so gut darin geworden, zu schweigen. Zu gut.

•••

»Wo ist deine Mama?« Mahmut stellt die einzige Frage, die jetzt wirklich wichtig ist.

Wir lassen den Suffkopf in seinem eigenen Schweiß und Dreck liegen.

Mama finde ich im Badezimmer. Sie sitzt mit bebenden Schultern auf dem Klodeckel. Als wir den Raum betreten, versteckt sie schnell ihr Gesicht. Ich schicke Mahmut mit einer stillen Geste vor die Tür und schließe sie hinter mir.

»Ich habe ein Déjà-vu …«, flüstere ich mehr zu mir selbst als zu ihr, doch sie antwortet mit einem lauten Schnauben. Sie versteckt sich vor mir, will ihr Gesicht nicht zeigen. Mama will in ihrer Rolle der starken Mutter bleiben. Ich würde ihr diesen Druck gern nehmen und sagen »Hey, ich bin erwachsen und niemand kann immer stark sein«, aber das würde ihr nicht helfen. Im Gegenteil.

Mir kommt eine andere Idee.

Ich ziehe mich mit schnellen Griffen aus und steige in die Dusche. Das Wasser braucht einen Moment, bis es warm wird, aber dann rinnt es angenehm über meinen Körper und ich schließe die Augen.

»Wie früher«, sagt Mama plötzlich leise.

»Wie früher«, bestätige ich. Immer, wenn ich Redebedarf hatte, bat ich Mama entweder um einen gemeinsamen Spaziergang oder darum, sich zu mir ins Badezimmer zu setzen, während ich duschte. In beiden Situationen war ich nicht gezwungen, ihrem Blick standzuhalten und sie direkt anzusehen. Ich nahm nicht jede Regung, jedes Zucken wahr und fing nicht an, wild daran herumzudeuten. Außerdem baute sich so eine ablenkende Geräuschkulisse auf, die Redepausen angenehmer machte. Draußen die Vögel, Autos, lärmende Kinder, Wind. Im Bad ist es das regelmäßige Rauschen des Wassers.

»Wir haben uns«, sage ich nur. Kurz, leise, aber bestimmt. Es ist ein vorsichtiges Abtasten der Situation. Ich weiß nicht, wie viel Mama preisgeben möchte. Wie Marta heute Nachmittag, fährt sie sich unsicher durch die Haare. Streicht eine Strähne hinters Ohr und wieder zurück, hin und zurück. Endlich sagt sie etwas, langsam und mit brüchiger Stimme: »Vielleicht wären andere Eltern besser für euch gewesen.«

Niemand sollte diesen Satz von der eigenen Mutter hören. So etwas darf sie nicht denken.

»Bullshit, Mama«, sage ich deshalb bestimmt. Ich achte darauf, dass meine Stimme tief und ruhig bleibt. »Du bist die beste Mama auf dieser Welt, und das meine ich so. Nicht jeder kann so bedingungslos lieben wie du.«

»Aber andere Eltern könnten euch mehr bieten. Sie haben einen weiteren Horizont, sind schlauer …«

»Was?« Ich hatte eigentlich erwartet, dass wir über Papa reden.

»Ich war mein Leben lang nur Mutter und Hausfrau. Ich merke doch, dass dir etwas fehlt, wenn wir uns unterhalten. Ich kann mit dir nicht mithalten und langweile dich. Ich langweile jeden, auch mich selbst.«

»Mama, was sagst du da?« Dass Mama so kritisch mit sich und ihrem Leben ist und das bislang bestimmt noch mit niemandem geteilt hat, ist eine schreckliche Vorstellung. Dass ich davon keine Ahnung hatte, weil ich zu sehr mit mir selbst beschäftigt war, macht die ganze Sache noch schlimmer.

»Am Tag meiner Hochzeit war ich sogar noch jünger als Marta heute, und seitdem habe ich still hingenommen, dass dein Papa das Geld nach Hause bringt und ich mich um euch und den Abwasch, die Wäsche, das Essen kümmere. Heute kämpfen die Frauen um jedes Recht, lassen sich nichts sagen. Und ich? Ich nehme immer noch alles hin, ich bin in einer anderen Zeit hängen geblieben.«

»Mama, du hast so viel erreicht …«

Sie unterbricht mich und schüttelt traurig lächelnd den Kopf: »Versteh mich nicht falsch, Kinga, ich liebe euch und ihr seid das Beste, was mir passieren konnte. Aber ich habe nicht mal einen Führerschein.«

Das Wasser rinnt über meine Finger wie Mama die Tränen über die Wange. Ich schlucke und versuche, an die Dinge zu denken, die Mahmut gesagt hat: »Du bist doch mit ganz anderen Voraussetzungen gestartet.«

»Aber irgendwann in Berlin angekommen. Als ich … Als ich das erste Mal mit euch eine Pause von Papa brauchte, war ich komplett auf die Hilfe von Freunden angewiesen. Ich habe höchstens schwarz geputzt und ansonsten ein Klischee gelebt. Das Klischee der unselbstständigen Hausfrau. Ich musste Sachen verkaufen, bis Papa irgendwann wieder in der Lage war, uns Geld zu geben. Weil er … versucht hat, sich zu bessern. Jetzt stehe ich wieder vor dem Nichts. Selbe Situation. Ich bin abhängig.«

Mamas Stimme ist lauter geworden, meine wird leiser: »Weißt du, was mir immer aufgefallen ist? Wenn es klingelt, *sagt* Papa ›Es klingelt‹, aber *du* gehst zur Tür. Wenn die Spülmaschine piept, dreht *Papa* den Schalter um, aber *du* räumst sie aus.«

»Ich weiß. Und die Ungerechtigkeit dahinter sehe ich erst heute, nach und nach. Hier war das immer so, in meiner Familie doch auch. Der Mann muss doch schon den ganzen Tag arbeiten und wir brauchen nur die Kinder zu erziehen. Ha! *Nur Kinder erziehen*. Ich habe immer dieselben Wände gesehen, in Deutschland jahrelang kaum Bezugspersonen außer Papa gehabt, vor allem, weil wir eine neue Sprache lernen mussten. Ich will das nicht mehr.«

Ich muss an das Bild von Papa denken, wie er gerade elendig vor sich hin schnarcht.

»Da ist noch so viel, Mama. Du kannst was ändern, wenn du Lust hast, Neues auszuprobieren!«

»Wer stellt eine 53-jährige Frau ein, die dreißig Jahre lang ihren Beruf nicht praktiziert hat? Wer?« Mamas Stimme wird wieder brüchig.

»Wir finden was. Es geht doch erst mal um einen Einstieg.« Ich versuche, hoffnungsvoll zu klingen, obgleich ich Mamas Ernüchterung verstehen kann. Ihre ohnehin abgebrochene Ausbildung zur Friseurin ist hinfällig.

Mama schaut mich jetzt fast mitleidig an, als würde sie meine Naivität belächeln. Normalerweise würde mich das wütend machen, aber da schlummert zu viel Hoffnungslosigkeit hinter den Falten auf ihrer Stirn.

Sie atmet hörbar aus: »Und was mache ich mit Papa?«

Das Rauschen des Wassers wird wieder lauter in meinen Ohren und verschwimmt mit meinem Tinnitus. Den habe ich in Stresssituationen häufiger.

»Hat er auf der Feier doch getrunken?«, frage ich.

»Nein, erst als wir zu Hause waren. Er hatte es plötzlich ganz eilig, in die Küche zu kommen und …« Jetzt ist es Mama, die meinen Blick sucht. Ich nicke, um ihr zu sagen, dass ich verstehe, dass ich die leeren Flaschen gefunden habe. »Im Festsaal meinte er noch, dass es für ihn besser sei, den Alkohol nicht permanent vor der Nase zu haben. Zu diesem Zeitpunkt hatte er sich aber schon Flaschen im Kofferraum gebunkert. Die erste hat er zu Hause gleich geöffnet. Hauptsache, die anderen kriegen nichts davon mit. Wie naiv ich bin!«

Mama atmet hörbar aus, bevor sie fortfahren kann. »Ich habe mich in den Stall zurückgezogen. Ich wollte das Elend nicht sehen.«

Während ich auf Teppichstangen herumturnte wie eine Zehnjährige, musste meine Mama all das hier allein überstehen. Oma pennt auch ohne Rausch gut und wäre selbst im wachen Zustand keine große Hilfe gewesen.

»Wünschtest du manchmal, dass du ihm damals keine zweite Chance gegeben hättest?«, stelle ich vorsichtig eine Frage, die mir nicht zum ersten Mal in den Sinn kommt, aber sich bislang zu sehr nach Verrat an meinem Vater angefühlt hat.

»Vielleicht … Aber eine Ehe wirft man nicht leichtfertig weg.«

Es liegt mir die Frage auf der Zunge, was sie jetzt machen wird. Als Kind hat die Vorstellung von getrennten Eltern so sehr an meinem Harmoniebedürfnis gekratzt, dass ich das um jeden Preis verhindern wollte. Ich spüre noch Rückstände von diesem Gefühl, wie Essensreste, die sich zwischen den Zähnen festgesetzt haben. Aber es sind eben auch nur Rückstände. Mama soll glücklich sein und das ist auf Dauer vielleicht nur mit einer Trennung möglich. Eine Trennung, die auch für Papa notwendig sein könnte. Er ist zu abhängig von Mama und nutzt sie als Ausrede, um sich selbst vorzumachen, ein funktionierendes Leben zu führen.

Mama versucht plötzlich, wieder optimistischer zu klingen: »Marta hat heute toll ausgesehen, findest du nicht auch?« Sie denkt nach und nickt dann: »Es hat sich schon viel geändert. Heute würde ich Dinge vielleicht anders machen als damals.«

»Inwiefern?«, frage ich nach. Sieht Mama überhaupt, wie viele Parallelen es zwischen ihr und meiner Cousine gibt? Will sie es sehen? Oder eben gerade lieber nicht?

»Na ja. Ich habe mich so oft gefragt, ob Papa vielleicht nur wegen der Nutella nach Deutschland ziehen wollte. Als wir dann nämlich da waren, gab es wochenlang nichts anderes. In Polen kannten wir keine Nutella, keine Cornflakes, keine Kiwi ... Jetzt sind die Regale auch hier in Polen voll mit Produkten, die von überallher kommen. Das Leben hat sich verändert. Marta trägt keine selbst genähten Kleider mehr und Originaltaschen von diesem Michael Kors. Nein, eigentlich stellt sie nur Fotos davon ins Internet, bei Ins... Inta...«

Ich helfe aus: »Instagram.«

»Genau! Bei Instagram. Schon verrückt, wie selbst Oppeln sich mit den Jahren verändert hat.«

Hier heiratet trotzdem jeder mit spätestens 25 und hat maximal zwei Jahre später das erste Kind, liegt mir auf der Zunge. Ich wäre also schon Mutter. Ich sehe aber natürlich trotzdem, dass sich wirklich Dinge verändert haben, es den Leuten insgesamt besser geht als vor 20 Jahren. Aber die Rechte von Minderheiten und Frauen sind für die konservative und zumindest in Teilen schlecht ausgebildete Landbevölkerung immer noch weniger interessant als der Bau amerikanischer Malls. Mir kommt es eher so vor, als würden sich die Leute hier vom scheinbar modernen Westen blenden und nur zu gern von Oberflächlichkeiten ablenken lassen. Anstatt gesellschaftlich relevante Änderungen vorzunehmen, ist man beschäftigt damit, neue McDonald's-Filialen zu eröffnen.

»Ich war so ein schlechtes Vorbild, eine schlechte Mutter.« Mit einem Mal wird Mamas Stimme wieder brüchig. Ihren Gedankensprüngen zu folgen ist mir kaum möglich. Ich stelle das Wasser aus, steige aus der Dusche und beginne mich abzutrocknen. So einen Unfug höre ich mir nicht an: »Ein schlechtes Vorbild? Du warst eine Mutter wie eine Löwin!«

Trotz aller Differenzen, die wir mittlerweile haben, war ich mir immer darüber im Klaren, was für eine tolle, starke Mutter ich habe. Selbst wenn wir in einem Streit steckten, wollte ich im Gespräch mit anderen jedem stolz auf die Nase binden, die beste Mutter der Welt zu haben. Nur merke ich gerade, dass ich das Mama selbst viel zu selten gesagt habe.

»Erinnerst du dich an meinen zehnten Geburtstag? Du hattest im ganzen Essbereich Plastikfolie ausgelegt, damit wir endlich mal so Nudeln mit Tomatensoße essen konnten, wie *wir* wollten. Nämlich mit den Händen. Oder wie du mir eine

Entschuldigung geschrieben hast, weil mein Kaninchen Gretel gestorben war? Und wie wir dann ein Kaninchen aus Pappmaschee für Gretels Altar gebaut haben? Wie du mir nach jeder Ballettstunde eine heiße Schokolade gekauft hast, damit ich ja nicht vergesse, dass Zu-dünn-Sein überhaupt nicht schön ist, egal, was sich in der Umkleidekabine vielleicht erzählt wird? Erinnerst du dich, wie du der Mutter von Tanja in den Arsch getreten …«

»Kinga!«

»In. Den. Arsch! Getreten! Hast. Weil sie mich als Plattengöre beschimpft hat. Wie du auf dem Flohmarkt den Mann zusammengefaltet hast, der mich auf fünfzig Cent für meine Barbie-Puppe mit Cabrio runterhandeln wollte?«

»Das war frech. Du warst 13 Jahre alt und der wollte das ausnutzen.«

»Erinnerst du dich, wie du mir jeden Abend Gute-Nacht-Geschichten von Pippi Langstrumpf, Karlsson vom Dach, Bibi Blocksberg oder ähnlichem vorgelesen hast?«

Endlich lächelt Mama. »Du warst immer so aufgeregt nach einer neuen Geschichte, dass ich dir danach noch etwas vorlesen musste, das du schon kanntest …«

»Und weißt du noch, wie du dich auf der Straße vor das Kind gestellt hast, das von seinem Vater fast geschlagen wurde, während die Mutter danebenstand?«

Mama sieht mich schweigend an.

»Du hast dich vor uns und vor jedes Kind gestellt. Selbstlos und ohne Angst. Du warst und bist das beste Vorbild, das ich mir vorstellen kann. Ich liebe dich – so sehr, wie ich einen Menschen nur lieben kann.«

Mama rinnt eine einzelne, letzte Träne über die Wange. Ich

umarme sie so fest, wie sie mich als Kind immer umarmt hat. Ich weiß nicht, wohin mit meiner Liebe für diese Frau.

Kurz bevor Mama und ich, in einen Morgenmantel gehüllt, das Bad verlassen, hält Mama mich an der Schulter fest.

»Wegen Mahmut …«

Ich fahre überrascht zu ihr herum. Sie fixiert mich mit ihren grüngelben Augen und mustert mich. Ihr Lächeln deutet sich erst nur an, breitet sich dann aber ganz deutlich und strahlend übers ganze Gesicht aus.

»Dein Mahmut hat übrigens wirklich schöne Schultern.«

»Bitte was?« Ich stoße ein überraschtes Husten aus und hebe beide Augenbrauen.

Mama senkt ihren Blick: »Vielleicht hätte ich nicht so streng sein dürfen.«

»Ach …«, setze ich zu einer Antwort an, aber mir fällt nichts Gescheites ein.

Stattdessen fährt Mama fort: »Ich kann sehen, wie sehr er dich liebt. Und er behandelt dich gut, oder?«

Bei dem Gedanken an Mahmut wird mir warm ums Herz: »So gut, dass ich es manchmal kaum glauben kann.«

Mama nickt und lächelt noch mehr. In ihren Augen funkelt es plötzlich hämisch. »Wie regungslos er die Flaki gegessen hat.«

Ich muss lachen, wenn ich an die Rinderpansen und Mahmuts Gesichtsausdruck dazu denke. »Ich sag's ja: Das ist wahre Liebe!«

»Deshalb habt ihr auch mein Einverständnis.«

»Einver…?« Ich stocke. Meine Gesichtszüge entgleisen, bevor mein Hirn wirklich verarbeitet, was Mamas Worte bedeuten. Mehr als ein Stammeln bekomme ich nicht heraus: »Woher …?«

Jetzt kichert Mama wie ein Kind, dem ein wirklich genialer Streich gelungen ist: »Ihr habt ganz schön lang gebraucht vorhin auf der Damentoilette und Marta hat ein ordentliches Stimmvolumen.«

Auf einmal ist da eine Leere in meiner Magengegend, aber eine sehr wohltuende. Es ist raus. Ein Zufall hat mir die Herausforderung abgenommen, meinen Eltern ein Geständnis machen zu müssen. Die Freude darüber wird nur von einem Gedanken getrübt: »Tut mir leid, dass ich es dir nicht persönlich gesagt habe, Mama.«

»Solange du nicht ohne mich das Brautkleid aussuchst …«

Ich falle ihr um den Hals und spüre, wie sie, zart und klein, wie sie ist, mich fest umgreift. Seit wann bin ich die Größere von uns beiden?

»Und den Ring will ich jetzt sehen!«, ergänzt Mama fordernd in mein Haar hinein.

Ich zeige Mama den Ring mit vor Stolz geschwellter Brust und stelle mit Freude fest, dass ihre Kinnlade etwas aufklappt. Das ist einer dieser Momente. Ein Moment, der zum Erwachsenenleben gehört. Den ich mir schon ein paarmal vorgestellt habe, der sich jetzt aber weniger erwachsen anfühlt als erwartet. Das Leben passiert manchmal einfach.

30

Kto drogi prostuje, ten w domu nie nocuje
•
Wer seine Wege begradigt, der übernachtet nicht daheim

Ich sitze zwischen meinen Eltern auf dem Sofa, als wäre ich ihre Psychotherapeutin. Beide sprechen in der dritten Person Singular voneinander, so, als wäre der jeweils andere nicht in greifbarer Nähe. Ich fühle mich wie ein Bettelarmband, an das kein Anhänger mehr passt. Mit jeder Beschwerde des einen über den anderen kommt ein neuer Anhänger dazu. Ich fühle mich wie ein Kuscheltier, das von zwei Kindern hin und her gerissen wird. Wobei die Klärung von Besitzverhältnissen bezüglich eines Kuscheltiers wenigstens ein vernünftiger Grund ist, sich zu streiten. Mama und Papa pfeffern sich Banalitäten an den Kopf. Situationen, die sie irgendwann und irgendwo mal ansatzweise wütend gemacht haben. Nein, eigentlich pfeffern sie mir *diese Banalitäten an den Kopf. Schließlich reden sie ja gerade nicht miteinander.*

»Es würde mich einfach freuen, wenn er auch mal mit mir, seiner Frau, in den Urlaub fahren wollen würde. Für Fahrten zu seiner Mutter nach Polen sind immer genügend Urlaubstage da, aber wann

hat er mich mal zu einem romantischen Urlaub zu zweit eingeladen?«

»Die Kirche, in der ich Ministrant war, feiert ihr 100. Jubiläum. Da will ich natürlich hin. Was sagt meine Frau? Die Kirche hat doch jedes Jahr Geburtstag.«

»Seit zwei Monaten bitte ich darum, dass er die Kommode neu lackiert. Seit zwei Monaten!«

So langsam habe ich das Gefühl, an mich wird die Erwartung gestellt, Schiedsrichterin zu sein: ein Punkt für Mama! Übles Eigentor auf Papas Seite! Aber er setzt zum Gegenangriff an, Schuss und … Tor! Dieser Treffer müsste doppelt zählen! *Ich bin froh, mittlerweile alt genug zu sein, um zu verstehen, dass das nicht wirklich* meine *Probleme sind, auch wenn sie mich unbedingt einbeziehen wollen. Es tut zwar schon noch etwas weh, aber physischer Abstand wirkt wie ein Pflaster. Fast sogar wie ein sofort wirkendes Heilelixier. Denn mittlerweile habe ich eine eigene Wohnung mit anwesender, mich liebender Bezugsperson. Nicht nur ein Zimmer direkt nebenan, mit dem einarmigen Mr. Bob. Armer Mr. Bob. Der tapferste Teddy der Welt musste viele Kuscheleinheiten und erste Masturbationsversuche über sich ergehen lassen.*

»Ihr kann man es nie recht machen. Entweder man räumt die Spülmaschine zu spät oder zu laut aus.«

Zweite Halbzeit. Ich sollte darüber nachdenken, mir eine Trillerpfeife, eine Gelbe und eine Rote Karte zu besorgen.

•••

Den nächsten Morgen erwarte ich mit Angst. Ich fühle mich zwar stark mit Mama und Mahmut im Rücken, aber Papas Reaktion ist völlig unberechenbar.

Nachdem Mama ihn aus dem Bett geschmissen und dazu bewegt hat, sich zu waschen und anzuziehen, verabreden wir uns zu einer Krisensitzung in der Küche. Mahmut und ich lehnen nebeneinander an der Arbeitsplatte, ich habe die Arme vor der Brust verschränkt. Mama läuft aufgeregt durch die Küche und ist gerade umständlich dabei, Teewasser aufzusetzen, als Papa die Küche betritt. Das Schuldgefühl steht ihm ins aufgequollene Gesicht geschrieben.

Ich empfinde so eine Wut ihm gegenüber, dass er einfach nur dastehen muss, um mich aufzuregen. Es reicht, dass ich höre, wie er seine trockenen Hände aneinanderreibt oder wie seine Zunge schnalzt, wenn er den Mund öffnet.

Ich erwarte von ihm, dass er etwas sagt. Dass er zu seiner Scheiße steht, wie ein erwachsener Mann. Stattdessen fixiert er seine Zehenspitzen.

»Wir brechen in einer Stunde auf.« Meine Mutter spricht mit dem Rücken zu Papa und nestelt mit zitternden Fingern an dem Wasserkocher herum. Ich sehe, wie sie kurz die Augen schließt, Luft holt und sich dann bewusst und mit durchgestrecktem Rücken zu Papa umdreht. Als sie spricht, ist ihre Flatterigkeit verschwunden, ihre Stimme duldet keinen Widerspruch. Papas Kopf fährt überrascht nach oben.

»Du wirst nicht fahren. Dein Körper braucht noch, um den Restalkohol im Blut abzubauen, und so lange werde ich hier nicht warten. Kinga fährt dich mit unserem Auto nach Hause, ich steige bei Mahmut ein.«

Papa schluckt und nickt. Immerhin macht er nüchtern keine Faxen. »Natürlich, machen wir so, und wenn wir gemeinsam in Berlin …«

»Nein!« Mama unterbricht Papa so energisch, dass auch

Mahmut und ich sie nun überrascht anschauen. Sie schüttelt den Kopf und macht ein paar feste Schritte auf Papa zu. »Denk nicht, dass damit alles gegessen ist und wir zum Alltag übergehen. Ich habe bereits mit deinem alten Therapeuten gesprochen und du hast gleich morgen früh einen Termin auf der Station.«

Gib's ihm, Mama! Ich bin so stolz auf diese Frau.

»Und ...?« Papas Stimme ist brüchig und rau von der gestrigen Nacht.

Mama guckt ihm fest in die Augen: »Und was?«

Papa schluckt. Ich sehe, wie ihm nichts davon gefällt, aber er erkennt sein Problem und er kennt seine Optionen genau: »Was ist mit uns?«

Mama schweigt, wirft einen kurzen Blick zu Mahmut und mir. Ich erwäge, sie allein zu lassen, doch sie fährt bereits fort: »Das wird sich zeigen. Ich brauche auf jeden Fall eine Pause. Abstand. Wir werden in Berlin weitersehen.«

Ich sehe, wie sich Tränen in Papas Augen sammeln. Seine Nasenflügel beben. Für einen kurzen Moment spüre ich, wie mir Mitleid die Kehle zuschnürt. So wütend ich gerade auch auf Papa bin, es ist Papa. Er versucht, den Schmerz hinunterzuschlucken. Verlustängste sprechen aus seinem Blick, er schließt kurz die Augen. Doch als er sie wieder öffnet, liegt nur noch mehr Angst in ihnen. Angst, Mama zu verlieren, und das zu Recht. Ich weiß nicht, ob sie ihm noch eine Chance geben wird und geben kann. Ein kleiner Teil von mir wünscht sich das. Wünscht sich Eltern, die zusammen sind und einander im Alter unterstützen, gemeinsam die Einsamkeit bekämpfen. Ein anderer Teil von mir wünscht sich genau das Gegenteil. Kindliches Harmoniebedürfnis gegen weltoffene

Erziehung und Ungerechtigkeitsempfinden. Ich nehme Mahmuts Hand.

Mama verlässt die Küche an Papa vorbei, der seinen Blick wieder zu Boden richtet. Mahmut und ich folgen ihr, anstatt von unserer Verlobung zu erzählen. Nachdem Papa sich so respektlos – uns allen und sich selbst gegenüber – verhalten hat, kann er sich jetzt wohl keinen Widerspruch mehr leisten. Selbst wenn, wäre es mir egal. Aber mir ist nicht egal, dass Mahmuts und meine Verlobung etwas Wichtiges und Schönes für mich ist, das ich nur mit Menschen teilen will, die das auch zu schätzen wissen. Mit denen ich Freude teilen kann. Gerade ist da zu viel Wut in mir für schöne Gefühle. Ich weiß, Papa fühlt sich allein, aber vielleicht *muss* er genau das jetzt fühlen.

Unser kleiner Opel Corsa tuckert die Autobahn entlang, Papa und ich starren unentwegt auf seine Rücklichter. Wir fahren im Auto meiner Eltern direkt hinter Mama und Mahmut her. Eine Zwei-Auto-Karawane. Seit zwei Stunden sind wir bereits unterwegs und haben nur geschwiegen. Ich wüsste gern, wie die Stimmung im Auto bei Mahmut und Mama ist. Die dicke Luft zwischen Papa und mir halte ich nämlich kaum noch aus. Er sitzt direkt neben mir und schaut aus dem Fenster, fast regungslos. Kurzerhand rufe ich auf Mamas Handy an. Ich muss jetzt Stimmen hören, ohne dass mein Puls steigt. Da ich fahren muss, nutze ich die Lautsprechanlage.

»Kinga, was gibt es?« Mama geht ran, ohne ein Hallo. Ich höre, wie sie versucht, ihre Sorge zu verbergen. Sie denkt, dass etwas passiert ist, dass Papa vielleicht einen Flachmann gezückt hat.

»Bei uns ist alles gut, ich bin froh, dass wir so gut durchkommen«, sage ich deshalb schnell.

Läuft da im Hintergrund etwa laut Katy Perrys *»I kissed a girl«*? Ich schweige.

»Warum rufst du an?«, fragt Mama. *Ja, gute Frage.*

»Wollte nur hören … wie die Stimmung bei euch ist?«

»Ach, du denkst, ich rücke Mahmut das Kopf zurecht?« Jetzt spricht Mama bewusst Deutsch, damit Mahmut ihren Witz versteht. Ich fasse es nicht. Sie lacht mich fast aus. Und Mahmuts Lache höre ich auch im Hintergrund! »Ich gib dir ihm mal, damit du weißt, er lebt noch. Kann übrigens toll singen, dein Mahmut!«

Papa und ich tauschen einen schockierten Blick aus, das erste Mal, dass er mir heute in die Augen sieht.

»Hey, Kinga, was ist los?«

»Singen?«

»Es lief was von Beyoncé, ich konnte nicht anders.«

»Beyoncé?« Nichts ergibt mehr einen Sinn. Ich weiß, dass meine einsilbigen Fragen nicht besonders eloquent wirken. Mama lacht im Hintergrund und fragt, ob sie die Musik lauter machen kann. Ich versuche, meine Fassung wiederzugewinnen: »Na dann, habt Spaß!« Meine Stimme klingt schief, etwas wahnsinnig.

»Ist bei euch wirklich … alles gut?«, erkundigt sich Mahmut jetzt doch mit etwas Sorge in der Stimme. Papa und ich sehen uns noch mal an.

»Ja.« Ich lenke meinen Blick wieder auf die Straße. »Das Schweigen bei uns hat zum Glück in drei Stunden ein Ende.«

»Halte durch. Ich liebe dich, hörst du?« *Wärme in seiner Stimme.* Ich lerne neu dazu, dass Wärme sogar durch Telefonleitungen fließen kann. Und das, obwohl das Liebesbekenntnis in Anwesenheit meiner Eltern, selbst nach allen Geschehnissen, nicht ganz leicht über die Lippen geht. Weder ihm noch mir.

»Ich liebe dich auch. Bis später.« Wir legen auf.

Papa schaut wieder aus dem Seitenfenster, aber ich spüre, dass er deutlich unruhiger ist als vor dem Telefonat. *Dachtest wohl, Mama würde ununterbrochen in Grabesstimmung um dich trauern?*

Papa braucht etwa fünf Minuten, um ein paar Worte zustande zu bekommen: »Es tut mir leid, Kinga. Ich habe es richtig versaut.«

Ich nicke nur. Er soll nicht denken, dass ich es ihm so einfach mache.

»Ich … Ich weiß, dass ich dabei bin, das Beste, was mir im Leben passiert ist, zu verlieren. Und dass ich kein guter Vater war. Bin. Ich hab sehr viel Zeit verschwendet und das muss jetzt ein Ende haben.«

»Ja.« Mehr kriegt er von mir nicht. Was er sagt, ist ja wohl offensichtlich. Was soll ich dem hinzufügen?

Papa setzt noch mal an: »Ich hab schon mal versprochen, dass ich das Trinken lasse, und es nicht geschafft. Diesmal gebe ich alles, es ist meine letzte Chance.«

Wie gern wäre ich naiv und würde ihm das einfach alles glauben. Aber ich hab aus meinen Fehlern gelernt. *Wir werden sehen.*

Ich spüre, wie Papa mich von der Seite aus mustert.

»Deine Mutter hat mich übrigens noch um etwas gebeten …«

Jetzt werde ich aufmerksamer.

»Um was?« Ich versuche, so eisern zu klingen wie Mama vorhin in der Küche. »Was hat sie gesagt?«

»Mahmut und du. Das ist ernst, ich habe es verstanden. Ich will, dass du weißt, dass ich ...« Es ist fühlbar, wie schwer Papa die Worte fallen.

»Ja?«, frage ich. Meine Finger tippen unruhig auf dem Lenkrad herum. Die dünnen Bäume, die die Autobahn säumen, ziehen plötzlich etwas schneller an uns vorbei.

»Du sollst wissen, dass ihr meinen Segen habt. Nicht, dass ihr ihn brauchen würdet, und ich weiß auch nicht, ob du ihn überhaupt noch willst, aber ...«

»Danke, Papa.«

Ich kann mich kaum noch auf den Verkehr konzentrieren. Die Worte, die er spricht, stehen im Widerspruch zu allem, was Papa in letzter Zeit gelebt hat. Plötzlich klingt er wie ein reumütiges Lamm auf der Schlachtbank. Ein bisschen so ist das ja auch. Kann ich dem trauen?

Fest steht, er ist mein Vater. Ich will, dass er einen Grund zum Kämpfen hat.

»Ich weiß das zu schätzen. Gib dir Mühe, ja?«, füge ich schnell hinzu. Spucke die Worte aus, bevor meine Wut sie verschluckt hat.

Ich sehe aus dem Augenwinkel, wie Papa nickt.

Ist Familie dafür da?

31

Koniec wieńczy dzieło
•
Das Ende krönt das Werk

Mein Berlin. Endlich.

Mahmut lässt Mama aussteigen und ich Papa. Kurzer, aber intensiver Blickwechsel zwischen Mama und mir. Ich ziehe sie an mich und flüstere ihr ins Ohr: »Ich rufe dich und Zofia heute Abend an. Vielleicht komme ich noch vorbei, wenn du möchtest?«

Ich will sie kaum loslassen. Brauche *ich* die Umarmung oder braucht Mama sie?

»Wir schaffen das heute Abend, mach dir keine Sorgen. Ich kann das«, sagt Mama bestimmt. Ich versuche, sie aufmunternd anzuschauen: »Morgen früh um acht stehe ich vor der Tür und bringe ihn direkt in die Klinik.«

Als ich zurück zum Auto gehe, schaut mich Mahmut fragend an. »Alles okay?«, formt er mit den Lippen. Ich nicke und rufe ihm zu, dass er einfach nach Hause fahren solle, ohne auf mich zu warten. Ich nehme Mamas und Papas Auto mit, um Papa gar nicht erst auf dumme Gedanken zu bringen. »Ich halte noch an der Tankstelle, um das Benzin für morgen früh aufzufüllen.«

Das Knallen der Autotür hat selten so gutgetan. Ich schließe die Augen für einen Moment, atme tief durch und höre dann, wie Mahmut direkt vor mir den Motor startet. Auch ich lasse ihn jetzt laufen.

Mein Atem geht regelmäßig. Ich achte darauf, um meine Emotionen stabil zu halten. Keine Musik, kein Laut, außer dem regelmäßigen Rauschen der vorbeifahrenden Autos. Tankstelle. Ich fahre in die Auffahrt. Spritduft habe ich schon als Kind geliebt. Die leuchtenden Werbetafeln an der Kasse lenken mich ab. Ich nehme jeden äußeren Reiz auf, den ich kriegen kann.

Gerade bin ich dabei, die Zapfpistole zurück in die Tanksäule zu stecken, als neben mir ein kleiner, dunkelblauer Fiat hält, durch dessen offenes Fenster polnische Musik erklingt. Ich werde dieses Land wohl einfach nicht los, egal, wie viele Kilometer Abstand ich aufbaue. Ein älterer Herr sitzt mit einem kleinen Jungen im Auto. Wahrscheinlich sein Enkel. Der Großvater unterhält sich mit ihm auf Polnisch über die Funktion der Pedale. Ich bin selbst überrascht, aber ich merke, wie sich beim Klang der polnischen Sprache eine angenehme Wärme in meiner Magengegend ausbreitet. Ich denke an Familienurlaube, geschmierte Butterbrote und meine Mama, wie sie uns nicht erlaubt, die Autoheizung anzustellen, weil sie Angst hat, der Proviant könnte schlecht werden.

Enkel und Opa steigen aus dem Auto. Das von Falten durchzogene Gesicht des Mannes wendet sich dabei in meine Richtung, so, als hätte er meine Blicke gespürt. Schnell drehe ich mich weg, denn ich fühle mich beim Beobachten ertappt.

»Du kannst mir beim Tanken helfen«, höre ich den älteren Herrn in meinem Rücken plötzlich Deutsch mit dem Jungen sprechen. Nachdem der Kleine auf Polnisch antwortet, höre ich, wie sein Opa ihm etwas zuflüstert. Auch das kommt mir bekannt vor. Bestimmt sagt er ihm, dass er in der Öffentlichkeit Deutsch sprechen solle, weil sich das nun mal so gehöre. Ich durfte mir das von meinen Eltern auch immer anhören, sodass sich bei mir unterbewusst die Überzeugung eingeschlichen hat, alles, was mit Polen zusammenhängt, sei irgendwie defizitär. Vielleicht sogar etwas Verbotenes.

Ich gehe an die Kasse und kann mich kaum zurückhalten, die beiden weiter anzustarren. Nach und nach kommen immer mehr Erinnerungen in mir hoch. Gerade hält der Junge lachend den Tankhahn mit beiden Händen fest umschlossen. Als ich wieder am Auto bin, gehen sie los zur Kasse, wobei sie sich weiterhin unterhalten. Natürlich auf Deutsch. Ich lasse mich auf den knarzenden Autositz fallen und will losfahren. Aber irgendwas hält mich zurück.

Da fällt mir die geöffnete Packung *Krówki* auf der Rückbank ein, aus der ich auf der Heimfahrt genascht habe. *Krówki* – das sind typisch polnische Süßigkeiten aus Toffee, von denen noch einige Packungen im Kofferraum auf mich warten. Tante und Oma haben mich mit so viel Essen eingedeckt, dass Mahmut und ich den ganzen Monat nicht mehr einkaufen müssen.

Als der Junge und sein Opa wieder am Auto ankommen, husche ich zu ihnen.

»Przepraszam?« Ich spreche sie bewusst auf Polnisch an. »Darf ich kurz stören?«

Der Junge sucht den Blick seines Opas, so, als würde er

nach der Erlaubnis fragen, mir zu antworten. Vorsichtig nickt der Kleine mir zu, was seine Lockenmähne in Bewegung bringt. Erst mal kein falsches Wort riskieren. Dann übernehme ich das Gespräch eben wieder. Wenn Mama mich so erleben könnte, sie würde ganz sentimental werden. Solche Töne hat sie sich schon lange von mir gewünscht: »Tatsächlich komme ich gerade aus Polen und habe den Kofferraum voller Süßigkeiten.« Jetzt huscht ein Schmunzeln über das Gesicht des Opas, und sein Enkel macht große Augen. »Ich habe gedacht, Sie würden sich vielleicht über eine Packung *Krówki* freuen?« Ich strecke dem Jungen die Packung hin.

»Danke!«, ruft er – alle Hemmungen sind gefallen – und plappert endlich auf Polnisch los: »Das sind auch noch die mit Schokolade! Die mag ich am liebsten! Danke! Ich werde die gleich … Ich darf doch, oder? *Bitte, bitte, bitte, Opa*!«

Wie glücklich ein paar zusammengepresste Gramm Zucker machen können. Der ältere Herr lächelt bedächtig und wendet sich dann mir zu, er fragt, wo genau ich herkomme und wie lange ich in Polen war. Er saugt jedes Wort meiner Antworten auf. Ich sehe Sehnsucht in seinen Augen schimmern. Sehnsucht, aber auch Gelöstheit. Mir ist klar, dass ich durch die vergangenen Tage sensibilisiert bin für die Generation dieses Mannes. Wenn es sogar in mir ein Gefühl der Solidarität auslöst, auf Menschen aus Polen zu treffen, obwohl ich ein sehr strittiges Bild der Heimat meiner Eltern habe … wie muss es da erst ihm gehen und einer ganzen Generation von polnischen Eltern und Großeltern in Deutschland?

Bevor ich wieder in mein Auto steige, mache ich dem kleinen Jungen noch ein Kompliment für sein gutes Polnisch. Der lächelt zurück, wobei ihm fast eine kleine Kuh, was *Krówka* übersetzt bedeutet, aus dem Mund fällt.

»Gut, dass ihr Polnisch gesprochen habt, sonst wäre ich einfach weitergefahren.« Ich winke mit dem Zaunpfahl, bis mir fast der Arm abfällt, und hoffe, dass der Junge und sein Opa verstehen, worum es mir geht.

Wieder im Auto muss ich mir selbst eingestehen, wie sehr auch ich die letzten Jahre falschgelegen habe. Ich war sehr streng mit Polen und seinen Einwohnern. Es ist ein Privileg, in zwei Kulturkreisen aufgewachsen zu sein. Ich kann mir das Beste von beiden aussuchen.

Polen hat viele Probleme. Nach wie vor kann ich nicht leiden, wie konservativ und rechtspopulistisch das Land geführt wird, aber gleichzeitig sehe ich auch klarer die Ursachen dafür. Wenn sich alle so verhalten, wie ich es bislang getan habe, wird sich daran nie etwas ändern. Ich habe die Polen und ihre Kultur ausgegrenzt und abgestoßen, wie meine Familie Mahmut. Auf der anderen Seite habe ich gerade wieder gemerkt, dass mich vieles aus der Heimat meiner Eltern auch positiv geprägt hat: dass man nicht glücklicher ist, wenn man mehr besitzt; dass Familie durchaus ein Wert ist, der mir selbst auch wichtig ist; dass es Traditionen gibt, die ich selbst auch für schön und schützenswert halte – wie die Pflege der Friedhöfe oder das regelmäßige Kartenspielen.

In Polen können viele Leute nicht wählen, welcher Wert ihnen wichtiger ist: ob sie sich über das Haben oder das Sein definieren wollen, deshalb *sind* sie einfach.

Wir in Deutschland haben die Wahl zwischen diesen Werten und suchen uns häufig ausgerechnet das Haben aus. Ein Fehler, wie ich finde.

Regelmäßig treffen sich in Polen alle an einem Tisch, spielen Karten und kochen zusammen (na gut, lassen leider noch häufig die Frau kochen). Allein die Pflege der Friedhöfe hat Tradition. Verstorbene werden nicht vergessen, sondern sollen in Ehre ruhen dürfen. Dabei denke ich an Mahmuts überraschte Blicke und sein häufig bewunderndes Lächeln während der Hochzeitsfeier. Ich musste erst sehen, wie sehr ihm vieles an der polnischen Lebensweise gefällt, um an meine eigene Wertschätzung ihr gegenüber erinnert zu werden. Einiges habe ich einfach als selbstverständlich hingenommen und deshalb die negativen Dinge stärker bewertet. Ich nehme mir vor, ab und an etwas polnischer zu sein. Nahrung *(Flaki)* ausgenommen.

Mein Schlüsselbund klirrt, während ich meinen Wohnungsschlüssel im Schloss umdrehe. Froh lasse ich die Taschen in unseren Flur fallen. Mahmut kommt um die Ecke geflitzt, gibt mir einen Kuss und nimmt mir alles ab, was noch an meinen Schultern hängt. Ich sauge den Duft von Birke ein, der von dem kleinen auf dem Schuhschrank stehenden Aromafläschchen ausgeht. Meine Schuhe lasse ich schief auf dem Boden stehen, die Jacke werfe ich auf einen Beistellhocker. Für einen Moment versuche ich all die liebevollen Einzelheiten zu schätzen, die unser Zuhause zu unserem Zuhause machen. Es ist vielleicht nicht alles praktisch in dieser Bude, auch nicht perfekt aufeinander abgestimmt. Es findet sich hier nichts Prätentiöses, keine Statussymbole. Dafür lauter private Erinnerungen in Form von Fotos, Postkarten und Souvenirs. Ich schmunzle beim Anblick der kleinen Buddhafigur auf dem Schrank im Flur. Irgendeiner unserer Freunde hat ihm bei unserem letzten Kochabend ein Schnapsglas über den Kopf gezogen, und wir haben ihn immer noch nicht von seinem Helm befreit. Steht ihm auch viel zu gut dafür. Sogar das Bild mit den hässlichen Klecksen, das Mahmut so mag und ich so gar nicht, stört mich plötzlich nicht mehr. Hier ist alles genau richtig, so, wie es ist. Es fühlt sich gut an, zu Hause zu sein. Und es fühlt sich gut an, einen Ort zu haben, der sich so anfühlt.

Durchatmen und erst mal ab in die Küche. Mein Blick fällt sofort auf den sich stapelnden Haufen an Briefen.

»Ich muss gleich noch ein Paket bei Frau Hanseln abholen«, sagt Mahmut, der meinen Blick wohl gesehen hat, und gibt mir noch einen Kuss in den Nacken. Dann schleicht er an mir vorbei und holt Gläser aus dem Schrank, um uns etwas Wasser einzugießen. Ich schaue die Post durch, wobei mir ein Brief besonders auffällt, denn er ist mit Gold und Silber verziert. Ich öffne ihn und versuche, still für mich zu lesen: *»Sevgili Mahmut, düğünümüzü dört gözle bekliyoruz …«*

Auch wenn ich kein Türkisch verstehe, ist mir klar, was ich da in den Händen halte: Die Einladung zur Hochzeit von Mahmuts Cousin ist angekommen. Ich hebe den Blick und schlucke. »Mahmut, jetzt ist *deine* Familie dran. Jetzt müssen wir *ihnen* erzählen, dass wir heiraten wol…«

Ein Glas geht scheppernd zu Boden.

ENDE

Rezept:

Schlesische Kluski mit Gulasch und Mamas Apfel-Rotkohl

Für ca. 5 Personen

Eine meiner Freundinnen hat mit 15 Jahren mal 13 dieser Kluskis geschafft. Ein Wunder, dass sie dabei nicht selbst zu einer Kluska geworden ist. Selbst Papa schafft maximal sechs Kluskis in einem Rutsch, denn die Dinger stopfen und geraten bei Mama auch alles andere als klein. Die Mischung aus Wachstumsschub und neuer Genusserfahrung muss ungeahnte Kräfte in ihr freigesetzt haben.

Zu den Kluskis lässt sich ganz klassisch Gulasch mit Bratensoße servieren. Da das hier aber mein Buch ist, mache ich, was ich will, und ich bevorzuge ein Pilzgulasch ohne Fleisch. Muss Oma ja nicht wissen. Mama akzeptiert das, wenn auch leidend, darf dafür aber wieder die Apfel-Rotkohl-Zubereitung übernehmen. Mamas Apfel-Rotkohl ist sowieso der beste und legendär! Jeder Mensch, der mir etwas bedeutet, bekommt früher oder später eine Kostprobe. Also: Ran an die Kochlöffel und Kartoffelstampfer!

Zutaten:

Für die Kluskis:

- 1800 g Kartoffeln
- 300 g Kartoffelmehl
- 1 Ei
- Salz
- Salzwasser

Für das Gulasch:

- 6 Möhren
- 80 g getrocknete Steinpilze (30 Min. eingeweicht in heißem Wasser)
- 400 g frische Champignons
- 15 g frischer Thymian
- 400 ml veganer Rotwein
- 3 Zwiebeln
- 2 Knoblauchzehen
- 9 EL Tomatenmark
- 4 EL Senf
- 3 EL Sojasauce
- 450 ml Gemüsebrühe
- 1 l heißes Wasser
- Pflanzenöl zum Braten
- Salz
- Pfeffer

Für den Apfel-Rotkohl:

- ein Glas Rotkohl
- eine klein gehackte Zwiebel
- 2 Lorbeerblätter

- ein ganz fein geschnittener Apfel
- 2–3 El Öl
- Salz, Pfeffer

Zubereitung:
Zuerst machen wir uns an den Rotkohl. Dafür müssen lediglich alle betreffenden Zutaten in einem Topf mindestens eine Stunde bei niedriger Temperatur gedämpft werden. Ich mag ihn sogar am liebsten, wenn er schon am Vortag gemacht wurde. Nur die Zwiebel kommt erst zum Schluss dazu. Vor dem Servieren die Lorbeerblätter rausfischen und nach Bedarf würzen. Fertig.

Weiter geht es mit unseren Hauptdarstellern, mit den Kluskis: Die Kartoffeln waschen und im Salzwasser weich kochen. Kartoffeln pellen, durch eine Kartoffelpresse in eine große Schüssel drücken und abkühlen lassen. Anschließend die Kartoffeln schön flach drücken und ein Viertel des Teigs aus der Schüssel herausnehmen. Nichts wegschmeißen, brauchen wir noch! Das leere Viertel in der Schüssel nun mit Kartoffelmehl auffüllen. Meine Mutter würde sagen »nach Gefüüühl, man merkt ja, ob Konsistenzia is gut«. Genaue Mengenangaben sind nicht so ihr Ding, vor allem bei Rezepten, die ihr ins Blut übergegangen sind.

Schon kommen die zuvor beiseitegelegten Kartoffeln wieder dazu; nun alles gut mit den Händen zu einem glatten Teig verkneten. Meine Mutter schlägt an dieser Stelle noch ein Ei in die Schüssel, doch das könnt ihr auch weglassen. Sollte der Teig zu klebrig sein, kommt mehr Kartoffelmehl hinzu. Aber nicht viel, sonst werden die Klöße wiederum hart. Ich sag's ja, es ist eine Kunst.

Aus dem Teig kleine Kugeln formen (oder wie ich als Kind: Herzen und Sterne). Ihr könnt sie auf einem Teller ablegen und euch in der Zwischenzeit um die Soße kümmern. Hierfür müssen wir zunächst die frischen Pilze und Möhren putzen und klein schneiden. Danach Zwiebeln und Knobi schälen und fein würfeln. Die Thymianblätter von den Stielen zupfen und hacken. Die vorab eingeweichten Steinpilze aus der Brühe nehmen und ebenfalls klein schneiden. Die Steinpilz-Brühe aber bitte nicht weggießen.

Olivenöl in einer tiefen Pfanne oder einem Topf erhitzen und die Zwiebeln darin bei kleiner Hitze anschwitzen, bis sie glasig sind. Möhrenstückchen, frische und getrocknete Pilze sowie Knoblauch und gehackten Thymian dazugeben und alles gemeinsam ca. 10 Minuten anbraten. Tomatenmark, Senf und Sojasauce zum Gemüse geben und ca. 3 Minuten anbraten. Alles mit Rotwein ablöschen und den Wein ca. 5 Minuten auf mittlerer Hitze einkochen lassen. Jetzt den Pilzsud der getrockneten Pilze und Gemüsebrühe dazugeben und alles kräftig mit Salz und Pfeffer würzen. Alles gemeinsam aufkochen und danach bei mittlerer Hitze köcheln lassen. Vor dem Servieren noch mal abschmecken.

Nun das Wasser in einem großen Topf mit Salz zum Kochen bringen. Die Klöße portionsweise in das Wasser geben, mit dem Kochlöffel kurz umrühren, sodass sie nicht am Boden kleben bleiben. Dann die Temperatur reduzieren und darauf achten, ob die Klöße an die Wasseroberfläche hochkommen. In diesem Fall sind sie in ca. 2 Minuten fertig. Mit einem Sieblöffel herausfischen.

Alle Komponenten gemeinsam servieren und ein Stück meiner Kindheit genießen. Danach keine sportlichen Aktivitäten planen. Aus Erfahrung kann ich sagen: Man isst mehr, als man muss. *Smacznego!*

Danksagung

Es müsste eigentlich Dankgebrüll heißen, so dankbar bin ich allen, die das Buch hier mit mir möglich gemacht haben. Zuerst mal ein fettes Danke an meine beiden Lektorinnen Nina Schnackenbeck und Annalena Ehrlicher. Danke für euren Witz, den ständigen Elan und die Diskussionsfreude. Nina, du hast mich an die Hand genommen und an mich und mein Manuskript geglaubt, als ich noch völlig grün hinter den Ohren war. Danke, dass du mir die Verlagswelt erklärt hast und so eine tolle Mutmacherin bist. Danke an meine Agentur Langenbuch & Weiß, insbesondere an Gesa Weiß. Du nimmst mich immer ernst und stehst mir mit Rat und Tat zur Seite. Danke an den HarperCollins Verlag, auch dafür, dass ihr mit Ecco ein so schönes Format nach Deutschland gebracht habt. Ich habe bei meiner Arbeit an diesem Buch so viele Granaten an Frauen kennengelernt, dass ich bald vor Stolz explodiere, selbst eine zu sein.

Und weil ich gerade viel zu viel Kaffee getrunken habe, dessen Wärme mich Liebe und Glück in meiner Magengegend immer noch viel intensiver spüren lässt, wird es jetzt kitschig.

Ich habe darüber nachgedacht, ob eine so öffentliche Danksagung nicht distanzierter bleiben sollte. Den emotionalen Teil kann ich euch schließlich auch einfach privat ins Gesicht sagen. Allerdings hätte sich das nicht richtig angefühlt, denn ihr macht mich zu dem Menschen, der ich bin, und somit steckt auch viel von euch in diesem Buch. Es macht mich so stolz und froh, euch zu haben, dass ich es jedem unter die Nase reiben möchte. Mal abgesehen davon, dass vermutlich eh nicht viele diese Danksagung hier noch durchhalten, will ich mit euch angeben, sooft ich kann. Wir Menschen messen uns viel zu selten mit unserem Glück und duellieren uns ständig nur damit, wer gerade am gestresstesten ist und wer dem größten Druck standhält. Ihr nehmt alle Last von meinen Schultern.

Danke an meine Familie, und damit meine ich sowohl den Teil, der mir angeboren wurde, als auch den Teil, den ich mir selbst ausgesucht habe. Also Anni. Ich weiß, dass man Freunde nicht mit Stempeln versehen muss, aber ich mache es jetzt mal trotzdem. Du bist und bleibst meine beste Freundin und der Grund dafür, warum ich kein Buch über Frauenfreundschaften schreiben kann. Der Gedanke an dich lässt mich viel zu schnulzig werden. Will keiner lesen so was. Außerdem wäre mir der Druck viel zu hoch, dir und dem, was du mich erfahren lässt, gerecht zu werden.

Danke auch an all die Menschen, die in mein Leben springen und dann wieder gehen. Vielleicht noch mal vorbeischauen, aber dann auch wieder weg sind. All diese Begegnungen erweitern meinen Horizont, wie ein schlechter Abzieh-Kalender sagen würde.

Und jetzt kommt der Teil, bei dem mir Tränen in die Augen steigen. Zu viel Kaffee, ich sag's ja.

Danke an Ella und Leon, die mich zur stolzesten Tante auf Erden machen. Wenn ich bei euch bin, fühle ich mich wie Momo, weil Zeit dann plötzlich keine Rolle mehr spielt. Ella, wenn du »I-anca« rufst (wirklich eine stimmige Interpretation meines Namens), ist jede Schreibpause erlaubt, ohne schlechtes Gewissen. Bitte bleib so frech und unzähmbar. Leon, du machst aktuell noch nicht viel mehr als schlafen und essen. Aber das machst du wirklich gut! Deinen schnellen Herzschlag zu spüren und dich auf meine Brust zu legen, erinnert mich daran, wofür wir leben.

Danke an meinen Bruder Thomas. Der Grund, warum du mich so sehr zur Weißglut bringen kannst, ist der, dass ich kaum jemanden so sehr liebe wie dich. Mir liegt an dir und deiner Meinung, die immer schonungslos ehrlich bleiben darf und soll. Wenn ich dich nicht hätte, wäre aus mir ein wesentlich uncoolerer Mensch geworden. Wenn ich dich als Vater so beobachte, lerne ich dich noch auf eine ganz neue Art und Weise lieben und schätzen. Du machst das einfach großartig! Danke für Ella und Leon.

Danke an meine Schwester Julia. Du bist so krass. Mit deiner Herzensgüte bist du mir ein Vorbild. Du hast sogar dann noch Lego mit mir gespielt, wenn ich deinen Freunden früher pubertäre Peinlichkeiten erzählt habe, die ich für mich behalten sollte. Du warst und bist immer für mich da. Danke, dass du deine Lebenserfahrung mit mir teilst und mich auf einige Fettnäpfchen hinweist, bevor ich reintrete. Ich liebe dich, und deshalb bitte ich dich darum, dir selbst ruhig noch mehr im Leben zu gönnen.

Danke, Papa. Du bist so viel lässiger als der Papa in dieser Geschichte. Ich liebe dich, auch wenn du mir als Kind nur vorgelesen hast, um heimlich Süßigkeiten aus meiner Geschenkeschublade zu klauen. Mit niemandem schaue ich lieber Quiz-Shows im Fernsehen an. Auch wenn es mich aufregt, dass du die Kandidaten immer so hetzt. Ich freue mich darauf, mir noch einiges im Leben von dir abzuschauen, und wünsche dir, dass du dich noch mehr aus deiner Komfortzone heraustraust.

Danke, Mama. Ich liebe dich so sehr, dass Worte das ohnehin nicht ausdrücken können. Deshalb fahre ich jetzt zu dir und werde dich in den Arm nehmen. Danach werde ich mich von dir in den Arm nehmen lassen. Du bist meine Insel, wir zwei sind unser eigener kleiner Club. Auch wenn das jetzt klingt, als hätte ich bei Tim Bendzko abgeschrieben, ich meine das von Herzen. Mach dir bitte weniger Druck, perfekt sein zu müssen, vor allem als Mutter. Du bist nämlich ohnehin schon gefährlich nah dran. Das Urvertrauen, das du mir in meiner Kindheit geschenkt hast, werde ich mein Leben lang bei mir tragen dürfen. Danke.

Ich hab die coolste Crew. Mic-Drop-Moment.